Junki Hiyama
陽山純樹
Illustration
霜月えいと
剣から黒い魔力が握り締める
腕を伝って全身を駆け巡った。
次の瞬間、瀬《せ》上《がみ》雪《ゆき》斗《と》の姿が一新された。
1
黒《こく》白《びゃく》の勇者
JN172526

藤原《ふじわら》海維《かい》は剣を握り締めた。

宮永芽衣《みやながめい》は
大きく息を吸い込み、
歌い始めた。

「私の名はセシル＝アルムテッド。
この国で騎士として
身を捧《ささ》げている者」

「名前は……
人間だった頃の名でいいか。
俺の名はザイン」

「っ……!?」
セシルも
予想外だったのか
小さく声を上げる。
雪斗は宮永からの魔法により
右腕へ魔力が宿るのを確かめる。
走りながら右腕を振りかぶり——
剣を、投げた。

雪斗の刃《やいば》は
真っ直ぐ巨人へ迫り――
頭部へ突き刺さった。
「なっ……」
藤原も突然の
ことに驚く。

黒《こく》白《びゃく》の勇者

CHARACTERS

瀬上雪斗（せがみ・ゆきと）

名門高校に通う一年生。小説をネットで読むのが趣味の普通の少年。剣道をやっていたが、試合ではほとんど勝てずコンプレックスを抱えている。異世界で、強くなろうと奮闘していく。

セシル＝アルムテッド

霊具使いの騎士。17歳。雪斗達の身辺を護衛する役目を任される。10歳の時に両親が魔物に殺され、それをきっかけに霊具が使えることが判明し、騎士としての道を歩み始めた。

藤原海維（ふじわら・かい）

雪斗の同級生で生徒会副会長。容姿端麗、成績優秀、剣道で全国優勝するなどスポーツ万能、大企業の御曹司という完璧なプロフィール。異世界に召喚され、聖剣の担い手に選ばれる。

宮永芽衣（みやなが・めい）

雪斗と海維の同級生。医者を目指していたが、オーディションによりアイドルになり、瞬く間に全国にも名が知られる存在に。異世界に召喚後、人を癒やす能力を得ることになる。

ザイン

邪竜に付き従う『信奉者』。22歳。邪竜を迷宮から出すためにフィスデイル王国へ攻撃を仕掛ける前線指揮官を務める。使えるものは何でも利用し、力を得ようとする強欲な性格。

黒白《こくびゃく》の勇者

1

陽山純樹

ヒーロー文庫

黒《こく》白《びゃく》の勇者

CONTENTS

Illustration
霜月えいと

1

イラスト／霜月えいと
装丁・本文デザイン／5GAS DESIGN STUDIO
校正／佐久間恵（東京出版サービスセンター）
DTP／天満咲江（主婦の友社）

この物語は、小説投稿サイト「小説家になろう」で
発表された同名作品に、書籍化にあたって
大幅に加筆修正を加えたフィクションです。
実在の人物・団体等とは関係ありません。

プロローグ

その出来事が起きた日は、いつもと何ら変わらない日常があった。

誰もが普通に一日を終えるものだと思っていた。

私立三空《みそら》学園高等部一年A組、瀬上雪斗《せがみゆきと》は昼休み、廊下を足早に歩いていた。目的地は図書室。借りた本の返却期限が一ヶ月以上も前だったことに気付き、慌てて向かっているところだった。

特に返却を催促《さいそく》されたわけではなかったが、気付いた以上、借りたままにしているのはどうにも落ち着かなかった。

今は十一月の終わり、いよいよ本格的な冬がやってくる季節。この日は平年よりも気温が下回っており、生徒たちは「寒い、寒い」と口々にこぼしていた。廊下では木枯《こが》らしが窓を打ち付ける音が聞こえ、雪斗はふと外を眺める。眼下《がんか》に中庭が見え、すっかり葉を落とした木々が荒涼《こうりょう》とした世界を演出していた。

程なくして図書室へ辿《たど》り着くと、扉を開けて中へと入る。暖気が雪斗を包んだ。受付で借りっぱなしだった村上春樹『1Q84 BOOK2』を返却する。室内の自習スペースは思い思いに教科書や参考書を広げている生徒たちであふれていた。来週に迫った期末試験に備える面々の姿にわずかな焦りが湧かないでもなかったが、むしろ来月から始まる冬休みに対する高揚感の方が勝っていた。

部活動をやっていない雪斗に特に予定はないが、街の華やかなイルミネーションを思うと、少し明るい気持ちになる。

「ふう」

小さく息を吐く。ふと視線を移すと、窓に自身の顔が映っていた。

その容姿を一言で表現すれば、「普通」。これといった特徴もないせいかクラスでは目立たない存在という自覚もあった。

「よくあんな秀才やお坊ちゃま、お嬢様だらけの名門校に入れたな」と中学の同級生たちに言われたのもごもっともだった。

ずいぶん分不相応な高校に進学してしまったと感じていたのは、誰であろう雪斗自身だったのだから。

ただ、そんな境遇を嘆いているわけでもなかった。イジメがあるわけでもないし、誰かから陰口をたたかれるわけでもない――存在感が薄く、見向きもされないと言った方が正しいか。けれど雪斗としては別に不満ではなかった。

元々友人も多くはない。一人で遊ぶことも多々あった。幼少の頃、公園で大勢の子どもがはしゃいでいるところに押しかけて輪の中に入るようなこともしなかった。それが雪斗自身は性分だと思っていたし、今だって変に干渉されるくらいならばこのままでいいと心の内で思っていた。進級した時、どうなるかちょっとだけ不安だけど——などと考えた後、雪斗は再び歩き始める。

寄り道せず教室へと戻ってくる。中は閉め切られているため、少しばかり暖かい。足が冷たいのを自覚しながら雪斗は窓際の最後列にある自分の席へ座った。

外を眺めると、グラウンドが見えた。さすがに寒いため、運動場で遊ぶ人は見受けられない。

時間を確認すると、予鈴二十分前。雪斗は少し昼寝でもしようかと思い、机に突《つ》っ伏《ぷ》した。腕を枕にして、目を閉じる。

その時、前方から男子生徒の声が耳に入った。それは雪斗にとってひどく聞き慣れたもの。このクラスなら知らない人は——いや、全校生徒においても知らない人はいない、クラスの委員長であり、生徒会副会長でもある藤原海維《ふじわらかい》の声だった。

「わかった。明日にでも参考書を家から持ってくるから」

期末試験の相談を受けていたようだ。雪斗がおもむろに顔を上げると、彼の姿が目に入る。やや色素の薄い髪は生まれつきのもので、テレビに出演する俳優のように顔立ちは整い大人びている。まるでテレビドラマの主役がモニターから飛び出してきたような——そんな表現さえ似合うくらいに、他のクラスメイトとは違う雰囲気があった。人はそれをオーラとか、あるいは気品と呼んでいる。

そんな彼に対し、丸刈りの野球部のホープが拝《おが》むようなポーズで「ありがとう、海維様」と冗談っぽく言っていた。その周囲にいた男子生徒の友人達は所作《しょさ》に笑いながら、俺も俺もと藤原へ質問を向ける。あまつさえ、近くの席にいたクラスメイトも便乗する始末だった。

彼――藤原は、雪斗からすれば完璧な人間だった。いや、完璧すぎると表現してもよかった。そもそも一年生で生徒会副会長になるというのも普通ならばない。しかしこの学校の生徒は納得している。

入学試験で主席となったことで新入生代表の挨拶を行ったが、語りは堂々たるもので、多くの人を惹《ひ》きつけた。登校初日から校内で有名になり、その出《い》で立ちから多数のファンができるほどだった。そこから何の因果か彼は生徒会の手伝いをやり始め、入学後初の選挙で副会長に立候補。圧倒的な支持で選ばれた。

会長にならなかったのは、まだ一年生だから――と、彼自身語ったわけではないが、みんながそんな風に考えていた。誰が相手でも気遣いを忘れず、生徒会長や教師を立てて決して驕《おご》らない。なおかつ副会長になってからいくつも提案を行い、生徒会が結果を出す。そして彼の活動は多くの人を惹きつけ、巻き込み、支持が集まる――彼のカリスマ性は、クラスメイトとして雪斗も目《ま》の当たりにした。

大企業の御曹司《おんぞうし》というプロフィールも、彼を普通の人とは異なる存在であるといやが上にも認識させられる要因の一つだった。さらに言えば祖父が政治家で、将来は社長か政治家か――人の上に立つことを約束された人物。漫画の中に出てくるような存在に、雪斗は遠い国の出来事を聞いたかのような感覚を抱いたのを憶えている。

人当たりの良さもあり、誰にでも好かれる存在――雪斗はあんな風になりたい、などと思ったことが一瞬あったけれど、すぐに遙《はる》か遠い存在だと認識して無理だと悟った。妬《ねた》みそねみを感じたことすらなかった。ただただすごすぎるその姿に、憧れ以外の感情が浮かんでこなかった。

輝くプロフィールに加え、校内どころか全国模試で上位に入る成績優秀さ。身体能力も高くスポーツにおいても万能であり、特に幼少の頃からやっているという剣道では、夏の全国大会で優勝を勝ち取った。話を聞けば、それこそ決勝戦は激闘だったらしく、日本の剣道史に残るような戦いだったらしい。

さらに将来はモデルか俳優かなどと言われるほどの体格と顔立ち。ここまでくればいっそ感服する他なく、生徒会副会長となった際も人を率いる存在とはこういう人なのかと、妙に納得したくらいだった。

誰からも頼られ、誰からも尊敬される人物――この国の将来に携わるのは間違いないと

改めて雪斗が感じ入っている時、

「勉強はきちんとできているのかい？」

　藤原がクラスメイトへ問い掛ける。それに相手は頭をかき、

「いやー、テスト期間はいつもこうだけど、部活やれなくて落ち着かないんだよな。むしろ期間中もバット振っていた方が成績上がるんじゃないか？」

　言いながら彼はスイングの練習をし始めた。そんな様子のクラスメイトを見て藤原は苦笑する。

「それは一理あるかもしれないね。僕も部活で竹刀《しない》に触《さわ》れなくて落ち着かないと思うことがあるんだよ」

「同じか……いや、全国優勝とかしてるし俺とは毛色が違うかもだな」

「そうかな？　でもまあ、このクラスはそういう人が多いかもしれないな」

「運動部系多いからな、このクラス」

　そう話しながら藤原は周囲を見回す――校風として文武両道を掲げるこの学園は、運動部も活況で全国大会出場者も多く、このクラスにも有望視されている人がいる。藤原と話していた野球部員もその一人で、他には高校一年にして全国大会に出場した陸上の短距離走者や、あるいは将来オリンピック候補に選ばれるともてはやされている、アーチェリー部員もいる。

もっともこれらは雪斗が人の会話を聞きかじって知り得た情報なので、誇張などが多分に含まれているはずだが。

「テストが終わったら、すぐに練習再開だな」

と、藤原はクラスメイトへ語る。

「次の大会に備えて頑張らないと。冬休みは色んな高校と練習試合をやる予定なんだ。強豪校とも既に約束していて、部員のみんなも楽しみにしている」

「ほんっとすごいな、ま、野球部も冬休みからは春季大会へ向けひたすら頑張るんだけどな。サッカー部とかバスケ部のヤツらも休み中は試合ばっからしいし、どこも同じか……頑張ろうぜ」

「その前にテストだよ」

「そこはまあ、海維様の助力をお願いして」

彼らは笑い始める。会話を聞きながら雪斗は考える。翻《ひるがえ》って自分に何があるだろうかと。談笑する彼らに追いつけるものはあるのか。

そこで雪斗は自分の手のひらを見つめた。俗に言う竹刀ダコ――剣道をやっていると自然にできるそれがあった。

もし藤原との共通点を見出すとすれば、剣道をやっていること。もっとも大会ではほとんど勝てなかった。祖父から手ほどきを受けたが、肝心の剣術は祖父が考案した独特なもので、どちらかというと精神性を鍛える面が強かった。

ただ雪斗自身、その指導は好きだった。特に祖父が常日頃語っていたある言葉は、今も胸に刻まれている。

『常に冷静に、周りを見て最善を尽くせ。もし力が必要な時は、全ての感情を注ぎ、全身全霊を出せ』

自宅に程近い祖父の家にある剣道場——そこで正座をして、話を聞いたことは今も思い出せる。

おかげで雪斗は物事を見て弁《わきま》えることを重んじており——ただし大会で勝てなかったことはいまだに引きずっている。現在も竹刀《しない》は振るが、実績がないためクラスの誰にも話していなかった。

もし剣道で活躍できたのであれば、先ほどの会話に入れたのだろうか——そんなことを思っていた時、教室の扉が開いた。

現れたのは女子生徒。サラサラの黒髪が似合う、道を歩けば誰もがその容姿を見て振り返る——そんな女性だった。

「あれ？　どうしたの？」

席で談笑していた女子生徒の一人が彼女に声を掛ける。

「今日は仕事があるんじゃなかった？」

「午前で終わって、登校できたから来たんだー」

えへへ、と笑いながら女子生徒に近づく彼女——名は宮永芽衣《みやながめい》。現役のアイドルで、全国区のテレビに出演するくらいには知名度が高くなり始めており、登校することが少なくなるほどの多忙ぶりだった。

それでも学校へ来ることができる日は、かかさず登校して授業を受け友人達と談笑する。成績も良く、帰宅部で暇を持て余しているはずの雪斗よりも、遥《はる》かにテストの点数だって高かった。

どこから漏《も》れ聞く話によれば、元々は医者を目指したかったらしく、難関の大学へ進学できるこの高校に入学した。そうした中で彼女の親戚か、親か——誰かが有名アイドルグループのオーディションに彼女を応募したらしく、宮永は思い出作りの一環でそれに参加した。

その結果、見事選ばれてしまった——そんな経緯とはいえ、彼女はアイドルとして懸命に活動している。グループに加入して日は浅いが、短期間で存在感を発揮。テレビに多く出ていることからも、そのスター性は偽りのないものだった。

家に帰ってテレビを見れば、バラエティ番組に彼女が映っている——同じクラスの人間として、奇妙な感覚を抱いたのを雪斗は憶えている。だが決して、クラスメイトにとって遠い存在になったわけではない。アイドルになったことで逆に、親密になっていると言っていい。

どれだけ多忙を極める中でも教室に入れば笑顔を忘れず、友人ともアイドルになる前と同じように接する。むしろアイドルとして活動を始めた以降の方が活発で、なおかつ成績だって上がっていると言われるほど。そうした彼女は藤原と共に学校で知らない人はいない有名人であり、クラスにおける輪の中心の一人だった。

「ねえ、今日の放課後遊びに行かない？」

女子生徒がはしゃいだ声で言う。雪斗は聞き耳を立てているわけではなかったが、宮永へ視線を向けたことで意識が持って行かれた。

宮永は誘いに対し小首を傾《かし》げ、

「んー、テストも近いのに遊んでいいの？」

「それは、まあ……気合いを根性でカバーするよ」

「本当にー？　その顔は絶対やらないですって感じだよね。少しは準備しないとまた成績下がるよ？」

「言わないでー」

両手で耳を塞《ふさ》ぎながら話す女子生徒に宮永は笑う。天真爛漫《らんまん》で、周囲の人をも笑顔にするような、心地よい暖かさがあった。そんな彼女と話がしたいのか、遠い席にいた女子生徒達が近寄っていく。輪の中心にいる宮永はどこまでも楽しそうに、嬉々《きき》として雑談に応

じていた。

気付けば藤原と宮永の二人を中心にクラスメイトが集まっていた。その中で雪斗は再び机に突っ伏《つっぷ》す。暗くなった視界の中で、彼らのことを考える。

藤原と宮永――何から何までパーフェクトな存在と有名人。二人が一緒のクラスで、雪斗は「こんな二人と同じクラスである」ことを自慢できるのでは、などと思うこともある。キラキラと輝くような二人の人生を羨《うらや》ましいと感じたことはあったが、自分があの場所に立つ器量はないと断言できた。

自らを例えるならゲームのモブだと雪斗は断じた。いわゆる背景に映っている程度の立場で、主人公を遠目から眺めるだけ。ただ、それでいいと考える。あの二人と同じ教室で勉強していた。そんな事実を胸に秘めながら、思い出に残しながら人生を歩んでいくのだろうと思った。

その時、予鈴のチャイムが鳴った。眠ろうとしていたが、考え事をしてできなかった。雪斗は息をついて窓の外を見る。誰もいない運動場。風が窓を打ち付ける音。そういえば今日はお気に入りの作家が新しく本を出す。異世界転移ものの小説で、本屋に寄ろうか、と決めながら教科書を机の上に置いた。

藤原や宮永も席につき、準備を始める。本鈴が鳴る前にクラス全員が教室へと戻ってきて、先生を待つ。次の授業は現国で、眠くなりそうだなあ、と雪斗は心の中で呟《つぶや》く。

しかし期末試験のこともあるので、何かしらヒントがもらえるかもしれない。今日はいつもより集中しなければ――気合いを入れ直した時、雪斗は違和感を覚えた。

「……ん？」

教室の床。そこから何かを感じる。熱のようなものを――床下から暖かい風が吹くような感覚。無論、そう感じるだけで実際は何も起きていない。

雪斗は勘違いか、などと思ったが、他にも反応を示す人がいた。藤原と宮永の二人が、床へ視線を注いで目を離さなくなった。

「どうした？」

それに気付いた男子生徒が藤原へ声を掛ける。その時、

『――救世主よ、どうか我らの世界へ』

突然、頭の中に声が響いた。何事かと雪斗が周囲を見回した時、訝《いぶか》しげな視線を藤原が周囲に向けていることに気がついた。宮永も同じく、耳に手を当てて戸惑っている。

他のクラスメイトも困惑して頭上や窓を見ている者が――直後、教室の床が白い光によって輝いた。全員が例外なく瞠目《どうもく》する中、光は教室を満たし視界が一気に染まっていく。

（何が――!?）

雪斗が思考するよりも早く、光によって意識が飛んだ。次の瞬間、雪斗の体はまるで無重力空間に放り出されたように浮遊感を覚えた。そして光が急速に消えるとともに、目の

前に真っ青な何かを捉える。

（あれ、は……!?）

それが地球の姿ではないかと認識した時、何かに引っ張られるかのように目の前の世界が、急速に遠のいた。いや、それは突如視界を塞《ふさ》いだようなもので、雪斗は絶句し、その中でもなお、懸命に思考を試みる。

そして再び視界が戻った時、地球のような世界が見えた。だが雪斗は心のどこかで、違うと感じ――再び光に包まれた。

ありふれていたはずの日常。それは予想もできない理不尽な出来事によって、打ち壊されることになった――。

第一章　異世界への来訪

次に視界に映ったのは、灰色の石室のような場所。席に座っていたのになぜか立ち尽くしており、急激な状況変化に雪斗は言葉をなくす。

夢なのかと浮ついた思考の中、右手で左手の甲をつねってみる。すぐに痛みを感じられた。間違いない、これは現実。

周囲にはクラスメイトもいて、どうやら光に飲み込まれた者達がここに立っている――変化が起きて十秒ほど経過してから、雪斗はそう頭の隅《すみ》で理解する。その間、全員が絶句してこの空間は静寂に包まれる。

沈黙を破ったのは、男性の声だった。

「……よくぞ、来ていただきました」

雪斗は首を向ける。四方を石壁に囲まれた部屋ではあるのだが、一箇所だけ、ここから出られる唯一の上り階段があり――その手前に、一人の男性が立っていた。

年齢は五十から六十ほどか。白髪《はくはつ》と深い皺《しわ》を持ち、青い法衣のようなものを着た人物。状況は一切飲み込めないが、言葉から雪斗達を歓迎し、また同時に身なりから偉《えら》い人なのだろうと想像することはできた。

「あまりに突然のことで、驚いていらっしゃるでしょう。大変申し訳なく思いますが……どうか、我らの願いを聞いてください」

丁寧な言葉遣いで男性が話す。この時点でなお雪斗達は無言を貫く他なく、彼の言葉を耳に入れることしかできない。

ただ雪斗は、その声が教室で耳にした声と同じことに気付く。とはいえ、その事実を理解しただけで、口を挟むことはできなかった。

「世界に、災厄《さいやく》が迫っております。この国が存亡の危機に立たされ、我らは必死に祈りを捧《ささ》げました。そうして見つけ出せた……国を、世界を救う存在を」

世界を、救う。あまりに大それた単語であり、何故自分達が——体が硬直する中で、雪斗はそんなことを心の内で呟《つぶや》いた。

「差し迫った状況ではありますが、ほんの一時だけ猶予《ゆうよ》があります。その間に事情を説明させていただき、どうか——どうか、私達をお救いください」

雪斗達はなおも口を閉ざしたまま。理解が追いついていない——常識外れの出来事を前にして、棒立ちとなるしかない。

相手は言葉を待つ構え。同意も否定もできないこの状況で、語れることは少ないようだった。

中には夢なのでは、と考える者だっているだろう。白昼夢かそれとも――ただ、クラスメイトの中には自分の体を触《さわ》ったり、つねったりする者が現れている。困惑した状況でも、理解し始めた。これが現実であると。

誰かが「どういうこと？」と声を上げた。すると堰《せき》を切ったように他のクラスメイトも口々に話し出す。

「おい、何が起きたんだ――」

「ねえ、私達は――」

「ここは……ここはどこなの⁉」

理解できない状況に、恐怖の波が雪斗達へ襲い掛かった。中には泣き出しそうな者もいた。雪斗はそれに何か言おうと口を動かすが――結局、励ますこともできなかった。誰も聞いてくれないという思いもあっただろうが、自分も同じ立場であり思考がまとまらなかったためだ。

それでも、常に冷静に――そんな祖父の教えを必死に念仏のように頭の中で唱え続けていた時、靴音が聞こえた。

男性の前へ、クラスメイトの中で進み出た者が現れた。それにより、雪斗を含めた他の人が一斉に言葉を止める。

男性と対峙《たいじ》したのは――藤原だった。クラスの中で絶対的な立場の人物だからこそ、誰もが言葉を止めたのだ。

「僕達、全員を呼んだのですか？」

問い掛けに男性は雪斗達を一瞥《いちべつ》し、

「いえ、より正確に言うならば、世界を破壊する元凶を打ち倒せる武器……それを扱える方を、お呼び致しました」

「武器……それはどのようなものですか？」

「剣です。この世界で聖剣と呼ばれる最強の武器」

聖剣。神話や空想の物語でしか聞いたことのない言葉。男性の言葉を理解できない人もいるだろう。だからなのか、クラスメイト達はザワザワとし始めた。

しかし雪斗はここに至り頭が冷えてきた。それにより状況を把握し始める。目の前の光景は、漫画やゲーム、小説の中でしか起こりえないはずだった。自分達がそうした出来事に遭遇するとは、どんな奇跡なのか。

（……異世界召喚、ってやつなのか……）

空想上の出来事でしかなかったそれを、今身をもって体験している。にわかには信じられないし、まして世界を救う力など――

「僕達に」

藤原は呼吸を整えながら、絞り出すように言葉を紡《つむ》ぐ。雪斗と同じように冷静になるよう努め、クラスメイトに恐怖が波及しないよう懸命になっている。

「僕達に……そんな力があるとは思えません。何かの、間違いでは？」

「あなた方の世界に、魔力という存在は認知されていないのですか？」

魔力。そうした単語が出てくるのであれば、次はいよいよ魔法か。藤原は黙ったまま頷《うなず》く。すると男性は、

「なるほど……身なりからしても、あなた方は武器を手に取ったことなどない方々なのでしょう。ですが、力はあります。私には……いえ、この世界の人間であるならば感じ取れるのです。あなた方が抱えるまばゆいほどの魔力を」

「魔力……というのを、僕達が持っている？」

「はい。それをただ自覚できていないだけ。私達は聖剣を使うに足る人物を異世界より探し、ここへ招いた。結果、あなた方がここに召喚された」

「……この世界に、聖剣を扱える人間はいないと？」

「はい。大変残念ですが」

だから自分達が――理不尽だと、心の底から思う。

雪斗はクラスメイト達を一瞥した。場合によっては男性に怒号が飛んでもおかしくないのだが、そういう人は出ていない。まだ頭の中がまとまっていないためか、それとも怒りという感情を喪失しているのか。

もし事態を深く認識したのであれば、泣きわめく者が出てきてもおかしくない。恐慌状態に陥れば、相手としてもどう対応していいか戸惑うだろう。ただ、どれだけ話をしてもおそらく帰してはくれない。そういう雰囲気であることは、雪斗にもわかる。

「唐突な出来事により、戸惑っているのは理解できます」

男性はさらに続ける。柔和な笑みを伴い、

「私達も必死だった……それでどうか、ご理解いただければと思います。あなた方の中には、これは夢なのではとお考えになる方だっていらっしゃるかもしれませんが、紛れもない現実です……どうか、落ち着いて話を聞いていただきたい」

男性の発言により、改めて目の前の光景が現実だと認識するとともに、雪斗は一つ気付いた。男性の口の動きだ。

言葉はきちんと理解できる。ただ、言葉と口の動きが、合っているようには見えない。何らかの形で翻訳が成されている。そう推測するのが妥当だった。

「……ひとまず、ここを離れ別室へ。心を落ち着かせるために、お茶をお出ししましょう。さあ、どうぞこちらへ」

男性は手で階段を示し歩き始める。一方で雪斗達は立ち尽くしたままだった。

沈黙が生じ、男性は雪斗達の様子を窺《うかが》いながら先導するべく背を向ける。肩越しに振り返り誰かが動き出すのを待っている。

そこで藤原が一歩足を踏み出した。しかし他のクラスメイトがなおも硬直する中――先んじて前に出た人物がいた。

「……行こう」

宮永であった。なぜ彼女がそうしたのか雪斗にはわからないが――アイドルであり、誰からも慕われている彼女の力によるものか、とうとうクラスメイト達が歩き始めた。夢遊病のように拙《つたな》い足取りであり、見る者を不安にさせるような姿だった。

雪斗はその中でしきりに周囲を見回し、情報を得ようとした。思考を停止すれば恐慌に陥る――だから、物事を考え続けようと思ったのだ。

常に冷静に、と雪斗は祖父に教えられたことを実行していた時、ふいに変化が起きた。

――キィン。

そのような音が頭の中に響いた。形容するなら、金属プレートが地面へ落ちたような乾いた音。何だと雪斗が心の内で疑問を呈《てい》した時、思考がずいぶんクリアになっていることに気付いた。

先ほどまでの頭が混乱している状況とは違う。目の前の光景をしっかり認識し、頭の中でかみ砕き状況を理解できるようになった。ただ冷静に、と呟《つぶや》き続けただけなのに――と、雪斗は多少困惑しながらも、ひとまずこの異常な状況を把握することを優先し、疑問を棚上げすることにした。

階段を進むと、広い空間に出た。大理石のような白い石柱が存在する、大広間。エントランスと言えばいいのだろうか。そこには白銀の鎧《よろい》を着た人物が幾人もいた。そして腰には剣。彼らは一様に雪斗達を眺めている。

(騎士か……まさしくファンタジーの世界だな)

雪斗は心の内で断ずる。魔力、騎士。この調子ならば魔法も確実に存在するだろう。異世界転移といった、ライトノベル風味な小説を雪斗はよく読んでいた。まさか自分が同じような目に遭うとは想像の埒外《らちがい》ではあったが、現実でも小説の世界と似たような展開なのだと、奇妙な思いを抱く。

ただ、雪斗は引っかかることがあった。腰に剣を差す騎士達の表情が、ずいぶんと重い。法衣姿の男性が言うには世界を救える存在を呼び寄せたと。そうであれば、期待を込めるような素振《そぶ》りを見せてもおかしくない。だが一様に沈黙している。かといって「こんな見るからに弱そうな人間に世界を救えるのか」という疑義や侮蔑《ぶべつ》という雰囲気もない。

例えるなら――

(俺達に、申し訳なさそうな……)

そんな推察に至り、さらに階段を上る。幾度となくそれを繰り返して廊下に出た際、雪斗は窓に注目した。

(外はどうなっているんだ?)

クラスメイト達はまだ頭が混乱しているためか、先導に従い足を動かしているのみ。唯一雪斗は邪魔にならないよう少し横へ移動し、窓の近くへ。

ガラスのような素材で、手で触れると硬く冷たい感触が伝わってくる。校舎の窓に使われるような透明な板ガラスは相当高度な技術がなければ製造できないはずだが、この世界には存在しているようだ。

窓の外はかなりの上階だったのか、眼下《がんか》に町が見えた。まず驚くのはその大きさ。視界いっぱいに町並みが広がっており、建物の屋根が色とりどりでいつまでも眺めていられるくらいに感動する光景だった。自分達の住む場所にはない——まさしく異国の地と呼べる景色。

ただ、雪斗は別のところが気になった。建物の中で、煙を上げている箇所がいくつかある。火事のようにも見えるが、それが複数点在しているのが引っかかった。

「あれは……？」

呟《つぶや》いた直後、雪斗は置いて行かれそうになっているのに気付く。そこで思考を中断して後を追うことに。

その瞬間、クリアだった思考が元に戻った。異常事態により心の内がザワザワとし始める。とはいえ他のクラスメイトのように呆然《ぼうぜん》としているわけではない。どうにか頭の中で考えをまとめることはできる。

（でも……今のは何だったんだ？）

首を傾《かし》げながら、雪斗は早足でクラスメイトに追随した。

雪斗達が次に訪れた場所は、ずいぶんと長いテーブルが存在する一室。食堂のようにも見えるし、ステンドグラスのような装飾が施されているため、テーブルがなければ礼拝堂のように感じたかもしれない。

そこに一人一人座り、やがて全員が着席した後、法衣の男性がテーブルと向かい合うように立ち、

「そういえば、自己紹介を済ませていませんでした」

彼は雪斗達へ告げた。

「私の名はザン＝グレン。ザンが名で、グレンが姓となります。この国――フィスデイル王国にて、大臣職に就いている者です」

大臣という言葉を聞いて、クラスメイト達の表情にも緊張が生まれる。

「私のことはご自由にお呼びください……さて」

部屋の扉が開く。現れたのは、俗に言うメイド服を着た女性達。雪斗達の背後に来ると、湯気の立つティーカップを置いていく。

「温かいうちにお飲みください……では、改めて説明致しましょう。この大陸は現在、危

機に瀕《ひん》している。その原因は、邪竜《じゃりゅう》と呼ばれる存在……世界に宣戦布告を行った、知能が高く強大な竜です」

（竜……）

ますますもってファンタジーであった。クラスメイト達は、竜という名称を聞いても無言を貫く。大臣から発せられる言葉の意味を理解できても、内容を飲み込むことまではできていない。

「邪竜は人類を根絶やしにすると宣言し、攻撃してきました。無論人類……各国の騎士や魔術師は対抗し、戦争が始まりました。ですが被害は拡大し、今では街道にも邪竜の配下である魔物が跋扈《ばっこ》し、各国との連携もとれない状況です」

状況は深刻であると、雪斗は認識する。

「人間の強さは、個ではなく集団にある……それを邪竜は看破していた。複数の国が手を組めば、十分対抗できた。しかし相手はそれをさせなかった……人間をきちんと理解し、侵略を始めたことが窺《うかが》えます」

ここで大臣は、苦笑する。

「さらに言えば、邪竜側についた人間まで出る始末……現在、この城にそういった者はいないと断言できますが、味方にも裏切者がいる事実は非常に重く、各国が疑心暗鬼に陥ってしまい、それが状況を悪くしました」

厳しい戦いを強いられているのが雪斗にもわかる。

「邪竜は今まさに私達人間を滅ぼそうとしており、野望達成に近づいている……窮地《きゅうち》ですが、人間が対抗する術《すべ》はあります。それこそが聖剣です。邪竜を討ち果たせる、最強の武具」

大臣は一度、雪斗達の顔を一瞥《いちべつ》する。

「先ほど語った通り、聖剣の担い手がこの世界にいません。過去にはいましたが、今はいない。邪竜という明確な脅威がいるこの時こそ、必要なのに……もちろん、聖剣以外にも対抗できる武具は存在します。これを私達は『霊具《れいぐ》』と呼んでいますが、それを持つ者達が現在、奮戦している。けれど、それでは足りない」

だからこそ、自分達を――そんな風に雪斗が心の中で呟《つぶや》いた時、ようやく大臣以外の言葉がこの広間に響いた。

「……その、聖剣の担い手とは、誰ですか？」

尋ねたのは宮永だった。核心に迫る質問であったため、雪斗はゴクリとつばを飲み込む。

「その人物を呼び寄せた結果、私達はここに来た。聖剣を使える人間はここにいる全員ですか？　それとも――」

「そうですね……私の目から見て、聖剣を持つに足る魔力を抱える人物は複数名……その中の一人、でしょう。本来召喚魔法は、聖剣を扱える者だけを呼ぶはずだった。しかし、現実には多数の人物が召喚された」

――悪い言い方をすれば、聖剣を握る人間以外はおまけという扱いだろうか。いや、それればかりか巻き込まれたと言い換えてもいい。

宮永に加え、藤原もその事実に気付いたか険しい顔をした。言及するかと雪斗は思ったが、両者がそこに触れることなく、今度は藤原が質問を行う。

「僕達が多大な魔力を有している。それについてはなんとなくわかりました。しかし、聖剣……それを得てすぐに戦えるかどうかは……」

「そこについては問題ありません。聖剣は手に取るだけで、戦闘技能を体得できます。先人の記憶が聖剣に封じられており、それが使用者に伝わるのです。低級の霊具であればこうはいきませんが、聖剣や、この城に収められている強力な武具であれば、知識を得られます」

聖剣所持者は、即戦力になるらしい。すると大臣は、

「とはいえ、本来ならばすぐ戦地へ向かうような真似《まね》は致しません。知識を得られるからといって……魔力を抱えているからといって、即座に戦場へ放り込むなど、普通ならあり得ません。時間をかけて、霊具に慣らして……その後に戦場に向かっていただく。それが筋です」

決然と言った。しかし、

「……本来ならば？」

引っかかった物言いであるため、藤原は聞き返す。そして、

「はい……現在、この城がある王都ゼレンラートは戦場になっております。邪竜の一派が攻撃を仕掛けているのです」

ザワリ、と呻《うめ》くような声が室内を駆け巡る。そこで雪斗は町の光景を思い返し、尋ねずにはいられなくなった。だから小さく手を上げ、

「あの……」

「はい？」

「先ほど、窓から見えた町並みにおいて、煙が複数の場所から上がっていました。それはもしや」

「その通りです。現在、都は魔物が闊歩《かっぽ》し、騎士達が戦っております」

室内の空気が、重くなる。危機的状況だということを、改めて突きつけられる。

「切羽《せっぱ》詰まっているのは間違いありません……城内にいれば、安全であることはお約束致しましょう。しかし、聖剣を持つ方については――」

「その聖剣の所持者とは、一体誰ですか？」

藤原から、改めての問い掛けだった。それに大臣が口を開こうとした矢先、部屋の扉が

開く。

現れたのは一人の男性騎士。彼は布にくるまれた一本の――剣を、抱えていた。

「それについては、実際に聖剣を用い判断をしましょう。柄《え》の部分に触れてください。それにより剣そのものが発光すれば、聖剣が所持者として認めた形になる」

大臣はクラスメイトを一度見回した後、藤原へ再度視線を戻した。

「そういえば、お名前をお伺いしておりませんでしたね」

「藤原海維……あなた方の名乗りと合わせるなら、カイ＝フジワラですね」

「カイ様、ですか。召喚された方を見る限り、魔力を特に秀でて抱えている者……その一人に該当しますが」

――ある意味、雪斗としては納得のいく言葉だった。魔力というものが、どういった人物に多く宿るのかは皆目見当がつかない。だが、藤原ならば呼ばれるほどの何かを持っていると思わせるだけの説得力があった。

大臣は目で藤原に向け剣へ触れるよう促す。彼は少しだけ間を置いた後、柄に――触れる。

刹那、変化が起こった。布にくるまれていても明瞭にわかる。剣全体が突如輝き始め、この部屋をまばゆく照らした。歓声や驚愕《きょうがく》の声すらなく、全員が無言で見守る中で――驚くほど静かに、聖剣所持者が決定した。

「……僕が、ということで良いのでしょうか？」

「はい」

問い掛けに、大臣は決然と返事をする。当の藤原は男性騎士へ視線を送った。それを受けて騎士が差し出した剣を、手に取る。

それと同時、藤原は剣を握り締めた。その時、わずかに目を細める。

「っ……」

「記憶が、流入しているはずです」

数秒足らずの変化で、すぐに表情を戻した藤原は、ゆっくりと鞘《さや》から剣を抜いた。刀身は白銀で恐ろしいほど透き通っている。窓から差し込む太陽光が反射して、雪斗の目からは剣が輝いて見えた。

藤原は聖剣を抜き放つと、白銀の刃《やいば》を見据える。所作《しょさ》は初めて手にしたとは思えないもの。鉄の塊である以上、剣自身に相当な重量があるはずだ。しかしそれを感じさせず、まるでボールペンでも持っているように、軽々と扱う。

「既に、力は発動していますね……そのように簡単に扱えるのは、剣を握った瞬間に技術がカイ様に継承されたからです」

藤原は大臣の解説を聞きながら、剣を鞘に収める。

「……確かに、昨日までこの剣を使っていたと思えるほど、馴染《なじ》んでいる……高揚感もあります。これなら僕は戦えるでしょう」

「おお……」

「ただし、一つお願いがあります」

大臣へ臆《おく》することなく、藤原は告げる。

「聖剣所持者が僕であれば、僕を呼ぶために召喚魔法……を、使ったと」

「はい、まさしく」

「ならそれ以外の者達……クラスメイトは、巻き込まれたわけですね？」

あえてそこに触れた。目を背けたくなるような部分ではあったが、藤原は逃げずに追及する。

「……はい、そういうことになります。私達の召喚魔法は、特定の人物だけでなく、周辺にいる者達をも、巻き込んでしまう」

「呼ばれたのが僕だけなら、僕が戦えば、問題はありませんね？」

「元々、聖剣の担い手を呼び寄せた。その前提が存在する以上、あなたが戦う意思を示せば――」

「なら、僕が戦うのであれば……他のみんなの安全を保証してください」

クラスメイト達は無言。雪斗もまた言葉をなくす。

藤原ならば――自分のせいで皆に迷惑を掛けたのならば、そういう選択だってする。クラスメイトは巻き込まれてしまった以上――ただ、同時に理不尽だと雪斗は思う。

藤原は何一つ悪いことをしていない。この世界に危機が訪れ、助けを請《こ》う形でクラス全員が召喚された。だからといって「召喚に巻き込まれた」と非難される理由にはならない。なのに彼は、その咎《とが》で全てを背負おうとしている。

「無論です。あなたのお仲間……クラスメイト、でしたか。その命は何よりも優先すべきものです」

「ありがとうございます……みんな、心配しないでくれ」

藤原はここで、クラスメイト達に呼び掛けた。

「使命を果たしてくるから……みんなは、ここで待っていてくれ」

それだけ語った後、藤原は大臣へ問い掛ける。

「僕はどうすれば？」

「まずは都に入った魔物の掃討を。それができれば窮地《きゅうち》は脱する。騎士団の者と落ち合い、指示を聞いていただければ……その前に、装備も調《ととの》えましょう。案内はそこの騎士に。では、後は頼むぞ」

聖剣を持ってきた男性騎士は頷《うなず》き、彼と共に藤原は広間を後にする。残った雪斗達が呆《ぼう》然《ぜん》とする中、大臣は告げる。

「あなた方の命は、必ず私が保証します。こうした形で招いてしまい、本当に申し訳ありません……今から部屋へ案内致します。皆様はそこでお休みいただければと思います――」

雪斗が通されたのは個室。小さくはあったがずいぶんと柔らかいベッドが置いてあり、眠るには申しぶんなさそうだった。

「下手すると、家のベッドより高級だな……いやまあ、お城の中だから当然か」

雪斗はベッドの傍《かたわ》らにカーテン付きの窓があることに気付き、そちらへ近づく。最初に町を確認した場所と比べて高層階に位置しているらしく、綺麗な景色が見えた。

どうやらこの城は山を利用して建てられており、麓《ふもと》に広がる町並みを挟む形で山がもう一つ存在していた。雪斗から見て都の左右には城壁があり、山と城壁によって、町が囲われている。

いくつかの建物からは相変わらず煙が上がっている。それを見た途端、少なからず心の中がざわついた。

藤原は、呼ばれたのは自分だからと聖剣を手に戦場へ向かった。異世界に突如召喚されてそこまで英断するというのは、同じ立場になってもできることではないと雪斗は思う。

ただ同時に、それで良かったのかと考えてしまう。確かに彼が呼ばれ、クラスメイトは巻き込まれた形なのだろう。しかしだからといって、放置していて正しいのか。

胸の奥にある焦燥感《しょうそうかん》は一体何なのか。しばらく町に昇る煙を眺めた後、雪斗はいてもたってもいられなくなり廊下に出た。少しばかり冷たい空気が体を撫《な》でる。この世界も季節は冬らしいが、城の中は暖かい。これも魔法による処置だろうか。

雪斗は周囲を見回す。何人か廊下に出ている者もいて、クラスメイト同士で喋《しゃべ》っている。内容までは聞き取れなかったが、泣き出すような人間は皆無。しかし頭の中の整理ができていないようで——

「……大丈夫？」

その時、ふいに呼び掛けられた。誰なのか推測するより先に体が声のした方へ向く。そこにいたのは、鎧《よろい》をまとった女性騎士。一目見た途端、予想外の人物だったため、雪斗はビックリして言葉をなくした。

「ああ、突然話し掛けてごめんなさい」

告げる女性は、年齢だけを言えば雪斗と変わらないくらいの見た目。黒い双眸《そうぼう》は雪斗と同じだが、髪が金色——金髪であり、容姿は見とれてしまうほどに美しかった。

キレイに通った鼻筋と、魅惑的な桜色の唇。髪は肩を少し越える程度の長さで、女性が体を動かす度《たび》にサラサラと揺れる。女性騎士の姿そのものが、絵画に収まってもおかしくないような、艶《つや》やかな容貌だった。

「……どうしたの？」

次いで心配する声。そこで見とれていた雪斗は我に返り、

「えっと、すいません……あの、なんだか落ち着かなくて」

「あなた達がどういう経緯でここにいるのかを考えれば、それは仕方のないことだから。本当に、ごめんなさい」

そう言って見せる表情は、ずいぶんと暗い。そこで雪斗は召喚直後、城内にいた騎士達の表情を思い出す。

（目の前の女性と、同じような顔つきをしていたよな……）

「あの、質問なんですが」

「どうぞ」

「俺達を見てあなた方は……その、グレン大臣以外はあなたが謝ったように……似たような気持ちを抱えているように見えたんですけど」

「そうね。異世界への干渉と召喚……たとえこの国に聖剣を握る者がいないとしても、そんな無茶苦茶な手段をとる予定は一切なかった。言い方は悪いけれど、あれは大臣の独断によって行われた」

独断――内心で驚く間に、女性騎士は続ける。

「召喚された人達は、あなたを含めて比較的おとなしいでしょう？」

「……それも何か理由が？」

「少なからず思考を操作……というより、認識を変化させているの。この世界へ召喚されたこと自体は驚愕《きょうがく》しているけれど、理性が飛ぶほどに泣きわめいたり取り乱したりはしていない……これはあなた達と円滑に話をするため、魔法で処置を施した」

「処置……」

女性騎士の語った内容は、雪斗が納得できるものだった。クラスメイトは地面にへたり込んで泣きわめいてもおかしくないような状況だ。しかし実際は狼狽《うろた》える程度でそうはなってない。

「これはあなた達にきちんと話を聞いてもらうためのもの……けれど、そんなものを知らないうちに施すこと自体、卑怯《ひきょう》な気もするけれど」

「……なぜそんな話を？」

話さなくとも問題はないはずだった。雪斗の言葉に対し女性騎士は難しい表情で、

「私達のエゴでこの世界に招かれてしまった……なら、正確に情報を伝えることくらいは、するべき……大臣は、そんな風に思わないかもしれないけど」

雪斗は彼女の言葉に引っかかりを覚える。女性騎士の語った内容は、召喚された者達を慮《おもんぱか》るもの。それと同時に大臣に対して、妙な形で不信感を抱いている。

「……あの大臣……グレンって人は、どういう人なんです？」

突然尋ねられたその言葉に、女性騎士は口が止まった。まさか大臣の人となりを訊かれ

るとは思わなかったのか。

「そう、ね……この国に尽くしている人、というのは間違いない。ただそれは、自分の権力を確固たるものにするためであり、それを優先している」

「私利私欲で動く人ってことですか？」

「そこまではいかないにしても、自分自身が最終的に得をする形で物事を動かしている。今は邪竜という存在が出現したために鳴りを潜めているけれど、人間側が優勢になれば、そうした面が顔を覗《のぞ》かせるでしょうね」

有能であるのは確か。しかし保有する権力と判断力によって、他の人とは異なる動きをする。そういう人物なのだろうと雪斗は推測した。

大臣の行動に対し、騎士達は困っている——というのが実情なのだろうと雪斗は察した。自分でも驚くほど、思考が働く。女性騎士が語った魔法の処置が効いているのかもしれないし、あるいは異世界召喚という事柄を、すんなり受け止めているからかもしれない。

「……王様は」

雪斗はさらに問う。口にして、今までの話に王様の姿が見えないことに気付く。

「王様は、どう思っているんですか？　お城があるなら当然、王様もいるんですよね？」

「いる……けれど、どうあっても大臣主導の召喚は止められなかったと思う」

「どういうことですか?」

「私は騎士であるため、政治に関しては外野だけれど……陛下は即位してまだ数年。なおかつ、あなた達とほぼ同じ年齢なの」

「つまり、政治を行うには……若すぎる?」

「そうね。だから必死に勉強しているし、重臣《じゅうしん》達と共に執政に取り組んでいる……人々からの支持はあるから、大臣が陛下を追い落とそうとなんて考えているわけでもない。それに」

女性騎士の顔が少しだけ緩む。

「陛下には大事な側近……このフィスデイル王国を建国当初から支える、人間とは異なる血族の方がいる。女性なのだけれど、その御方《おかた》がいるからこそ、大臣も好き放題にはできない」

「王様を支えている存在……ですか」

建国当初と言っている以上、相当長い年月なのだろう。おそらく人間の寿命を遥《はる》かに超える――そういった種族がいるというのは、異世界ならばあり得るかと雪斗は淡々と情報を飲み込む。

「ただ、今は少し事情が違う。その御方は外に出払っている。混乱する大陸情勢から、各国で連携をとるべく動き回っているの。国に長く仕える御方だから、顔も広い……その選択は正しいと思うけれど、だからこそ大臣が自由に振る舞っている」

「結果、俺達が……」

コクリと女性騎士は頷《うなず》いた。事情はおおよそ理解できた。

（大臣のやり方に、賛同しない人もいる……でも、他に手がなかった……状況的には、そんな感じなのかな）

「……経緯はどうあれ、聖剣所持者がこの世界に現れた。戦いに、勝てると思いますか？」

さらなる雪斗の問い掛けに、女性騎士は険しい顔をした。

「戦う力を得たのは間違いない……聖剣の力ならやってくれると思う面もある」

その時、ドオンと遠い場所で音がした。雪斗は横にある窓へ目を移す。町の一角で一際大きな煙が上がっていた。

「けれど邪竜は驚くほど狡猾《こうかつ》で、聖剣を持つ者が現れても、すぐに対応してしまうかもしれない……単純に物量で押し込むだけの攻撃なら、これほどまで人類が窮地《きゅうち》に立たされてはいないの。様々な策……魔物達が策を弄《ろう》して人間に攻撃を仕掛けている。それが脅威となっていて……邪竜は必ず、聖剣所持者を倒すための作戦を組み立てる」

背後から足音が。上履き特有の音だったのでクラスメイトだと雪斗は判断できたが、振り向かず女性騎士の話を聞き続ける。

「正直、こんなことを言うのは良くないけれど……大臣は、今回の聖剣所持者が志半《こころざしなか》ばで倒れてしまったら、異世界からまた新たな聖剣の担い手を召喚するつもりだと思う」

「それは……」

使い捨ての駒ではないか、と雪斗は口にしかけて止《や》めた。自分達のために戦ってくれている藤原を、そんな風に言いたくなかった。

「あなた達を保護する……その約束については、たとえ聖剣所持者が倒れても守るでしょう。だから安心してほしいけれど……」

「それは」

雪斗の後方から声が。振り返ると、宮永が立っていた。

「私達を野放しにはできないってこと？」

「そうね。カイ＝フジワラという名前だったかしら？　あの人が倒れ、すぐに代わりをなどと言い出せば、あなた達が反発するのは目に見えているから、上手く丸め込む説明方法なども考えているはず」

「私達を元の世界に戻して対処するというのはどう？」

「私は専門外だから断片的な情報しか知らないけれど……召喚と違い、送還は莫大《ばくだい》な魔力を必要とする。数多《あまた》ある異世界から聖剣の適合者を探し出す……召喚についてはこの苦しい状況でもできた。けれど、多数の世界からあなた達がいた世界を見つけ出して、送り返すというのは……まずあなた達の世界を探すというのが非常に困難なの。森の中で、好きな形をした落ち葉を探すのはそれほど難しくないけれど、それを一度手放して何日も後にもう一度探すというのが大変なのは、わかるでしょう？」

「……確かに、そうだね」

「送還が可能なのは間違いないわ。けれど現状、魔力があれば邪竜との戦いに活用するでしょうし……」

つまり、平和にならないと無理だ。雪斗は現状を改めて認識した後、呼吸を整え考える。自分に何ができるのかを。

とはいえ一つしかないと結論づけた。同時に雪斗はそうした回答を導き出して、あまつさえ実行しようという気持ちになっている自分自身に少し驚いていた。

これはやはり魔法によるものか、それともこんな非日常かつ理不尽な状況に立たされて、覚醒《かくせい》したのか——

「……俺達は」

雪斗は口を開く。女性騎士と宮永が注目する中で、告げようとした矢先、

「どうしましたか？」

優しげな言葉。それはグレン大臣の声だった。突然の呼び掛けに雪斗の口が止まる。視線を転じれば、女性騎士の背後から大臣が近づいてきた。

「何か問題が？」

「いいえ、尋ねられたので質問にお答えしていたのです」

女性騎士が応じると大臣はニッコリと笑い、

「なるほど。混乱していたので、近くにいた騎士に……というわけですか。ですが今はひとまず、お部屋へ。今後のことやこの世界については、いずれ改めて話を――」

「一つ、いいでしょうか？」

遮るように雪斗が問う。それに大臣は眉をひそめ、

「どうしましたか？」

「聖剣の担い手……彼が多大な力を有しているのはわかりました。他の人達は？」

なぜ、そのような質問を――女性騎士が訝《いぶか》しんでいる間に、大臣は答える。

「あなた方の世界の人、全てがそうなのかはわかりませんが……今回召喚された方々は全員、相当な魔力を抱えております。おそらく先天的に私達の世界と比べ魔力を有しているのでしょう」

「なら」

雪斗は大臣の目を見ながら、

「例えば俺が武器を手に取れば、戦うことができるんですか？」

「え？」

「ちょ、ちょっと待ちなさい」

宮永は驚き、一方で女性騎士は慌てて雪斗達の間に割って入ろうとする。だが大臣がそれを手で制し、雪斗へと問い掛ける。

「あなたもまた、戦列に加わると？」

「一人でも多く戦いに参加した方が、邪竜という存在を討伐できる確率は上がるんですよね？」

「それは間違いありませんが……」

大臣は一時沈黙する。ここで雪斗はさらに口上を述べようとしたのだが、

「――こうやって言うのは心苦しくありますが、聖剣の担い手であるカイ様。あの方には、戦ってもらわなければなりません。しかし魔力を有していようと、他の方々に戦いを強制するつもりはありません……なぜ、あなたはそのように思ったのですか？」

問い掛けられ、雪斗は口をつぐむ。明確に理由などないのだが――

「……ふむ、なるほど」

大臣は納得したように声を発した。

「感覚的なもののようですね……例えば、自分が何かをしなければならない、と」

雪斗は思わず頷《うなず》いていた。確かに、何かに急《せ》かされるように口から出た提案だった。

「あなたは確か……先ほど質問をされた方でしたか。お名前をお伺いしても？」

「……瀬上……ユキト＝セガミです」

「ユキト様、ですね。推測ですが、あなたが持つ魔力が感情を大きく揺さぶっているのでしょう……おそらくですが、召喚されて以降、状況を理解するべく思考を働かせていたのでは？」

「はい……そうですが」

「この城内には、あなた方が混乱しないよう冷静になる処置を施しています……やむを得ない処置ですが、あなたの場合はそれが少し変わった形に作用している……ご自身の魔力が城内の、さらにこの世界の魔力に触れたことで、予感めいたものを抱いている」

「予感、ですか？」

「直感と言い換えてもいいでしょう。あなたはおそらく、大気中に存在する魔力に触れ、肌でこの世界の現状を把握している。そしてカイ様の戦いぶりを見ていないながら、何かを感じ取っている」

そこで大臣は一度言葉を止めた。

「ただ、訓練もなく察しているのは……いえ、詮索《せんさく》はよしましょう」

何か探るような目つきをした後、大臣は言葉を止める。雪斗は気になったが、彼が話すことはなかった。

大臣の言葉がどれほど正解なのか雪斗自身、判然としない。ただ、藤原に対し思うところがあるのは事実。このまま城にいたら、彼は――

「……最終的に、どうするかはユキト様次第です」

大臣は、さらに語り続ける。

「あなたに戦う力があるのは間違いないでしょう。城内の宝物庫から相応の武具を得られることもまた事実。しかしそこから先は……本当に戦うのかはあなたのご決断次第となります」

（……もし戦うなら、早い方がいいだろうな）

藤原は戦場に立っている。援護するのなら、すぐに決断すべきだ。

どうすれば良いのか。雪斗は呼吸を整える。女性騎士は止めるべきかと逡巡《しゅんじゅん》している様子で――もし雪斗より先に発言していたら、未来は変わったかもしれなかった。

「……武具のある場所へ、案内していただけますか」

「わかりました……宝物庫の鍵を持ってきてくれ」

女性騎士へ指示を飛ばすと、大臣は雪斗に向かって手で進行方向を指し示す。雪斗が先導される形で歩き始めると、

「せ、瀬上君……！」

背後から宮永の声が聞こえてきた。それに雪斗は思わず振り向き、

「……ど、どうしたの？」

彼女の方が問い掛けた。理由は——雪斗が呆《ほう》けたような、きょとんとした顔をしたからだろう。

こんな異世界で雪斗は、まさか宮永が自分の名前を憶えているとは、と考えた。クラスメイトに名前すら記憶されていないだろう、と思っていた。けれど少なくとも、宮永芽衣という人物には、憶えてもらっていた。接したことなど数えるほどしかないはずなのに。

「……いや、ごめん。大丈夫」

間を置いて雪斗は告げた。同時にこの場所に来なければ、名を呼ばれることもなく高校生活が終わっていただろう、などと考え皮肉な話だと思った。

雪斗は宮永に背を向けて歩き出そうとする。大丈夫とか、心配ないとか言えれば良かったのかもしれないが、あいにく雪斗に気の利いた言葉は出てこなかった。

だからなのかもしれない。無言で去って行くからこそ、宮永は声を発したに違いなかった。

「わ、私も行く！」

雪斗と大臣は立ち止まり、後方にいる彼女へ視線を注いだ。半《なか》ば衝動的に発したその言葉に、本人も少し驚いた様子だったが——やがて決意が固まったのか、目が据わった。

「大臣、私も同行で……いいですよね？」

「……構いません。お二方を、ご案内致しましょう」

そして雪斗達は、進み始めた。道中で雪斗と宮永が声を発することはなかった。曲がりくねった通路を進み、やがて両開きの大扉へ辿《たど》り着いた。

そこには既に先ほど話をした女性騎士もいた。大臣が目配せをすると彼女は頷《うなず》き、鍵を差し込み、開けた。

扉を開く重厚な音が、雪斗の体を震わせる。奥にあったのは、まず白い光。魔法の明かりが絶えず室内を灯しているらしい。窓がないにもかかわらず、この部屋――宝物庫は、晴天のような明るく煌《きら》びやかな空間だった。

部屋に入った雪斗達は圧倒される。剣、槍《やり》、斧《おの》、杖《つえ》――様々な武器が、宝物庫の中に博物館で展示されるように整然と並んでいる。

それだけではなかった。体の芯《しん》が、熱を帯びるかのような感覚を抱く。これは、

「……体が、何か……」

「もしや身の内に熱を感じますか？　それは紛れもなく魔力ですね。宝物庫内に存在する霊具に反応しているのでしょう」

これが、魔力――雪斗は認識と同時に宮永へ視線を移す。どうやら同じ感想を抱いたらしく、彼女は熱を抑えるかのように自分自身を抱きしめていた。

「この中の、どれを使えば？」

雪斗が確認すると大臣は、

「ここにあるのは高位の力を持つ霊具ばかりです。そうした武具は使用者を選びます」

「使用者を……選ぶ？　武器が、意思を持っている？」

「そのような霊具も存在はしますが、この場合はあなた方の内に抱える魔力と霊具の魔力が触れ合って、相性の良い霊具がどれなのかを判別しているのです。感覚の赴《おもむ》くままに、宝物庫内を散策してください。そうすれば、一番適した霊具を見つけられます」

言われた通り、雪斗と宮永は立ち並ぶ武具を見据えながら歩き始める。本当に武具を扱えるのか不安になりつつも――やがて、雪斗は台座に安置された一本の剣に辿《たど》り着いた。

鞘《さや》に収められたその剣は、上から下まで全てが黒に染まっている。剣を凝視していると、後から追ってきた大臣が名を告げた。

「それは『黒羅《こくら》の剣《つるぎ》』ですね」

――剣の名称が、その漢字ごと頭の中に入ってくる。この世界が雪斗達と同じ文字を使っているはずがない。召喚時に言葉が通じるよう処置されたのとともに、発せられた単語を雪斗達にわかる形で変換しているのだと推測できた。

「鞘から抜き放たれた刀身もまた漆黒です。黒という色合いは夜や闇を連想させるものです。どちらかというと否定的に捉えられがちですが、その剣に闇の力は備わっていません。剣を通して発される魔力が、単純に黒いだけなのでしょう」

大臣は語りながら剣を台座から下ろし、雪斗へと差し出した。

それを受け取った雪斗は、柄《え》に手を掛けてみる。刹那、頭の中で火花が散った——そういう表現がおそらく近い。

脳内で、様々な知識が駆け巡る。この剣の特性、扱い方、戦い方——剣を使うために必要なあらゆることが、脳内へ刻み込まれる。

それはきっと数秒足らずの出来事。雪斗は我に返り、剣を見据える。

「……これで、俺が所持者になった？」

「はい、まさしく」

返事を聞いた直後、剣を鞘から抜くと体全体が熱を帯びた。何事かと心の中で呟《つぶや》く間に、全身に変化が訪れる。

剣から黒い魔力が握り締める腕を伝って全身を駆け巡った。そして一秒も経《た》たないうちに、収束。次の瞬間、雪斗の姿が一新された。

全身を、漆黒の衣服が覆っている。鎧《よろい》ではなくあくまで衣服だが、触《さわ》ってみるとずいぶんと硬い。さらに足にはブーツ。足にフィットするもので、足踏みすると驚くほど軽い。

この剣は使用者の着ているものを、魔力で取り込んで変化させる——衣服は雪斗の魔力で維持しており、それを解除すれば元の制服姿に戻る。剣に触れた瞬間、なだれ込んだ知識でそういうものだと理解できた。

「準備は、できたようですね」

雪斗は大臣の言葉に頷《うなず》く。するとここで、

「おお、すごい」

なんだか子どもっぽい感想を漏《も》らす宮永の声が。雪斗が視線を転じれば、指揮棒のような長さの茶色い杖《つえ》を握る彼女がいた。

「格好まで変わるものもあるんだね」

「そういう宮永さんは変わらないな。で、霊具の名は——」

「それは『癒世《りようせ》の杖』ですね」

と、大臣は即座に名を告げる。

「戦闘系の霊具というよりは、支援系に属するものです。怪我《けが》の治療や魔力を付与することによる強化などが主たる能力です」

「やっぱりか……霊具を手にした時に頭の中で使用方法は浮かんだけど、その多くは癒《い》やすことだったし」

これでは戦えないか——と、がっくりしている宮永へ、大臣がフォローを入れる。

「流れ込んだ記憶の中に、多少なりとも魔物と相対できる技法があるはずです。癒やすことが主体の霊具ですが、強力な武具であることは間違いなく、だからこそ攻撃にも転用できましょう。それに」

と、大臣は雪斗へ視線を向けた。

「危険な戦場において、支援者がいることは非常に心強い。ユキト様のお力にもなれるはずです」

「そっか……なら、私も行くよ」

「でも宮永さん、衣服は？　さすがに制服では……」

「大丈夫。さっき騎士さんに聞いたら用意してくれるって。城の入口には詰め所があって、そこで着替えられるみたい」

「大臣。私も同行致します」

さらに雪斗達の傍《かたわ》らに立っていた女性騎士が告げた。大臣は彼女を一瞥《いちべつ》し、

「わかった。ならばお二方と共に、戦列に加わってくれ。他の来訪者達は、こちらで対応する」

「わかりました」

——雪斗達は宝物庫を出ると、大臣は元来た道を引き返す。一方で雪斗達は女性騎士の案内に従い、城の入口へ。そして宮永が女性用の騎士服に着替えた後、

「……自己紹介を、していなかったわね」

女性騎士は、緊張した面持ちで雪斗達へ言う。

「私の名はセシル＝アルムテッド。この国で騎士として身を捧《ささ》げている者。呼び方はセシルでいいわ」

「ユキト＝セガミです」

「メイ＝ミヤナガです」

「戦士ユキト、戦士メイ……戦闘技術については霊具に触れた際にわかっているとは思うけれど、それだけで自由自在に戦えるわけではない。だから、私が援護する。まずは――」

「藤原君と、合流する」

雪斗の発言にセシルが頷《うなず》くと同時に、エントランスへ到着した。白い建材の広い空間。そこで見張りをする騎士へセシルは事情を告げ、城門の扉が開く。

「町中に魔物が跋扈《ばっこ》しているから……絶対に、気を緩めないで」

彼女の言葉に雪斗達は頷き――戦場へと飛び込んだ。

キィン――外に出た瞬間、雪斗はまたも金属音めいたものを確かに聞いた。同時に思考がクリアになったことを自覚する。
少しでも情報を得ようと体が戦闘モードに入る――これはそういう意味合いなのかもしれないと雪斗は思った。無論霊具『黒羅の剣』による影響もある。だが先ほどの変化は霊具を手にする前から。どうしてこんなことが――雪斗は困惑しながらも、一つ推測した。もしかしたら、小さい頃からやってきた剣道。ひいてはあの教えがあったからではないか。

『常に冷静に、周りを見て最善を尽くせ』

祖父からの言葉。どういう理屈か不明ではあるが、どうやら鍛錬の成果がこの世界で役に立っている――

どこか不思議な感覚を抱きながら、雪斗は周囲に目を凝らす。

(異臭がする……これは魔物のものか?)

何かが焼けたような臭い。獣が発する雄叫《おたけ》びのような声。そして甲高《かんだか》い金属音。最後のはおそらく剣や槍《やり》が奏でるもの。騎士や兵士が必死に魔物を倒しているのだろう。

「えっと、セシル、セシルさん――」

「セシル、でいいわ。戦士ユキト。口調もいつものもので構わないから」

「……ならこちらも戦士、なんて大層な呼び名はいらないから」

「私も同じく」

宮永も表明。それにセシルが小さく頷くと、雪斗は彼女へ疑問を投げる。

「それでセシル。当てはあるのか?」

「臭いについては、魔物を魔法などで倒した証拠だから、それを頼りにしても滅ぶ寸前の敵にしか辿《たど》り着かない。注意すべきは音と魔力。町中は死角が多いため視界にいないからといって安心はできない。けれど魔物は大きく、石畳の道でも足音は聞こえる。なおかつ魔力を探れば、絶対に奇襲は避けられる」

「わかった……肝心の藤原君は――」

「城門付近にはいないようね。大通りか、それとも路地裏か……近づけばわかるだろうから、まずは魔物を探さないと」

雪斗は同意し、走り出す。瞬間、自らに取り巻く魔力を克明《こくめい》に知覚した。

少し意識すれば、自分の体に粒子状のキラキラ光る物体が取り巻いているのが把握できる。重さを感じないもので、集中すれば粒子は体の中に引っ込む。それと同時に体の芯《しん》が熱くなる。

（普段、何もなければ魔力は少しずつ外に漏《も》れ出る。けれどそれを意識的に束《たば》ね、体の内でまとめれば、力が高まる……ってところかな）

隣を走るセシルを見れば、彼女の体にもそうした魔力を確認できた。さらに後方にいる宮永を一瞥《いちべつ》。同じように魔力――ただその量は、明らかにセシルよりも多かった。

（なるほど、大臣が語っていたのはこれか……）

自分達はこの世界の人間とは大きく違う――そんな考えに至りながら走り続ける。全速力のはずだが、息はまったく切れない。魔力を高めることで身体能力も、体力も、あらゆる面が向上している。

（これが俺達の持っている魔力……）

と、ここで雪斗はブレーキを掛けて立ち止まった。セシルと宮永も同様。場所は大通りの一角。ずいぶんと広い道路の中央に、魔物がいた。

合計で三体。一体は虎か獅子《しし》を模したような四本足の獣。尻尾《しっぽ》を立てて雪斗達を威嚇《いかく》し、唸《うな》り声を上げる。口元から覗《のぞ》かせる牙《きば》は大きく突き出ており、まるで刃《やいば》のように鋭い。

残る二体は、骸骨《がいこつ》。理科室にあるような人間の骨格模型が剣を握り鎧《よろい》を着ているような姿であった。

（初陣《ういじん》だな）

戦闘は避けられない。雪斗は剣を構える——両手で柄《え》を握り、切っ先を上に、さらに相手へ向ける。剣道でいう正眼の構えであり、祖父から習った動きが自然とできた。

それと同時に、新たな変化が。霊具の力によるものか、それとも剣術を体得していたためか、どう体を動かせばいいのか明瞭にわかる。

「路地からも、一体来ている……」

セシルが呟《つぶや》く。見れば四本足の魔物が路地から近づいてくるのが見えた。

「……あっちは頼んでいいか？」

雪斗が問う。それにセシルは首を向け、

「三体の魔物は？」

「俺が。宮永さんは、後方で援護を頼む」

足を一歩前に出す。刹那、明らかに魔物の気配が変わった。

セシルが何かを言い出すよりも早く、雪斗は走る。魔物もまた反応し、獣を守るように骸骨《がいこつ》騎士二体が立ち塞《ふさ》がった。

そのまま骸骨が同時に剣を振ろうとする。それを見た瞬間、雪斗はすぐさま理解する。二つの刃《やいば》が放たれる軌道と魔物の力。同時に刀身に秘める魔力の多寡《たか》を。

刃を交わさずとも、雪斗は瞬間的に魔物の能力を丸裸にする。さらに骸骨の体に、魔力の集積点とでも言うべき場所を見つけた。雪斗から見て右にいる個体が頭部。そして左の個体が胸部。そこに剣を叩《たた》き込めば魔物を倒せる――それがはっきりとわかる。

直後、剣を薙《な》ぐ骸骨騎士に対し雪斗は肉薄した。刃は予想通りの軌道を描いて迫ってくる。そこで雪斗もまた一閃《いっせん》する。狙ったのは右側の個体が持つ剣であり、両者の刃が触れた――直後、魔力が駆け抜け魔物の剣が弾き飛ばされる。

それればかりでなく、衝撃により体ごとのけぞる骸骨。雪斗はその隙《すき》を見逃さず、頭部へ剣を突き込んだ。

――当然ながら、雪斗は一度として真剣など握ったことがない。まして魔物相手など、たとえ対する魔物が剣を持ってなくても腰を抜かしてもおかしくない存在だった。しかし今の雪斗は極めて冷静だった。放った刺突も雪斗が予想した通りの軌道を進み――頭部を、貫いた。

雪斗は骸骨の頭が砕かれ、そこに取り巻いていた魔力が弾けるのを見て取った。魔力の集積点を破壊できれば、魔物は形を失う。人間でいう急所。直後、ガラガラと骨が音を立てて道路へ落ちた。

そこで雪斗はもう片方の骸骨騎士へ視線を向ける。刃が迫り、今まさに届こうとしていた。だがそれを引き戻した剣で受けると、勢いよく弾き返した。

それにより数歩たたらを踏む骸骨。即座に雪斗は体勢を崩しながら空きとなった敵の胸部へ横薙ぎを決めた。相手は避けることすらできず、一撃を食らう。カラン——と、骨が落ちる音。次の瞬間、魔力が弾け骸骨騎士は崩れ落ちた。さらに骨もまた、塵《ちり》となり消え失《う》せる。

そして残るは四本足の魔獣。少しでも動きが緩めば、首筋に牙《きば》を突き立てるべく突進を許していただろう。だが雪斗は一切隙を見せず骸骨騎士を撃破した。魔獣はついに攻撃できず、黙って見守る他なかった。

（こちらを窺《うかが》っているな……）

魔獣も同様に、雪斗の動きを見て能力の多寡を探っている。強力な個体ではあるが、霊具を持つ今の雪斗ならば、対抗できる——というより、このくらいの魔物を倒せなければ、藤原の援護などできはしない。

雪斗は剣を握り直す。恐怖は一切なかった。あるのは高揚感。死すら恐れず、ただ目の前の敵を対処するべく思考し続ける自分自身。

（霊具を手にして、こんな異常事態でも平静でいられる……奇妙な話だけど）

刹那、魔獣が吠《ほ》えた。威嚇《いかく》のようだが雪斗は動じることなく剣を構える。

そしてどう戦うか考える。魔力集積点は頭部。魔獣は巨体を生かして突撃を敢行《かんこう》するだろうと予想できた。魔力が集中している場所は急所ではあるが、そこに力を注げば強固な矛《ほこ》にも盾《たて》にもなる。目の前の魔獣の場合は、限界まで魔力を高めることで、鋭い槍《やり》のように強力な突進を繰り出せるはずだった。

それを真正面から受けきれるか――霊具は可能だと答えた。しかし、雪斗が持つこの剣は、それが本分ではない。

（剣の特性を生かして戦う……それが重要だ）

ならば――決断した矢先、とうとう魔獣が突撃する。間近にいる雪斗へ目掛け、風を切り迫ってくる。

それに対し雪斗は、足に力を入れた。次いで体を少し傾け、足を右斜め前に。魔獣の横を掠《かす》めるように、体が移動した。

同時に剣を一閃《いっせん》する。それは突撃する魔物へすれ違いざまに当たる形であり――魔獣の雄叫《おたけ》びが聞こえた。刃《やいば》が刻まれた魔物は、動きを大きく鈍《にぶ》らせながらも反転し、雪斗へ視線を注ぐ。

（致命傷とまではいかなかったけど……）

心の中で呟《つぶや》きながら雪斗は剣を構え直し――仕掛ける。魔物は応じようとしたらしいが、動き出すよりも斬撃を叩《たた》き込む方が圧倒的に早かった。

魔獣の脳天へ刃が入る。一切の容赦がない剣戟《けんげき》。雪斗の手からは魔物を斬る感触がしかと伝わってくる。

それと同時に手の先から溢《あふ》れる魔力を、少しだけ奇妙に感じた。意識できれば何のことはない感覚。むしろなぜ今まで認識できなかったのかと思うほど。

（霊具を手にして、大きく変わってしまったな……）

おそらくもう元には戻れない。今後、魔力という概念が深く根付いて離れることはないだろう。

雪斗はそこで思考を止めてセシルの方を見た。剣戟が獣へと叩き込まれ、その姿が消えていく。彼女もまた勝利した。その体には移動中に垣間見た以上の魔力がみなぎっている。

その原因は宮永がセシルへ向け手をかざしていたこと。強化魔法の類《たぐ》いのようだ。

「怪我《けが》は？」

尋ねるとセシルは「大丈夫」と応じ、

「メイ、ありがとう」

「どういたしまして。私の魔法は役に立った？」

「ええ、十二分に。両腕を強化してほしい、という頼みに対し、望む通りに力が高まったわ……先へ進みましょう。気配は感じ取れる？」

雪斗と宮永は頷《うなず》く。大通りの先に、強い魔力を感じ取ることができた。

それは魔物とは違う。邪竜の配下と思《おぼ》しき魔物達は、表現するならばひどく暗い魔力を持っている。絶望、恐怖――そういった気配が漂ったもの。しかし、真正面に存在する魔力はそれと相反していた。希望や救いといった概念のもの。

無論雪斗は初めて感じる魔力。しかしそれが聖剣の魔力であるのは、理解できた。

雪斗達はすぐさま走り出す。まばゆい光のような存在感を放つ気配へ向け、戦場となっている町中を疾駆《しっく》した。


聖剣を持つ藤原のいる現場へ辿《たど》り着くより前に、彼が放つ魔力に変化が生じた。遠方でも感じられる大きい魔力だが、それに対抗するような力が存在し、互いが勢力圏を争うかのように激突している。

「おそらく、王都を襲撃した魔物の総大将……！」

セシルの言葉に雪斗はなるほどと思う。藤原は大将を見つけ出し、それを打倒することで戦いに勝利しようと考えたのだ。

「総大将を倒せば、終わるのか？」

　雪斗の疑問に対し、セシルは難しい顔をする。

「正直なところ、わからないわ……ただ、魔物達の動きは目に見えて鈍《にぶ》るはず。魔物は命令を与えなければ無差別に暴れるだけになるから。統制が取れなくなれば戦いが楽に進むのは確かね」

「俺には魔物が無作為に動いているようにも見えるけど、そうじゃないのか……」

「ええ。邪竜の配下は魔物を軍隊のように扱う。理路整然とした攻撃により、人類は窮地《きゅうち》に陥った」

「狡猾《こうかつ》な奴らってことか……命令系統を失って暴れ始めたら、町中だと危ないんじゃないか？」

「そこは私達騎士がどうにかする」

　セシルがそう明言する。現場に近づくと、道の先にある大きな魔力はいまだ拮抗《きっこう》している。聖剣の力であれば、いかに総大将であっても倒せそうなものだが、

「聖剣の力を、まだ使いこなせていない？」

　宮永の口から突いて出た疑問だった。

「そうなのかもしれないわ。敵の指揮官クラスはまだ厳しいのかも」

セシルが応じる。雪斗は焦燥感《しょうそうかん》を抱きながらも、ひたすら足を動かし続ける。

やがて道の先に、藤原の姿を目撃した。格好はもちろん制服姿ではなく、真っ白い騎士服と呼べるもの。鎧《よろい》を着れなかったか、それとも拒否したのか。ともかく予想以上に身軽な装備で、彼は戦場に立っていた。

彼と相対するのは、巨人。常人の倍はある体格に、大剣を手にしている。剣を振り下ろされたら体が真っ二つどころか砕かれるであろう雰囲気のある強大な敵。

両者は雪斗から見て横を向いた状態で戦っている――巨人が大剣を振り下ろし、藤原は迎え撃つ。直後、彼が握り締める聖剣が、まばゆい光を放った。

彼の剣がすくい上げるような軌道を描いた。巨人の大剣と激突し、金属音がこだまする。途端、バリバリと魔力が弾け、まだ距離のある雪斗達の体にも当たった。

「これが聖剣か……！」

雪斗は呟《つぶや》きながら、剣を握る右腕に力を込めた。どうすればいいのか――状況を見て、即座に判断した。

「宮永さん、さっきセシルにやった強化魔法をお願いしたい」

「瀬上君に？」

「ああ。両腕……いや、右腕を強化してくれ」

「うん、わかった」

指示に宮永は承諾《しょうだく》し、霊具に魔力を集中させた。

その間に藤原と魔物の激突は互角に終わる。双方が一歩引くと同時、藤原の周囲に魔物が現れた。頃合いを見計らって仕掛けようとしていたらしい。すると彼は即座に回転斬りを決めた。それだけで迫ろうとした魔物は吹き飛ばされ、隙《すき》を与えない。

だが、それでもなお後続の魔物が追いすがってくる――彼の周囲は魔物だらけなのが明瞭だった。

(巨人が指揮官であると判断し、多少無理をしてでも攻撃したってことか)

状況を雪斗が克明《こくめい》に理解するのと同時に、魔物に対処する藤原へ巨人が仕掛けた。巨体に似合わぬ俊敏《しゅんびん》さで、剣を掲げ間合いを詰める。たった一歩。それで藤原を捉えた。

だが当の藤原はまだ魔物の対処に追われている――巨人は配下である魔物ごと、彼を斬ろうとしている様子。それは紛れもなく最適解だった。聖剣を握る藤原を何よりも優先する。もしこの場に雪斗達がいなかったら――それでも彼はなんとか応じたと雪斗は思うが、もしかしたら最悪の結末を迎えていたかもしれない。

「瀬上君、いけるよ!」

「よし……なら――」

雪斗は宮永からの魔法により右腕へ魔力が宿るのを確かめる。

(これなら……!)

確信するとともに、走りながら右腕を振りかぶり――剣を、投げた。

「っ……!?」

セシルも予想外だったのか小さく声を上げる。雪斗の刃《やいば》は大気を切り裂き、真っ直ぐ巨人へ迫り――

次の瞬間、頭部へ突き刺さった。

「なっ……」

藤原も突然のことに驚く。そして剣が飛んできた方角を見やり、雪斗達の存在により二度驚いた。

その間に巨人は崩れ落ちていく。藤原の周辺にいる魔物達はそれでもなお彼に追いすがるが――次の瞬間、聖剣の刃によって滅びた。

雪斗は右手をかざす。それにより巨人の頭部に刺さっていた剣が動き出し、まるで糸でもついているかのように手元へと戻ってくる。剣をキャッチしてから藤原へ近づくと、

「怪我《けが》は？」

雪斗の問い掛けに彼は答えなかった。代わりに、

「……宮永さん、瀬上君、どうして――」

質問を行ったが、その口が途中で止まった。雪斗が呆《ほう》けた顔を見せたためだ。

「……どう、したんだい？」

「あ、いや……ごめん、なんでもない」

雪斗はごまかすように手を振って応じた後、

「色々聞きたいことはあるみたいだけど、今はこの窮地《きゅうち》を乗り越えないと、だろ？」

「……そうだね」

告げた直後に周囲から魔物の気配。路地から這《は》い出るように魔物達が雪斗達へゆっくりと近づいてくる。

「囲まれているけれど……」

「指揮官を倒した以上、対処はそれほど難しくない」

不安をこぼすセシルに対し、藤原は剣を構え、

「宮永さんの武器は、杖《つえ》かい？」

「あいにく戦闘用じゃないけどね。怪我とかしたらすぐに治療してあげるし、何かあったらすぐに言ってね」

杖を振りながら告げる宮永に対し、藤原は少し驚いた顔を見せ「わかった」と答えた後、雪斗へ視線を転じた。

「……瀬上君」

「あ、うん」

「難しくない、と言ってもさすがに数が多い。いくら聖剣でも単独では迫ってくる魔物も

いるだろう。背中を、任せていいか？」

――彼の頼みで、雪斗の体の芯《しん》が熱くなった。

他ならぬ藤原の言葉だからそうだったのか、それとも聖剣を持つ存在だから、雪斗の霊具も反応したのか、あるいはこの一言で認められた、と思ったからか。

もしかすると――その全部が理由なのか。

「……ああ」

雪斗は呼吸を整え快諾《かいだく》する。そこで藤原は笑みを浮かべ、

「なら、頼んだよ。それと騎士のあなたは――」

「セシル＝アルムテッド。セシルと呼んでくれれば」

「ではセシルさん、宮永さんと合わせ、僕達の援護を頼みます」

「喜んで」

返答直後、魔物達が一斉に襲い掛かってきた。即座に雪斗達は反応し、迫り来る魔物を一閃《いっせん》し撃破する。

藤原が聖剣の一薙《ひとな》ぎで魔物を数体まとめて滅する。さすが、と雪斗は心の中で感嘆しながら、体に力を入れ複数の敵へ剣戟《けんげき》を決めた。

とはいえやはり霊具のスペックが違うためか、一撃で複数体殲滅《せんめつ》には至らない。倒しきれなかった個体はセシルが対処し、雪斗とセシルは二人で藤原に食らいつく。

まるで競うように魔物を撃破する雪斗達――やがて十分もすれば周辺にいた魔物は全滅し、雪斗はようやく息をついた。

「この場はひとまず片付いたか……」

「まだ魔物はいる。連戦になるけど、構わないかい？」

藤原からの問い掛け。雪斗は即座に頷《うなず》き、

「ああ、まだまだいける」

「なら、早速次の場所へ向かおう。指揮官と思《おぼ》しき魔物は倒したから、動きも鈍《にぶ》っているはずだ。このまま押し切るよ」

藤原はそう述べると、先導する形で走り始める。雪斗達は彼に追随する形で、町の中を駆け抜けることとなった。


その後、大通りや裏路地など、ありとあらゆる場所にいる魔物達を倒して回った。その間、住民の姿が見えないため雪斗は不安に思っていたのだが、

「邪竜の配下が地上に顕現《けんげん》して以降、建物については魔物よけの魔法を使用している。それにより住民は犠牲になっていないから」

セシルからそんな言葉がもたらされた。住民の犠牲はないと聞いて雪斗は安堵《あんど》した。

そうした会話を挟みながらも戦いを繰り返す。藤原と合流を果たしてから、およそ二時

間ほどだろうか――その間、雪斗は休みなく戦い続けた。

ぶっ通しで二時間も動けば疲労で倒れてもおかしくはないのだが、これもまた霊具の力だろうか。一切体が重いと感じることなく、集中力が途切れることもなく、戦い続けた。

「霊具は使用者に対し大幅な身体能力向上をもたらすの」

次の魔物がいる場所へ向かう間、雪斗の疑問に対しセシルはそのように答えた。

「高揚感を与えて恐怖をなくし、魔物と戦う際に最高のパフォーマンスで動けるようになる……でも、だからといってあなた達が霊具の力を最大限に活用できているわけではないの」

「それは僕もよくわかっている」

藤原が握り締める聖剣に目を落として話す。

「剣が持つ技法や能力などを十分に扱えていない……むしろ、僕は剣の記憶に引きずられて戦っている。先ほど巨人に苦戦したのも、結局は戦闘経験が足りないことに起因している」

「例えるなら」

雪斗は藤原の言葉に応じる。

「武器のレベルはマックスだけど、俺達のレベルは一ってことか」

ゲームに由来する話なので、セシルは首を傾《かし》げた。しかし藤原は理解できたようで、

「その通りだよ。強くならなければならない……邪竜を倒すために。そして、元の世界に帰るために」

彼は雪斗と宮永を一瞥《いちべつ》する。

「……どうして二人は戦おうと？」

「大臣は、色々と理屈をつけて説明していた」

先んじて答えたのは雪斗だった。

「俺が持つ魔力が、この世界の魔力に触れて、とか……それが直接的な理由なのかもしれない。でも、俺は最終的に自分の判断で……元の世界に帰るために行動しなくてはいけないって、強く思ったんだ」

「私も、同じかな。瀬上君が戦うと表明して、半分くらいは勢いだったけど……」

「そうか……」

藤原は口をつぐむ。そこで雪斗は、彼の心情をおおよそ理解した。

援護にクラスメイトが現れたこと自体に思うところがある様子。自分が戦うのと引き換えに、他の人を保護してくれと彼は願って戦場に赴《おもむ》いた。しかし、雪斗は霊具を手にして立っている。

「――そっちは、どんな風に考えてるんだ？」

雪斗も質問を返す。そこで藤原はもう一度、視線を向けた。

「俺がこの場にいること……自分の意思が無為にされた怒り？　それとも、なぜ戦うのかという疑念？　あるいは——」

藤原は雪斗の言葉を手で制した。その間にも近づく次の戦場。魔物の唸《うな》り声が、町中に響く。

「……瀬上君と宮永さんは、自分の意思で選択した。なら僕も、正直に答えないといけないな」

微笑を浮かべ、藤原は告げる。

「クラスメイトが突然来て、嬉《うれ》しかった。騎士や兵士……共に戦ってくれる人はたくさんいたけれど、見知った人が目の前に……自分は一人じゃないと、気付かされた。そういう人と共に戦場に立つ……それがどれだけありがたいことなのか、身にしみてわかった」

「そっか」

雪斗はどこか照れくさく感じながら、返事をした。

「なら、それでいいんじゃないか？　と俺は主張するぞ」

「うんうん、私も同意するよ」

「……そうだね」

藤原が応じた直後、次の戦場に到着した。騎士や兵士が魔物相手に苦戦している。そこへ飛び込むようにして雪斗と藤原は剣を振るう。まだまだ使いこなせてはいない霊具を、できる限り魔力によって扱い、魔物を屠《ほふ》っていく。

数を減らすごとに、周囲にいる兵士達から歓声がこだまする。それとともに士気が上がり、魔物は着実に数を減らし——やがて、掃討に成功した。

「ひとまず、片付いた……かな？」

藤原は呟《つぶや》きながら周囲を見回す。彼の言う通り、雪斗も魔物の気配が消滅したのを感じ取る。それとともに、戦闘により緊張していた力を抜いた。直後に疲労感が生まれたが、それはスポーツで楽しんだ後の時みたいに、どこか爽快なものだった。

無論、魔物がどこかに隠れている可能性は否定できない。だからここからは見回りをしなければならないのだが——

「三人は、城に戻って」

セシルが声を掛ける。良いのかと雪斗が問い掛けようとすると、

「ここからは私達騎士の仕事。隠れているかもしれない魔物は、町をよく知る私達が対処するべきもの。それにいくら霊具で強化されていても、疲労が少しずつ溜《た》まっているし、これ以上は危険よ」

確かに削り取られるように疲れが生じ始めているのも事実だった。聖剣を持つ藤原はそれでもまだ平気な様子だが、雪斗の方は動きが鈍《にぶ》ったためにかすり傷ではあるが負傷した。即座に宮永が治療をしたので今は外傷ゼロなのだが。

「本当なら、魔物の中には毒を持つ個体もいるから負傷したら確かめないといけないんだけど……」

「霊具の力で解毒《げどく》もできるから、問題はないさ」

雪斗は答えながらも、剣を鞘《さや》に収めた。

「なら、お言葉に甘えて休むよ」

「うん、私達の出番は終わりかな」

宮永は軽く伸びをする。藤原もまた剣を収め、

「それでは、戻ろう」

セシルに見送られるような形で、三人は歩き始めた。それとともに雪斗はクリアだった思考が戻っていることに気付く。

とはいえ最初のようにザワザワとした心情は消え失《う》せていた。霊具を手にして戦ったから——それが理由で間違いない。

(思考制御はできない感じだな……自由に変化できれば便利そうだけど)

内心、もう一度あの音が鳴らないか試してみるが、結局できずじまい。その時、隣を歩く宮永が天を仰ぎ何か考えている様子が映った。

「……宮永さん、どうかした?」

問い掛けてから雪斗は気付く。どうかしたもあるかと。突然異世界へやって来て武器を

手に取って戦っている。天を仰ぎ見るくらい当然だし、配慮が足らなかったかもしれないと。

しかし宮永は、雪斗の考えに対し予想外の答えを返した。

「あー、そうだね……色々と思うところはあるけど、一番感じたことはなんて皮肉なんだろうって」

「……皮肉？」

「この世界に来たことに対してじゃないよ。私はね、元々お医者さんになりたかったの」

その話を雪斗は聞いたことがあるため、

「誰かが風の噂《うわさ》くらいに言っていたな、そのこと」

「そうなの？　でもさ、アイドルになったからにはお医者さんの道はあきらめないといけないと思っていたんだけど……この世界へ来て、こうした力を得てしまった。何の因果かなって」

「宮永さんの能力なら、アイドルであっても可能だと思うけれど」

藤原が会話に入ってきた。すると宮永は手をパタパタと振り、

「両方手にしようなんて、そこまで私は器用じゃないよ。だから、私はどちらかを選ばなければいけなかった。アイドルをやるなら、それこそトップを目指す。そう目標を立てた。だから、あきらめようって思って……」

宮永は自身が手にする霊具を掲げた。指揮棒のような杖《つえ》。それが、彼女の力だけでなく、心にまで影響している。

ただ、それは決して負の感情ではない。杖を振る彼女の様子は、どこか軽快なものだった。

「……ま、こういう武器を手にした以上、私は役割を全《まっと》うさせてもらうけど……それよりも、二人とも剣を手にしてすぐに戦えるなんてすごいね」

「霊具の力さ」

藤原は聖剣に目をやりながら応じた。

「僕は剣道をやっているけど、あまり役には立たなかった……武道は心構えなんかも鍛えるから、敵を見据えてもそれほど動揺しなかったのは剣道をやっていたおかげかもしれないけどね」

「霊具に眠っていた記憶を自然に扱えた、みたいな？」

「そうだと思う……ただ僕の場合は聖剣に秘められた記憶が鮮烈で、僕自身の経験よりも圧倒的に強かったなんて可能性が高そうだけどね」

「俺も、そうだったのかな」

雪斗も藤原に続くように発言する。

「ただ、俺は役に立ったような気がしないでもないか……？」

「役に？　何か心得が？」

「いや、俺も剣道をやっていたんだけど……あ、部活には入っていないんだ。なんというか、道楽でやっていた祖父から趣味レベルで教わっていたというか――」

　その時、雪斗は感じ入るものがあった。確かに雪斗は部活に入っていないし、試合だって負け続けた。けれど魔物と相対《あいたい》した時、霊具の力がスムーズに、効率的に使えたような気がしていた。

　それはまるで、祖父の教えが霊具を使うことに役立っていたようであり――

（いや……さすがにないか）

　心の中で否定する。たまたまだろうと思い至った時、宮永が別の話題を口にした。

「セシルは大丈夫かな……」

　その言葉で雪斗は後方を振り返った。セシルの姿は見えない。場合によっては残っている魔物と交戦している可能性もあるが、

「瀬上君も気になる？」

「……そうだな。一緒に戦ったし」

「だね……ただ剣を握っているとは思えないくらい傷のないキレイな肌だったね。美人だし、私達の世界でアイドルやったら伝説になるかもしれない」

　大真面目に語る宮永に雪斗は面食らいつつ、

「伝説になるかどうかはわからないけど……例えば傷なんかは痕跡《こんせき》も残さず癒《い》やすことができるのかもしれない。それだったらセシルに古傷がないのは納得がいく」

「二人とも、この短時間で交流したのかい？」

藤原からの素朴な疑問だった。呼び捨てをしているところが気に掛かったらしい。

「そんな大した話じゃないよ」

と、宮永は笑いながら応じる。

「あくまで霊具使いとして、一緒に戦っただけ。親しくなるのはこれからかなあ……すごくキレイだし、私は仲良くなりたいけど。瀬上君はどう？」

「え、俺？」

「そうそう。お近づきになりたいとか思わない？　というより、一緒に戦ってどう思ったりした？」

「……えーっと」

思った以上にグイグイ来ることに加え、今まで話してこなかったクラスメイトのアイドルに対して雪斗はタジタジになる。そんな様子を見て藤原は苦笑し、

「宮永さん、そのくらいにしたら？」

「え？　少しくらい華のある話だって必要じゃない？　だってずっと眉間《みけん》にシワを寄せていたら勝てるものも勝てないし」

「今の俺、眉間にシワが寄っているんだけどさ……」

雪斗の言葉に宮永は爆笑した。これまで見たことのない、アイドルでもなく、クラスメイトでもない彼女の姿だった。

「ま、心を落ち着かせるには、戦いから話題を逸《そ》らすのがいいのかもしれないけど、ね」

藤原は応じながら近づきつつある城を見上げる。そこで大きく息を吐いた。

「異世界、か……正直聖剣を手に取った今も実感がない。これは単なる夢で、あの場所に戻れば教室に帰れるのでは、と考えている自分がいるよ」

語りはしたが、彼の口の端には自嘲するような笑みがあった。

「けれど同時に、体に備わった魔力が……初めて戦ったことによる体の感覚が、現実なんだと教えてくれる。僕らは、理不尽だけど異世界に辿《たど》り着いてしまった……この世界の人達を非難する権利も、糾弾《きゅうだん》する資格も持っている。だけど、それで何かが変わるわけではないな」

「私も色々言いたいことはあるけどさ」

藤原と共に、城を見上げ宮永は語る。

「元の世界へ戻るには、頑張らないといけない……それだけはわかる」

「俺もだ」

雪斗もまた、城を見上げる。それと同時に拳《こぶし》を握り締めた。

「ひとまず危機は脱した……まずはゆっくり休む。そして世界の現状を教えてもらう。まだ知らないことが多すぎるからね」

「この世界の食べ物、美味しいかな？」

「宮永さん、次は食べ物の話……」

「だって大切でしょ？　お二人さんはそういうところ遠慮しそうだけど、こういうことはきちんと言わないとね」

　ニッコリしながら語る宮永を見て、雪斗はその図太さに感服する。

「とりあえず、俺達の世界と食材がどう違うのか気になるな」

「そうだねー……と、私達ってお城の中で暮らすのかな？　だったら少しくらい贅沢《ぜいたく》してもいいかな？」

「贅沢って……例えばどんな？」

「一回くらいパーティーとかやってもバチは当たらないと思うんだけど」

「そんな余裕、どこにもなさそうだけどなあ」

　まるで今まで毎日話していた友人のように、雪斗と宮永は会話を続ける――異常極まる異世界で、クラスメイト同士の会話を繰り広げながら、雪斗達は城へと帰還した。

＊　＊　＊

魔物の残党を捜索する最中、セシルは先ほど共に行動していた異世界からの来訪者達の戦いぶりを思い返していた。

霊具を手にして戦うと決断した雪斗の姿を見て、セシルは最初動揺した。姿を見ただけでわかる。来訪者達は例外なく、武器を手に取って戦ったことなどない存在だった。

魔物と相対《あいたい》することなど想像すらしていなかったはずだ。しかし彼は、何かに急《せ》かされるように戦う道を選んだ。セシルはならば、その支援に――可能な限り、尽くそうと考えていた。それこそ自分達の手によってこの世界に招いてしまったが故の、責務。

だが同時に、奇妙な考えも頭の中に浮かんでいた。大臣の指示によって、セシルは宝物庫の鍵を持参し、彼が霊具を手にする光景を眺めた。そして隣で戦い、その姿を目《ま》の当たりにした。

それを見た衝撃を、セシルはきっと忘れないだろうと思った。武器を握ったことのない人物が躍動し、魔物を滅していく姿を見て、英雄や勇者と呼ばれる存在は彼らのような人を指すのだと心のどこかで考えた。

それと同時に、一つ感じ入ることがあった。それは彼――ユキト＝セガミと名乗った彼について。戦いぶりを見て胸の奥に宿ったものは、圧倒的な力を目の当たりにして羨望《せんぼう》のような感情を抱いたためか、それとも――

「っ……」

小さく呻《うめ》くと、セシルは思考を振り払った。余計なことは考えるなと自分に言い聞かせる。

そうしてセシルはただひたすら、同僚と共に残っているかもしれない魔物の捜索を続ける。けれど、頭の隅《すみ》には鮮烈な彼の戦いぶりが――いつまでも残り、離れなかった。

第二章　邪竜との戦い

雪斗達が部屋で休むより前に、もう一つだけやることがあった。最初城側には「明日でもいい」と言われたが、藤原が「今日やりたい」と主張し、それは実現した。

戦いが終わり、話を聞きつけて雪斗は城内の廊下を歩く。共にいるのは藤原と宮永の二人。つまり霊具を手にして戦った三人であった。

「ずいぶんと急じゃないか？」

「いや、早く顔を合わせておくべきだよ」

雪斗の言葉に藤原は和やかに応じる——これからやることはひどく緊張を伴うはずなのだが、藤原は何でもないように受け止めている様子。

一方で雪斗と宮永は少なからず体が硬くなっている。それは無理もなかった。なぜなら今から向かうのは玉座《ぎょくざ》の間——この国の王に、謁見《えっけん》するのだから。

「明日、謁見とか言われたら緊張して夜も眠れないだろ？」

「いや、そうかもしれないけど……」

雪斗は共に歩く二人を見やる。戦いの後に雪斗は着替え、藤原と同じ騎士服姿となっている。戦いを経たためか、藤原はずいぶんと様になっている。

一方で雪斗は着られているという表現が似合うものになっていた。戦闘用でもあるためだからか素材が硬質で、動きにくい。同じものを着ているはずの藤原は動きが普段とまったく変わらないため、さすがだと雪斗は心の中で感嘆する。

「なんだか窮屈《きゅうくつ》そうだね」

と、横から宮永に声を掛けられる。雪斗は視線を転じると、既に慣れたのか騎士服でも軽快に歩く彼女の姿があった。

藤原と同様に戦場を経験したから慣れた——と見ることもできるのだが、なんだかしっくりしすぎていて雪斗は違和感を覚える。

「……そういう宮永さんは、着慣れているように見えるけど」

「PVとかの撮影で、こういう服を着たことがあって。それよりは分厚いけど」

「ああ、そうなのか……」

「ちなみにその曲は絶賛発売中。良かったら買ってね！」

「ああ、うん、そうだな……というか、今こんなところで宣伝とかするんだな……」

「それはもちろんいつでもどこでもファン獲得には余念がないからね！　よし、それじゃあ、元の世界に帰ったら好きになるまで聴かせてあげよう」

「好きになるまでって……それ、逆に嫌いになるんじゃあ……」

ツッコミを入れた矢先、とうとう雪斗達は玉座の間へ通じる白い扉に辿《たど》り着いた。両開きのもので、会話を中断して事の推移を見守る。数秒後、重厚な音を響かせながら扉がゆっくりと開き始めた。

中は——まず赤い絨毯《じゅうたん》が一直線に敷かれていた。その左右にはグレン大臣のような法衣を着た人物達が並ぶ。年齢は総じて高く、文官で重役の者達が集まっている様子だった。一方で騎士はこの場にいない。おそらく町の治安維持に奔走《ほんそう》しているのだと雪斗は推察する。

広間は大理石のような白い建材であり、上部には窓が。太陽光が差し込んでおり、さらに魔法の光があちこちにある。本来なら影になる部分に計算して配置されているためか、暗い部分が一切なかった。

次に真正面。赤い絨毯は広間の奥にある三段の階段にも敷かれ、玉座の真下まで到達している。玉座には一人の男性が座っており、傍《かたわ》らにはグレン大臣が立っていた。

藤原が歩き始め、雪斗と宮永はそれに追随する。階段下まで着くより前に、雪斗は王の姿を確認した。一目見た感想は、

（……若い）

セシルから事前に聞かされていたが、それを踏まえても、そんな感想を抱いた。

綺麗な青い髪を持っており、爽やかな印象を与えてくる。年齢は自分達とそう変わらな

い、まさしく若い王だった。

白い法衣姿でありこの玉座の間においても存在感を放ってはいるのだが、王として威厳を示すにはまだまだ年齢が足りないのか、背伸びをした子どものような印象を受ける。

雪斗達は階段下に到達。そこで先頭の藤原は立ち止まり、ひざまずこうとした。動きを見て雪斗と宮永も後に続こうとしたのだが、

「どうかそのままで、異世界の勇者達よ」

心に染み渡るような声が、玉座の間に響く。藤原は動きを止めた後、直立し王を真っ直ぐ見据えた。

「私はジークベイル＝レンシェイン＝フィスデイル……このフィスデイル王国の代表にして、王だ。私のことは、ジークで構わない」

友人と接するように話をする王。雪斗としては内心どうすべきか困惑するくらいなのだが、藤原は「わかりました」と応じた。

「では、ジーク王……こうしてお会いできたこと、光栄に存じます」

「光栄、か。私達はあなた方を強引に呼び寄せた。本来ならば、糾弾《きゅうだん》されてもおかしくない立場だ」

雪斗達に誤魔化《ごまか》すことなく述べるジーク王。

「だが、それでもあなた方は戦ってくれた……そのおかげで、窮地《きゅうち》を脱することができ

た。この国の代表として、礼を述べたい。本当にありがとう」

雪斗は内心、くすぐったい思いだった。確かに感謝されるだけの理由はある。ただ、その自覚がまだ希薄なのかもしれない。

「そしてもう一つ。こんな形で……この世界と何ら関わりのないあなた方を招いてしまったこと……世界の危機であるとしても、非があるのは間違いない。そこについては、謝罪する。本当にすまない」

雪斗達は黙ってその言葉を聞き続ける――内心、理不尽であると今でも思っている。けれど、賽《さい》は投げられた。文句を言っても、何一つ変わらないと雪斗は結論づける。

「……僕達が」

少し間を置いた後、藤原が話し始める。

「僕達が元の世界へ帰れる日は……邪竜という存在を倒してからですか？」

「そういうことになる。厳しい戦いが予想されるが」

「わかりました。こちらとしてはグレン大臣へ告げた要求……それをきちんと履行《りこう》していただければ、少なくとも僕が戦うことはお約束します」

「あなた方の仲間を保護する、という点だな？」

「はい」

（あくまで、俺達のことを考えているのか……聖剣を持っているため、彼は戦い続ける他ないけれど……そんな彼のために何ができる？）

　雪斗は自問自答する。彼に全てを背負わせるのは無茶だと考える。

　頭の中で悩む間に、ジーク王は話を進める。

「あなた方……異世界からの来訪者の安全は、最大限お約束する。あなた方を無下に扱うこともないし、城から叩《たた》き出すような真似《まね》もしない。私達には負い目もある。多少無理な要求についても、可能であれば実現しよう」

「そこについては、僕らできちんと話し合います。例えばの話、毎日飲めや歌えの大騒ぎをすることはないとお約束します」

（そんなことをやる人間はいそうにないからなあ）

　無理矢理連れて来られたから、暴れてやろうなんて考える人間はおそらくこのクラスにはいないが、この世界の人々からしたら、そうされてもおかしくないと認識している。

「……それで、問題の邪竜ですが」

　藤原は話を進める。ジーク王は頷《うなず》き、

「あなた方はまだ、邪竜について知らない。よって、まずは邪竜の所在やどのような戦いを仕掛けているかなど、理解してもらうべきだ。それらをわかった上で、今後の方針を決めたいと思う」

「承知致しました」

藤原は同意し、ジーク王はわずかに目を細めた。

「……この戦い、苦難に満ちたものとなる。どうか私達と共に、戦ってほしい」

その言葉の後、雪斗達は玉座の間を去った。そこから侍女に部屋へと案内され、ようやく休むこととなった。

「……ふう」

雪斗は小さく息をつき、まずテーブルの上に剣を置く。ベッドに飛び込みたい欲求に駆られながら椅子に座る。同時に、自分が手にした霊具を見据えた。

「戦ったんだよな、俺は……」

改めて、信じられない心境だった。けれど魔物を斬った感触は手に残っているし、目前にいた巨大な敵の気配もはっきりと思い出せる。

呼吸を整え、目を閉じる。瞑想《めいそう》にも似た行為だったが、それで置いた剣を意識すると、魔力を感じ取れた。

次いでまぶたの裏側で先ほどの戦いぶりを思い返す。命を奪おうと襲い掛かってくる魔物。本当なら恐怖し足がすくんで動けなくなってもおかしくなかった。しかし一切負の感情が湧き出ることなく、戦い続けた。

霊具による精神の高揚が原因であるのは明白だった。きっと死ぬ寸前まで、恐怖を抱かず戦い続けられるだろう。もちろん死ぬのは怖いし、それが身近に感じられる世界であるのは間違いない。もし自分が、危険な状況に立たされたら――

コンコン、とノックの音がした。誰かと思い返事をしながら立ち上がり扉を開ける。廊下にいたのは、

「どうも」

藤原だった。突然どうしたのかと戸惑っていると、

「宮永さんか瀬上君か、どちらかに相談しようとして……最初にここへ来たんだ」

「相談、って？」

「他のクラスメイトについてだよ。今のところ茫然《ぼうぜん》自失《じしつ》といった感じだけど……瀬上君達が戦っているのを知れば、自分も戦うと表明する人が出てきてもおかしくない」

「……そうだな」

雪斗も彼の意見に同意する。

「藤原君はそれについてどう思うんだ？」

「霊具を手にするかは、本人の意思を尊重したい……かといって強制するわけでもない。クラスの皆のまとめ役はきっと僕になるだろうから、瀬上君はどう考えているのか訊いてみようかと」

「どういう選択をしても、平等に接するってことが大切じゃないか？」

雪斗は部屋に置いてある霊具を見据え、語る。

「一番やってはいけないのが、クラスメイト同士で軋轢《あつれき》が生じることだ。特に霊具を握っている人と持たない人で区別してしまうのがまずい。戦いたくない人が負い目を感じることがないように……そして、霊具を手に取った人が持たない人を差別しないようにするのが、何より重要じゃないか？」

「うん、瀬上君の言う通りだな……まず僕らが結束するのが重要だね」

「……その役目も、藤原君がやるのか？」

質問に当の彼は笑みを浮かべ、

「僕しかできないと思うから」

「でも、クラスメイトのケアに加えて戦闘……きっと、聖剣所持者として国の人との折《せっ》衝《しょう》だってあるはずだ。その全てを一人で……」

ここで、藤原は声を上げて笑う。雪斗は反応に目を丸くする他なく、

「瀬上君、ずいぶん冷静だな。クラスメイトの立場についての考察もそうだけど、状況がはっきり見えている」

「そ、そうか……？」

「うん。それに国の人との折衝まで頭が回っていなかったよ……確かに今後、王様や大臣と向き合っていく必要性もあるね」

——思考がクリアになっていた経験からも、他のクラスメイトと比べ色々考えることが

できているのは間違いなさそうだった。

（自分はこの世界に合っているようにも思えてしまうな……）

戸惑う状況ではあったが――雪斗はこれが役に立つならば、と考え直す。

「ともかく、一人で何もかも背負うのは無茶だ」

「うん……今後のことをどうするか含め、僕自身どんな風に立ち回っていくかも考えようか。またこんな風に相談してもいいかい？」

「ああ」

頼られていると自覚し、ほんの少し体が熱くなった。それから藤原が去って、雪斗は天井を見上げた。

「……自分に何ができるのか」

そしてこの異世界から帰るにはどうすればいいか。

冷静だと言われた自分自身が策を提示する役目を担うべきか。けれど、自分の頭で献策《けんさく》など可能なのか――雪斗は少しずつ赤みが増していく部屋の中で、今後のことに思いを馳《は》せた。

その後、夜を迎え雪斗はあてがわれた自室で夕食をとった。食堂のような場所でクラスメイトが集まっているらしく、そちらへ行く選択肢もあったのだが、一人で落ち着いて考え事をしたかったので部屋の中を選択した。

出されたものは、主食はパンでメインは肉料理。スープなどはスパイスを使っているのか少し香ばしい匂いがした。

皿や容器が特殊なのか、ゆっくり食べても料理が冷めることもなかった——味も西洋の料理を連想させるもので口に合う。食事の心配はなさそうだった。

食べ終えると雪斗は少しの間、窓から眼下《がんか》に広がる夜景を眺めた。元の世界にある都会の光と比べるべくもないが、町に点在する明かりを見て——穏やかな夜を見て、自分が戦ったのは決して間違いではないと確信した。

そこから雪斗は湯浴《ゆあ》みを行う。城内にはいくつか浴場が存在し、大浴場もあるとのことだが、雪斗が案内されたのは数人程度が入れる浴槽のある小さなもの。石鹸《せっけん》などもきちんとあって、ハーブと思《おぼ》しき香りが漂っていた。水道設備も整っており、蛇口のようなものをひねればお湯が出てくる。一体どういう仕掛けで高層階にある城内に水を引っ張ってお湯にしているのか——疑問が尽きない中、雪斗は体を清めた。

湯浴みを終えると出された寝間着に着替え、雪斗は部屋へ戻る。比較的軽装なのだが、城内だとやはり寒くなかった。

「外気温的に冬のはずだけど……どういう暖房機能なのか。魔法による効果かな……城内を均一に暖かくするというのは、すごいな」

感想を呟《つぶや》きながら雪斗はベッドで横になった。疲れていたのか眠気がすぐに到来し、目をつむった。

（寝て起きたら、元の世界に戻って……とは、いかないよな）

クラスメイトの中にはそんな風に願う人間もいるだろう。けれど霊具を手にした雪斗は、これが現実であると痛感している。

（明日は……まずこの世界を知ること。それが第一歩だ）

呟き意識が途絶える。こうして雪斗にとって長い一日が、終わりを告げた。

＊　＊　＊

――眼下に広がる王都の夜景を見据えながら、その男は立っていた。場所は王城の反対側。町を挟んで存在する、山の頂上付近。

『――報告だ』

くぐもった声が男の耳へと入る。夜に溶け込み、なおかつローブで全身を覆いフードまで被《かぶ》るその姿から、表情を窺《うかが》い知ることはできない。報告を告げに来た存在も闇夜に紛れ全貌の確認は不可能だが、もし誰かが見ていたとしたら、人の形をした異形であるのは理解できたかもしれない。

『王都を強襲した部隊は全滅を確認。周辺にいた魔物達は一度巣へ帰還させた』

「この場所にまだ戦力が残っていたってことかあ？」

男が首を傾け報告者へ視線を送る。その者は闇の中であっても、人間に倍する巨体であるのは明瞭だった。

「おいおい、今回の作戦で邪竜サマに王都を献上できるって算段だった。残存している戦力を分析して、倒せるだけの面子《メンツ》をここに放り込んだ。人類サマの最後のあがきが上手くいったのかよ？」

『理由はわからない。わからないが……』

報告者は言いよどむ。男は眉をひそめ、

「どうしたよ？」

『詳細は確認できていないが……どうやら、聖剣の使い手が魔物を倒したらしい。なおかつ、特級クラスの霊具を使用できる人間も登場した』

両者の間に言葉がなくなった。冷たい風が吹き抜け、しばし葉擦《はず》れの音だけが世界を包む。

そんな状況を打ち破ったのは――男の哄笑《こうしょう》だった。

「……ハ、ハハ。ハハハハハハハハハ！　おい、マジかよ！　絶対に現れないとか誰かが豪語していたが、結局出てきたのかよ！」

『使用者の詳細は不明だが、そこは間違いない』

「散々出ないとか言われてたのになあ……あれ、言ってたのは邪竜サマだったか？　もしそうなら、邪竜サマの見解も当てになんねえなあ」

『……あの御方《おかた》を非難することは許さんぞ』

「別に非難してるわけじゃねえよ。そんなカリカリすんなって」

　笑いながら男は話す。

「ま、それなら納得いくわ。で、どうすんだ？　とうとう人類を支配できると思っていたら一転、逆転されるかもしれない状況になったわけだが」

『貴様はどう見る？』

「単なる前線指揮官に意見を聞くのか？」

『貴様はこの王都……我々の中でもっとも重要な場所を任された存在だ。しかも人間からの裏切者で、だ。同じ人間であるなら、策の一つでも思いつくのではないか？』

「単に俺がこの国を熟知していたから選ばれただけだがなあ……ま、いいや。肝心の策だが、とにもかくにも相手のことを知らなきゃ始まらんなあ。情報収集が最優先だ」

　腰に手を当て、男は異形へ告げる。

「よおし、奴らは街道を封鎖している『悪魔の巣』を狙うだろ。観察してどういう人間が参戦したのか調査しようじゃないか」

と、男はここで城を見上げた。

「どんな奴なのか知らねーが、戦う前に面《つら》ぐらいは確認しないといけないよな。ああ、それと」

男は意味深な笑みを浮かべる。もし素顔が見えていたら、獰猛《どうもう》なものだと映ったことだろう。

「一応確認だが、今回の失態で指揮官から降格、なんてことにはならねえよな？」

『問題はない。引き続き任に当たれ』

「オーケー、なら好き放題やらせてもらうぜ……楽しくなってきたじゃねえか」

再び哄笑《こうしょう》が響く。直後、報告者は踵《きびす》を返し無言でこの場を離れた。

「聖剣使いか……ああ、骨のある奴が現れてくれて嬉《うれ》しいぜ。面白くなりそうだ！」

星空を見上げる。男の口の端には、はっきりとした笑みが浮かんでいた。

＊　＊　＊

その日、雪斗は夢を見た。それはひどく見慣れた夢であり――雪斗にとっては、苦い過去の出来事。中学生の時。

場所はとある市民体育館。そこで行われていたのは剣道大会。といっても全国大会といった名のあるものではない。中学生以下で行われる、市主催の剣道大会だった。

雪斗は時折、こうして開かれる大会に参加した。目的は学んだ剣道でどこまでやれるのか――つまり自分の実力を試すため。それは竹刀《しない》を振り続け多くのことを学んできたという強い自負があったから。自分は強いのだという確信を得るために。

けれど、その結果は散々たるものだった。

パアン――と、竹刀の音が体育館に響き渡る。審判の旗が上がりどちらが勝利したのか、明確となる。

雪斗は一礼して試合の場所から離れた。結果は、一回戦負けだった。

そのことに対し、雪斗は考えないようにして帰る準備を始めた。これで何度負けたのだろう――頭の中で数えようとしてすぐに止《や》めた。同時に悔しさがこみ上げてきた。

雪斗が通う中学校には剣道部がなかったため、こうして一人大会に出ていた。けれど結果は大抵一回戦負け。勝ったとしてもその次では勝てないという有様だった。

雪斗自身、祖父の教えは好きだったし、何より格好いいと思っていた。だから常に冷静に、時に全身全霊を――でも、力を出し切ることはできなかった。

自分の結果は、祖父の教えを裏切っているのではないか。そんな風に思うことすらあった。だからそうではないと証明するために試合に出ていた。しかし、

「……あ」

市民体育館を出た時、観戦に来たのか祖父と遭遇した。背筋が伸び、歩く姿も何ら青年と変わらないような足腰が丈夫な人だった。剣道以外では常に柔和な笑みを伴う心優しい人で、高校進学前に亡くなるまで、祖父の下で剣道を学び続けた。

「え、と……」

負けたことを咎《とが》められるかと思い言葉を濁《にご》した。すると祖父は歩み寄り、右手を雪斗の頭の上にポンと置いた。

「よくやった」

きっとそれは、祖父にとって本心からのものだったのだろう。指導は厳しかったが、試合の結果で叱責《しっせき》するようなことはなかった。

雪斗もそのことに弁解することはなかったが、心の内では申し訳なさと、勝ちたいという気持ちで一杯だった。

勝つことが、祖父の教えの正しさを証明することだと思っていた。だからこそ雪斗は試合に出続けた。結局、ただの一度も優勝するどころか決勝の舞台にすら上がれなかったが、祖父が亡くなるその時まで続いた。

そして教えを受けられなくなった時、雪斗は竹刀《しない》を振り続けるにしても試合には出なくなった。手にした剣道を忘れるつもりはないし、勝つことに飢えてはいたが糸が切れたように、自分には手の届かないものだとして、あきらめてしまった。

でも心の奥底では、思っていた。勝たなければいけない。そうでなければ、祖父の教えも、自分がやってきたことも意味がないのではないか――

そんな風にいつも考え、夢から覚める。最初自室でないことを理解し少し混乱した後、昨日の戦いを思い出して息をついた。

「……夢は、いつもと同じか」

胸に残る燻《くすぶ》るような焦燥感《しょうそうかん》を抱きながら雪斗は起き上がった。


支度を始め、昨日玉座の間で謁見《えっけん》した際に身につけた騎士服を着込む。まだまだ慣れない服装に戸惑いつつ、雪斗は部屋の中で朝食をとり、廊下に出た。

そして辿《たど》り着いたのは一枚の扉。自身の部屋から数回角を曲がった先にある部屋で、朝食後に来るよう指定された場所だ。

扉を開けると、既に他の面々は待っていた。小さな会議室で、中央には四角いテーブルがあり、銀製のトレイとティーポット、ティーカップセットが一式置かれている。

雪斗の視点から奥側に昨日共に戦ったセシルが立っている。格好は鎧姿《よろいすがた》ではなく、青を基調とした騎士服姿。身長が高いこともあって、ずいぶんと様になっていた。

「ようこそ。さ、座って」

彼女にテーブルの手前にある椅子へと促される。そこには椅子が三つ並んでおり、その内の二つに藤原と宮永が着席していた。

「おはよ、瀬上君」

最初に声を掛けてきたのは宮永。藤原が中央で彼女が左。よって必然的に雪斗は右側に座る。

「おはよう、宮永さん」

「ちゃんと眠れた？」

「正直、自分でも驚くくらいにぐっすりと」

夢見は雪斗にとってよくなかったが、寝覚めそのものは悪いものではなかった。

「私も一緒だよ。朝食の時に聞いたけど、他のクラスメイト達はそうでもなかった……霊具を持っているのが関係しているっぽいね」

「精神を安定させるのも、霊具の特徴だから」

セシルが解説する。そこで彼女は雪斗達の対面に座った。

「さて、私はあなた達にこの世界についてや、邪竜のことを話すよう指示を受けた。既に顔を合わせているからというのが理由ね。改めて自己紹介をするわ。私の名はセシル＝アルムテッド。フィスデイル王国騎士団の一員にして、同時にあなた達と同じ霊具使いでもある」

「よろしくお願いします」

藤原が述べる。それに対しセシルは苦笑し、

「聖剣所持者である勇者カイを前にして、少し緊張するわね。それじゃあ――」

「あ、その前に一つ。僕達のことは普通に名前だけ呼んでくれれば良いですよ。戦士とか、勇者とか、枕詞《まくらことば》をつけられるのはなんだか気恥ずかしいというか。言葉遣いも普通で」

「そう？　なら、遠慮なくそうさせてもらうわ。それと、カイも丁寧な話し言葉は必要ないわ……あ、それを言うならあなた達同士、態度が仰々《ぎょうぎょう》しいような気がするわね」

「仰々しい？」

首を傾《かし》げる雪斗に、セシルは頷《うなず》き、

「ええ。三人とも姓で呼び合っているから」

言われてみれば、この世界の人は名前呼びをしているが、雪斗達はクラスメイトの関係であるため名字で呼び合っている。

「私達が姓で呼ぶのは、例えば何家の長男とか、具体的に家系について語るために使われる程度で、名で呼ぶのはそれが普通だと考えているからだけれど……あなた達は違うようね？」

「まあ、うん。そうだね」

素直に藤原は頷いた。ただそれと同時に何らかの考えがある様子で、

「この世界の住人にとって、不思議なことみたいだね。このまま変えなくとも僕らにとって問題はないけれど……変に指摘されるのは後々厄介事を招くかもしれないし、僕らもこの世界の流儀に合わせようか」

「それって、つまり」

宮永が声を上げると、藤原は「そう」と短く返事をして、

「僕は藤原海維ではなく、カイ＝フジワラだ……以降、僕のことはカイと呼んでくれ。君付けとかもいらない」

「なら私はメイだね……名前で呼び合うのは、結束も固まりそうだし良さそうだね」

「霊具を手にして一緒に戦っていくのだとしたら、むしろやっておくべきことかもしれないな……というわけでよろしく、メイ、ユキト」

藤原——カイは述べる。雪斗——ユキトとしては内心ドキッとなったが、口には出さなかった。

「それでセシル。話に入ろうか」

「ええ、わかった……まず、そうね」

呟《つぶや》きながらセシルはティーポットを手に取って、お茶をついだ。紅茶らしき色合いで、魔法によるものか、加熱などしていないにもかかわらず、白い湯気が上がった。

「さすがに一度に全てを説明しても憶えるのが大変だし、この国の歴史についても、もう

少しこの世界のことを理解してからの方がいいでしょうから、重要な部分だけ話すわね。では最初に、問題を一つ。人類に襲い掛かってくる脅威……邪竜。それは一体どこにいるのか」

「どこに、って……」

ユキトは頭をかきながら困惑顔。この世界のことを知るよしもない人間からすれば、想像のしようもない。

「ではカイ。あなたはどう考える？」

セシルからの問い掛け。これにカイは口元に手を当て、

「推理しろってことかい？　それなら……現在、邪竜は配下の魔物達を率いて攻撃を仕掛けている。となれば自身は安全圏にいるのが普通だ。この大陸のどこかまではわからないけれど……周囲に人間がいない場所、かつ魔物達に指示を出せる所……いや、魔法を使えば連絡手段はどうだっていいのかい？」

「魔法を使って指令を出す、というのは間違いないし、邪竜の動きなども観測はしているわ」

「こちらが捕捉できているのなら、居所も判明しているのか……人類側の戦力の程はわからないけど、容易に攻め込めない場所……例えば山奥とか、あるいは海中とか」

「なるほど……不正解ではあるけれど、カイの推理に合致する所に居を構えているのは確

かね」

セシルは頷《うなず》きながら応じた。ユキトはここで、彼女がまとう雰囲気が戦場に立っている時と比べずいぶんと穏やかであるのに気付く。

生死の境目にある戦地で気配が硬質になるのは当然だが、彼女の場合は普段と非常時とで区別している様子。口調もどこかおっとりしており、その美貌もあってユキトには大層魅力的に映った。

「容易に攻め込めない場所。問題はそれがどこなのか。驚くでしょうね」

「……どこなんだい？」

カイが問い掛けると、セシルは横を向いた。視線の先には窓。角度的に建物は見えないのだが、町を挟んで鎮座する山は見える。

「あそこの山の麓《ふもと》には、この国が管理している迷宮がある」

「迷宮？」

「そこは、この国の根幹を成す所と断言できる……迷宮に、邪竜はいる」

一瞬聞き間違えかと思うくらいの内容だった。ユキト達の反応はまったく同じであり、セシルが示した山へ視線を移した。

「あの山の麓に!?」

最初に声を上げたのはメイ。

「場所も驚きだけど……それってもしかして、いつ何時《なんどき》邪竜が出てくるかもわからないってこと……!?」

「迷宮の入口は厳重に封鎖されている。加えて結界を行使し絶対に破られないような処置を施しているの。魔法の維持には大地の霊脈を用いている。もし入口を破壊したければ、大地の中に存在する魔力全てと喧嘩《けんか》をして勝たなければならない……いかに邪竜が強大とはいえ、さすがに大地に根ざした魔力を壊せるほどではないから、安心して」

「つまり邪竜は、迷宮という場所に閉じ込められているってこと?」

「そう解釈できなくもないわね。けれど、実際は邪竜の進撃を人類がどうにか抑え込んだだけ。勝てないと判断したから、封印したのよ」

「迷宮内に隔離していたら、邪竜が死ぬわけじゃないよな?」

ユキトが質問すると、セシルは首を左右に振った。

「兵糧攻《ひょうろうぜ》めをできれば良かったのだけれど……邪竜が糧《かて》とするのは迷宮に内在する魔力。迷宮は大地の魔力とは関係ない形で存在しているけれど、迷宮を維持するために大地から魔力を吸い上げる。それを利用して邪竜も生命を維持できる」

「……話を聞く限り、邪竜は迷宮を介して大地の魔力を吸い上げることもできるんじゃないか?　それなら入口の結界に使われる魔力を奪うことも……」

「霊脈の魔力は、この世界の地底奥深く……星の中心とも呼べる場所から湧き上がるもの。その全てを奪い取るのは不可能で……そもそも邪竜は迷宮を支配しているけれど、迷宮自体を自由にできるわけではない。迷宮内の構造を組み替えるとか、あるいは中の魔力を管理するとか……そういうことはできないの」

「要は建物を占拠しているだけってことか？」

「そんな風に考えてもらって良いわね。そして邪竜は、迷宮の奥底から命令を発し、世界に侵略している」

「ラストダンジョンが一番近くというのは、なんだか奇妙な話だな」

ユキトのコメントにメイはうんうんと頷《うなず》き、

「で、邪竜を討てる存在は聖剣を持っている人だけ？」

「邪竜が強大な存在であるため、聖剣という人類側の切り札を用意する必要があった、と言うのが適切ね。聖剣でなければ傷を負わせられないというものではないの。霊具はまだまだ未解明の部分も多い武具だから、もしかすると宝物庫に眠っている武器が……あるいはユキトやメイが持っている霊具が、邪竜を討つ切り札になるかもしれない」

「未解明……そもそも霊具というのは何？」

メイの疑問に対しセシルは一考し始める。どう話すべきか悩んでいる様子で、

「うーん……霊具そのものを詳しく説明する場合、予《あらかじ》め知らないといけないことがいくつもあるのだけれど」

「例えば？」

「この世界の歴史。さらにこの国や町と迷宮の成り立ち。あとは迷宮そのものの仕組みとか」

多い、とメイが喋《しゃべ》ったわけではないのだが、セシルは難しい表情をしたメイを見て悟ったらしい。

「その辺りは今度の方がよさそうね」

「私、歴史とか苦手だし憶えられないんだよね……」

「別に年表とか出てくるわけじゃないし、いいと思うけど」

ユキトの言葉にメイは頬《ほお》を膨らませ、

「おや、世界史とか日本史とか得意そうな人が言っても説得力ないんだよね。私の年号や歴史上の人物の憶えられない具合を知らないでしょ？」

「そこまで……しかもこっちが得意そうだと決めつけで言ってるし……まあ得意だけど」

「まあまあ、今日はさすがにそこまで話をしなくても問題はないさ」

と、カイはユキト達のやり取りを見て言及した。

「僕らはこの世界のことについて全然知らないわけで、実際に見て触れて体感してからの方が頭に入る。セシル、質問だけれど現状で必須の知識というわけではないのだろう？」

「そうね。少なくともあなた達は霊具を自在に扱えている……戦うべき敵も明瞭だから、今のところ歴史を学ぶ必要性も薄いかしら」

「良かった」

胸をなで下ろすメイにユキトとカイは苦笑。そんな様子を見ながらセシルは話を続ける。

「そして昨日の戦いは、魔物達が邪竜を迷宮の外へ出すために行った攻撃だった。もしカイ達がいなければ、今頃どうなっていたか……」

「それだけ危険な状態だったというわけだ」

カイの指摘にセシルは不本意といった様子で頷《うなず》いた。本当なら自分達の力で対処したかったのだろう。けれどどうにもならなくなり、最終的にグレン大臣が動いた。

「現状については今後の作戦に関わるから後で説明するとして……そうね、カイの言う通り、実際に見聞きすることが重要でしょうね」

セシルはお茶に口を付ける。その後、窓の外へ目をやり、

「町の状況も気になるでしょうし、お茶を飲んだら外に出ましょうか」

「目的地は？」

カイの問い掛けにセシルは笑みを見せながら、

「迷宮の——入口よ」

セシルに連れられて、ユキト達は城の地下へと案内された。そこは召喚された石室なのだが、この場所は本来別の役割があるらしい。

「転移魔法陣による移動ができるのよ」

「転移？」

カイは驚き目を見張る。

「転移か……そんなことまでこの世界ではできるのか」

「非常に使用条件も厳しいし、色々制約もあるから万能ではないけれど……例えば他国に跨《また》がる移動は禁止だし、使用者も国が許可した人に限定されている。つまり一般の人が気軽に扱えるものではないの」

「自由に使えたら悪用されるし、仕方がないだろうね……制約というのは？」

「どこでも気軽に移動できるというわけではない。今から移動する場所は迷宮の真上にある公園。そこには魔法陣が敷いてある。町中や町の周辺には有事の際、迅速《じんそく》に移動できるよう魔法陣が仕込まれている」

「つまり魔法陣が描かれていないと移動できない」

「そうね」

セシルは先導する形で魔法陣の内側に入るよう手招く。ユキト達がそれに従い足を踏み入れ——少しして発光した。

黄金色の光が生まれ、視界が一時それに包まれる。ユキトは反射的に目をつむり、開けた時——景色が変わっていた。

「到着ね」

周囲は森。そして足下は石畳《いしだたみ》の地面。真正面に道が延び、その先に噴水があるのをユキトは目に留めた。

「帰りは全員揃《そろ》った段階で魔力を込めればいいの。では迷宮の入口へ向かいましょう」

ユキト達はセシルの案内に従いついていく。周囲の木々はその多くが葉を落とし、さらに風も冷たい。冬であることを否応《いやおう》なく認識させられる。

「……寒いね」

メイから感想が漏《も》れた。そこでユキトはセシルへ、

「昨日もこんなに寒かったっけ？」

「霊具の効果によりその辺りがわからなかったのでしょう。暑さ寒さは人の身体能力を大きく下げるから、最高のパフォーマンスを出せるよう、魔力により体温維持などもされているから」

「へえ、そうなのか……」

ユキトは腰に差してある剣を見据える。

「便利なんだな、霊具って」

「様々な恩恵をもたらす……それこそ、霊具の本質よ。この世界において、霊具こそが最強の武具。その頂点に君臨するのが聖剣というわけね」

セシルの解説を聞きながらユキト達は公園を出た。そこから少し坂を下ると、ずいぶんと広い空間に出た。

大理石のような白い石材の道路なのだが、まるで広場のように円形で巨大だった。ユキトから見て左には町並みが広がっている。昨日の戦いの爪痕《つめあと》なのか、いくつもの建物が破壊されており、それを修理するトンカンという金槌《かなづち》の音が耳に入ってくる。

そして右側は、巨大な壁――いや、違う。壁と思わせるほどに巨大な、白い扉だった。

「これが……」

「そう、これが迷宮の入口」

呆然《ぼうぜん》と呟《つぶや》くユキトの言葉にセシルは律儀に答えた。近づけば見上げるくらいになる巨大な扉。周囲の景色との調和を拒むような異質感と迫力があった。

壁の上には林が存在しており、ユキトはあの上が自分達のいた公園なのだと推測した。

「あの扉の奥に、邪竜が？」

メイが口元に手を当て呟く。見れば入口周辺には幾人もの騎士が控え、防備を固めている。

「といっても、扉を開ければすぐ邪竜がいるわけではないの」

ここでセシルから解説が入る。

「迷宮の名の通り、邪竜の下へ到達するには様々な障害がある……けれど、何百層にもなる深い迷宮というわけではない。全部で十層のシンプルなもの。迷宮の構造も、把握している」

「……把握しているということは、踏破した人物がいるのかい？」

カイから質問が。それにセシルは当然とばかりに頷《うなず》き、

「そうね……幾度となく迷宮は踏破されている」

「踏破され、その度《たび》に迷宮は復活している？」

「ええ、そういうことになる」

「なら……迷宮へ足を踏み入れるということは、報酬もあるわけだ。それは何だい？　迷宮から魔物を追い払ったことによる報奨金？　それとも、邪竜のような迷宮の支配者から何か得られる？」

「どちらも不正解。答えは……霊具。聖剣と並び立つ、最高峰の力を持つ……願いを叶《かな》える霊具」

「願いを……叶える？」

「私達はそれを『魔紅玉《まこうぎょく》』と呼んでいる。名の通り真紅の球体。迷宮を踏破した人物の、願いを叶えるもの」

漠然としているため、ユキトとしてはあまりピンときていなかった。ただセシルの語る口調はとても重く、霊具『魔紅玉』の力の大きさがどれほどのものなのか、その一端を理解することができる。

「迷宮の成り立ちについては、国の歴史なども説明しなければいけないから、いっぺんに話しても混乱するし今は止《や》めておきましょう。一つ言えるのは、そうね……この町、いえこのフィスデイル王国という国は、迷宮によって繁栄している国だった。邪竜が現れるまでは」

「繁栄……？」

ユキトは驚く。迷宮の存在とどのような関係が――

「……願いを叶える霊具が、迷宮にはある」

しかしカイは合点がいった様子だった。

「それを求め人が集まる……結果、繁栄したと」

「その通りよ」

「迷宮と共にある町……か。その事実に対し今回のことはどう思うんだい？」

「人によって様々よ。もし邪竜を倒した後、同じように迷宮を中心に国が回るかもしれない。あるいは、別の形を見出すかもしれない……けど、そうね。私なりの意見だけど」

苦笑めいたものを浮かべながら、セシルは語る。

「今大通りにある建物は……この町並みは迷宮によって生み出された富によって成り立っている。それは明確な事実。けれど、悲劇が生まれた土地でもある……どういう選択をとるにしろ、私達はそれを背負って生きていかなければならない」

「そうか……」

カイは納得したのか、それ以上の質問はやめた。

「ええ、そうね」

「国の成り立ちから考えて、邪竜という存在はひどく重いわけだ」

「理解できたよ。まだまだわからないことは多いけれど、今日はこのくらいで十分かな」

「必要であれば、いつでも説明するわ」

「うん、ありがとう――」

そこでカイは口が止まる。ユキトもその原因は理解できた。

遠巻きではあるが、人々がユキト達のことを観察していた。騎士が伴っているから注目しているのか、それとも昨日の戦いぶりを見ていたからなのか。

「……どうする？」

カイがセシルへ問い掛ける。応対すべきか否かということだろう。

セシルは返答に窮《きゅう》する。ここで受け答えしてくれと要求するのも変だろうし、だからといって無視すべきと断言するのも難しい。

「ちなみにだけど、僕らのことはどういう風に伝わっているんだい？」

「異世界から召喚したことはおおよそ認知しているわ。昨日の戦い……あなた達が戦った後に、戦後処理をしている最中私達が説明したから」

ふと、ユキトは視線を横へ。露店が見えたのだが、そこには新聞があった。召喚されたことによるものか、アルファベットに近しい文字を読むことができて、見出しが『異界の勇者、降臨』であることもわかった。

(少なくとも、悪い評価ではないよな……？)

むしろ無理矢理連れて来られてどう思っているのかと、人々も気にしているのだと推測した。何か言うべきなのか、それともひとまず城に退散するべきなのか――

「……セシル」

やがてカイは声を上げる。

「今日の僕らの予定は？」

「予定？　特に聞いていないけれど……ただ、説明の後に次の作戦について概要を説明するつもりだったから……」

「それは午後でも構わないね？」

「ええ、そうね」

「なら……少し町を見て回ろうか。戦いの後ではあるけれど、店も多少開いているようだし」

その言葉で、周囲にいる人々がざわつき始めた。ユキトはすぐに察する。カイは自分達に敵意がなく、また同時にこの国に対し興味を示していることを暗にほのめかしたのだ。

「問題ないわ。時間はあるから」

「なら——」

「それだったら、俺の店に寄ってかないか!?」

と、意を決したかのように一人の男性がカイへ呼び掛けた。

「ほら、城の料理もうまいだろうがやっぱり王都の味ってものを知ってもらわないと——」

「ちょっと!?　なに自分の店が王都の代表気取ってるのよ!?」

「おいおい、抜け駆けは許さんぞ！」

様子を窺《うかが》っていた人々は我先にとユキト達へ近づき騒ぎ始めた。そんな様子を見てカイやユキトは呆然《ぼうぜん》となり、メイやセシルは笑い始めた。

「……メイ、何で笑うんだ?」

「いや、良かったなと」

「良かった?」

「戦争があった以上、大変なことだってあっただろうし、大きな被害だって出たと思う。

けれど、町の人は……それにもくじけず前を向こうとしている。私としても、戦いがいがあるかなって」

──確かに、暗い顔で絶望的な様子を見せられるよりも、目の前でカイの取り合いをしている方がよっぽど微笑《ほほえ》ましい。

無論、空元気《からげんき》という面もあるだろう。王都の中心にまで魔物の牙《きば》が迫っていたのだ。けれどここに暮らす人々は、そうした不幸にもめげず、前を向こうとしている。

「……わかりました。とはいえ全部の店を回るのは無理ですから」

と、カイは騒ぎ立てる人達へ説明を始めた。そんな姿を見てユキトは苦笑しつつ、メイへ話を振る。

「俺達はどうする？」

「どうせなら楽しんじゃえばいいんじゃない？」

「そうね。楽しみましょう」

セシルもまた同調する。その顔は人々の元気な姿を見て安堵《あんど》しているような雰囲気もあった。

「……ま、こうなったら楽しまなきゃ損だよな」

ユキトも同意し、いまだカイを中心にして大騒ぎする人達を眺めるのだった。

人々の注目はやはり聖剣を手にしたカイであった。町を巡って戦っていたことから顔も多くの人に知られ、また知らない人も人だかりができていることで興味を示し、近づいてくる――その繰り返しで、迷宮前の広場が人でごった返してしまった。

とはいえカイ自身はそれをどこか楽しんでいるようであり、

(俺はあんな風にはできないよなあ……)

そんな彼にユキトは羨望《せんぼう》の眼差《まなざ》しを向けていた。

「おーい、なに黄昏《たそが》れてるの？」

と、メイがユキトへ近寄ってくる。二人は現在広場の中心から距離をとり、近くにあった露店(というより屋台)の傍《そば》にいた。その店主からユキトはお代はいいからと言われながら半《なか》ば無理矢理売り物のパンを手渡され、それを食べている格好である。

「いや、あんな状況でもカイは笑ってるのがすごいなと」

「ユキトは無理そう?」

「……そういうメイはどうなんだ?」

「一応アイドルやってるし、ああいうのは慣れてるねー」

と、メイはカイへ視線を投げて、

「カイもほら、大会で活躍したり、生徒会副会長として色々やったり、なおかつ大企業の御曹司《おんぞうし》ということで人に囲まれてるのは慣れてるでしょ」

「……住む世界が違うなあ」

ユキトは苦笑するしかない。ただそこで、

「でも今のユキトは、そんなカイとも対等に話せてるでしょ」

「そうかなあ？」

「私は、助けに来たユキトを見てカイは本当に嬉《うれ》しかったと思うよ……聖剣を持っているからプレッシャーもたくさんあると思う。支えていかないと」

「……そうだな。それは間違いない。何ができるのかわからないけど、頑張るよ」

「うんうん、その意気その意気」

嬉しそうに笑うメイ。屈託のないその表情にユキトはパンを食べながら考える。

対等――なのかはわからない。しかしユキトの参加により、カイだけ動くよりも効率的に魔物を倒すことはできただろう。

「……昨日の戦い、参加して良かったんだよな」

「うん、カイが無事なまま勝てたのは、私達が加わったからだと思う」

勝てた――その言葉を聞き、ユキトは少なからず引っかかりを覚えた。

早朝に見た夢を思い出す。勝てなかった日々。勝ちたいと願い、あきらめてしまった今。無論試合による勝利とは違う。個人のものではなく、仲間と共に手に入れた勝利。そして何より自分以外のものを背負う戦い。

「勝ったという実感、あんまりないけどな」

「そうだね」

メイが同調する。ユキトはそこで改めて町並みを見た。カイに集まる人々と笑顔。破壊された建物を修繕する人の姿。そして通りを行き交う老若男女。勝ったからこそ、目の前の光景がある。

（勝たなければ、いけない……）

心の奥底で、どこか執着していた勝利という言葉の重みをユキトは自覚する。今までは勝てなかった。そんな自分にどこまでできるのか不安ではあったが――

「……勝たなきゃ、いけないいんだよな」

「うん」

メイの返事を受けて思いを強くする。邪竜との戦いに勝利するため。何より自分達が元の世界へ戻るため、勝ち続けなければいけない。

（なら自分は、全力を尽くすしかないか）

自分には、カイのようなカリスマ性やメイのように人を元気にする能力はない。だからこそ、勝つための気持ちだけは、絶対負けないようにしようとユキトは心の中で決める。

少しすると、人だかりの中からセシルが出てきた。最初はカイの仲裁に入ろうとしていたはずだが、見事に弾き出されてしまったらしい。彼女はユキト達へ近寄ってきて、

「すごいパワーで、逃げるしかなかったわ」

「大丈夫なのか？」

「住民達がカイを悪くすることはないでしょうし……もし敵意がある人がいても、カイなら気付くでしょう。彼はあんな風に笑っていても、どこか警戒している雰囲気があったし」

「それはまた、すごいな」

ユキトは感服する。どんな状況でも、あらゆる可能性を考慮し動いている。

「もしカイに何かあっても、私達が支えれば大丈夫でしょ」

と、メイは答えた。ユキトは「違いない」と返事をした後、手に持っているパンを平らげ、

「さて、俺達はどうする？　さすがにカイを置き去りにするわけにはいかないけど、あの調子だと輪の中に加わるのは無理そうだぞ」

「頃合いを見て帰るようにするとカイは言っていたから、それまでこの周辺を見て回りましょうか？」

セシルの提案にそれも良いかと思い、答えようとした時、人々が突如散らばり始めた。

そして輪の中心にいたカイがユキト達へ近寄ってくる。あまりの展開にユキトは彼に対して、

「……何をしたんだ？」

「いずれ店を回るのと、仲間達と見て回りたい旨を伝えたら解散してくれただけだよ」

それだけで到底納得するとは思えない雰囲気ではあったのだが、上手く説明したということなのだろう。話術という意味合いでも、彼は驚くべき技量を持っているらしい。

「それに、何より優先すべきことだってあるからね」

「優先すべき……？」

何か重大なことが、とユキトが問い掛けようとした時、カイはどこか照れた様子で、

「僕らはこの世界の一端を知った。世界の現状と、迷宮と邪竜……でも、もっと根本的な部分が抜けている」

「あ、わかった」

と、メイが声を上げた。それは何だとユキトが尋ねようとする前に、カイは告げた。

「僕らは……まだ互いのことをよく知らない」

ユキトはなるほどと内心で呟《つぶや》く。それに対し、セシルはキョトンとした表情となり、

「知らない……？」

「僕らは学校の同輩という間柄《あいだがら》で、人となりを詳しく知っている人もいれば当然、あまり知らない人もいる。でも、今後戦っていくのなら……少なくとも僕らは結束しないといけない。そのためには、腹を割って話をする方がいいだろう？」

昨日のアドバイスを参考にしたようだ。そこでメイは笑いながら、

「改めて自己紹介でもする？」

「さすがにそれは必要ないと思うけどね……町を回りながら雑談でもしよう。それに、他のクラスメイトに良い店を紹介できるようにしておこうか」

そう言ってカイは歩き出す。そこからは——とりとめのない話をした。カイは意識してそういう風に話題を持って行ったのだと、ユキトは推測する。

路上にいたネコを見て「この世界にもいるんだ」とメイが嬉《うれ》しそうな声を上げる。そこから発展してペットは飼っているのか——ちなみに三人の中ではメイが犬を飼っているだけだった——とか、動物は何が好きか——ユキトはネコ科、メイはイヌ、そしてカイは特になしとのこと——といった教室で雑談するような内容だ。

食に関しても話が出た。昨夜や朝に食べたものをメイはいたく気に入ったらしく、料理一つ一つを論評し始めた。そんな姿を見てセシルは、

「料理人達も作りがいがあるでしょうね」

「セシルは違うの？」

「私達は食べ慣れているし……いえ、あなた達に提供している料理は私達騎士と違うでしょうから、私の感想も当てにならないわね」

「そっかぁ……あ、私達の料理とかを再現できないかな？」

「異世界転移とか、転生モノによくあるパターンだな。俺達の世界にあるものを再現、利用して活躍する」

そんな感想をユキトが呟《つぶや》くと、そこにメイが食いついた。

「異世界、転移か……アニメとかになっているものだってあるみたいだけど、私は触れたことなかったな。ユキトはあるの？」

「お気に入りの作家が出している新刊がそれ系統だったし、それをきっかけにインターネット上で連載している小説を読み漁《あさ》ったよ。趣味と呼べるものがあれば、それだな」

「……ちなみに、その知識が役に立ったりした？」

「こうして召喚されて？　最初、異世界召喚かと驚きはしたけど、さすがに知識が生かされることはなかったな」

役立ったのは、むしろ祖父からの教え――それは口に出さなかった。祖父に関する説明が必要だったのと、話が長くなるだけだと考えたためだった。

メイはユキトの話に相づちを打ちつつ、町を歩く。時折カイが話題を振り、逐一《ちくいち》ユキトやメイが答えていく――そんな調子だった。

同時にユキトは一つ考える。交流を深め、結束するために互いのことを知るという目的は間違いない。ただそれ以上に、カイ自身が――他ならぬ彼が、ユキト達を見定めているのではないか。

（いや、さすがにそこまではしない……人となりを知ることで、俺達を理解しようとしているのか）

彼は彼なりに何か思いながら、こうして町を歩いている——そこまで計算していることに対し、ユキトはどこか畏敬の念を込めつつ、三人と共に町中を歩き続けた。


結局、町から戻ったのは真昼を少し過ぎてからだった。散々歩き回ったため空腹感もひとしおで、昼食は結構な量をユキトは平らげ、午後の話し合いをすることになった。

今朝通された会議室に再び集い、セシルが作戦について説明を始めた。

「午前中は邪竜のことや王都のことについて語ったけれど、今から話すのは王都周辺……そして、国全体の話になるわ」

セシルは語りながらテーブルに目を落とす。そこには地図——フィスデイル王国の地図が広がっていた。

「大臣はあなた達を召喚する際、色々と知識を植え込んだと言っていたけれど、文字は理解できる？」

「ああ、読めるね」

カイが応じる。ユキトも地図を目でなぞり、新聞の見出しと同様にきちんと解読することができるのを確認した。

「邪竜の侵攻は相当入念なもので、軍事拠点も建造したの。それが魔物達の巣で、特性上大きく分けて二種類ある。一つが街道などを封鎖し、移動を妨げる役割を担うもの。私達は『悪魔の巣』と呼んでいる」

セシルは語りながら地図にペンで何かを書き込んでいく。それはどうやら『悪魔の巣』がある位置――それを見てユキトは、なるほどと納得した。

「……僕らを呼ぶのも理解できるな」

カイもまたユキトと同じ気持ちなのか、呟《つぶや》いた。王都を中心に四方へ街道が延びているのだが、その全てが巣によって封鎖されている。

「巣は邪竜侵攻当初からあったわけではなく、徐々に数を増やしている。そしてあなた達が召喚される数日前に王都の包囲が完成し、攻め込まれたの」

「これは、物流も止まっているのかい？」

尋ねたのはカイ。セシルは即座に頷《うなず》き、

「ええ。それまでは王都に残る兵士や騎士を使ってどうにか物資の輸送はできていたのだけれど、今は断絶している。けれど、すぐ食糧難になることはないわ。王都は物流の拠点でもあるから、相当量の物資が存在している……午前に町を見て回った時、露店も開いていたでしょう？　つまり物資的にはまだ余裕があるということの証左ね」

「はあー、それはすごいねえ」

発言に対しメイが感嘆の声を上げた。

「王都の人口がどれだけかわからないけど、あれほどの町の規模で包囲されても普通に店を開けるってことは、相当な量があるってことだね」

「その通りよ。けれど、待っていても事態は好転しない。このまま閉じこもっていても巣は増える一方だし、王都以外の町が危険になる。実際、王都が包囲されたことで周辺の町が危機に陥っているの。物流が止まっていることを含め、早急に対策を講じなければまずいことになる」

「他国からの支援とかは期待できないのか？」

ユキトが問い掛ける。それにセシルはすぐさま首を左右に振った。

「他国も邪竜による侵攻を受けているから。昨日の戦い、邪竜が地上に出るかもしれなかった。その状況になっても他国から救援が来ないという事実を鑑《かんが》みれば、期待が薄いのはわかるでしょう？」

「そうだな……」

だからこそ、自分達が召喚された――ユキトは現状を改めて認識し、

「それで、作戦というのは？」

「明日、攻撃を開始するのは王都に一番近い東の巣」

セシルが巣にチェックを入れる。

「新たな霊具使いが現れたことで、巣の破壊作戦を立案したわ。その出撃する人間も決まっている。まず聖剣の担い手であるカイは王都の防衛を行う必要性があるためここに留《とど》まってもらうわ。メイも治療魔法が使えることから別の役割を担ってもらう手はずになっている」

「そうすると、俺が？」

ユキトは自らを指差しながら問うとセシルは首肯し、

「無理強いはしないわ。強力な霊具を扱えるにしても、まだ手にして一日、一度しか使っていない。不安があるのであれば――」

「僕が外に出られないのは」

と、割って入るようにカイがセシルへ尋ねた。

「王都に魔物が攻め寄せてくる可能性を危惧《きぐ》して……？」

「ええ、そうよ。王都にいる魔物を退治したとはいえ、その周辺が包囲されているのは変わらない。加えて聖剣を扱える人物が登場したのを邪竜側も認識しているはずで、王都を攻め込むのは警戒するでしょう。けれどカイが外に出れば、それに乗じて邪竜側が攻撃を仕掛けてくる可能性が高い」

「少なくとも王都周辺の巣を破壊しない限り、僕は出られないと」

「そうね。よって今回、厳しい戦いになるのは予想できる――」

「でも、やらなければいけない」

ユキトは断言した。自然と体に力も入る。

「それが邪竜の支配を脱し、戦いを終わらせることに繋《つな》がるのなら、俺は喜んで引き受けるよ」

「ありがとう。なら大臣にそう伝えておくわ」

「……そういえば、グレン大臣についてだけど」

言及があったため、ユキトはついでとばかりに尋ねる。

「その、俺達が招かれた経緯とか最初に聞いたけど……結構強引な人、なのか？」

「政治手腕については、間違いなく最高の人よ。ただ平時はその能力が自分の地位向上とか、あるいは権益の確保とか、そういうところにいってしまうだけで」

「私利私欲を優先していると」

「もちろんそれだけで成り上がっているわけではないけれど……そういえば、いよいよまずいという段階になって、邪竜へ陛下を差し出すべく動いているなんて噂《うわさ》もあったわ」

「おいおい……」

大丈夫なのかとユキトは内心思ったが、セシルは冗談だとばかりに手を振り、

「それはさすがに真実ではないわ……まあ、そんな噂が立つくらい、後ろ暗い噂がつきまとうのよ……ただこれは、陛下が重用する御方《おかた》との競争に勝つためという意味も含んでい

るらしいけれど」

　それもセシルと最初に話した時に聞いていた。建国当初からこの国を支える者。

「今は非常事態だから、政争の一面は出ていない……邪竜に勝つべく奮闘しているのは明白。それは強引なやり方であなた達を召喚したことでもわかるはず」

「まあ、確かに……」

「ただ、今後戦況が有利になれば、何かしらやる可能性は大いにある。その時、来訪者の方々は――」

「政治的な面には一切関わらない」

　キッパリと断言したのは、カイだった。

「聖剣所持者として、大臣と話をすることもあるだろう。その際、はっきりと表明するつもりだ。僕らは誰一人、政治的なものに関わらない」

「……賢明ね」

　セシルも同意した。ユキトには彼の強い口調がずいぶんと印象に残った。

　政争がどういうものなのか、ユキトは想像しかできない。しかしそこには邪竜との戦いと比べても遜色《そんしょく》ない何かがあるのは、おぼろげに理解できた。それはメイも同じなのか、カイの言葉に対してしきりに頷《うなず》いている。

「なら、私からこれ以上何かを言う必要は皆無ね。それでは次に、二つ目の巣について。

これは今後の作戦にも関わってくるから、今は簡潔に説明するわ」

そう述べたセシルはユキト達を一瞥《いちべつ》し、

「名は『魔神《まじん》の巣』……魔神というのは邪竜の力の根源である古代にいた邪悪な神のことを指している。ちなみに霊具については天神《てんじん》……魔神に対抗し、人に力をもたらした存在に由来しているのだけれど……名の通り、巣は強大な力を持っている」

(実在した神の名を冠しているってことは、よっぽど重要な施設か)

神がいたという事実も驚きではあるが、ユキトは尋ねることはせずセシルの話を聞き続ける。

「数自体は少なく探査魔法で位置はおおよそ把握できているのだけれど、実際に目で存在を確認した人はほとんどいないでしょう。その場所は険しい渓谷の中など、人が寄りつかない場所に存在しているから」

「わざわざ人から遠ざけて建造したのか」

カイの言葉にセシルは頷《うなず》き、

「そうね……大きな特徴は、その巣で魔物を生成していること」

「魔物を……!?」

驚愕《きょうがく》し声を上げたのはメイ。ユキトはその言葉から作戦の流れをおおよそ理解し、セシルは続きを話す。

「魔物が多数いるのは、迷宮から出ているのではなく『魔神の巣』によって……ただ、生成できるからといって大量ではない。一日に何百体も魔物が生まれていたら、今頃王都は物量によって蹂躙《じゅうりん》されているはず。けれど十日、一ヶ月と日数が経《た》てば脅威になる。だから作戦の流れとしては、まず『悪魔の巣』を破壊して町や村を救い、勢力圏を確保してから『魔神の巣』を狙うということになる」

「今回の作戦は、その第一歩だと」

ユキトの発言にセシルは目を合わせ、

「そういうことになる……よろしくお願いするわ」

彼女の言葉にユキトは黙って頷く——硬質な雰囲気の中、作戦会議は終了を告げたのだった。

以降、その日は部屋で休むことになり、ユキトは自室で霊具の感触を確かめ一日が終わった。

翌日、支度を済ませ城のエントランスへ踏み込んだ時、見送りにカイとメイが来ていた。

「見送りか？」

「うん。僕は今日、大臣と話し合うことになっている……そっちは大丈夫かい？」

「ああ、平気だ。心配……だとは思うけど、必ず戻ってくる」

カイは「わかった」と返事をして引き下がる。次いでメイは、

「私はユキトが怪我《けが》してもすぐ治療できるよう準備しておくね」

「ありがとう……それじゃあ、行ってくる」

言葉少なにユキトは城を出た。戦場に向かうということで緊張もしているが——勝たなければならないという気持ちが強く、それがユキトの足を動かしていた。

城門前には馬車が停まっていた。そして傍《かたわ》らにはセシルの姿。

「今回もセシルが一緒に？」

「そうね。来訪者の身辺護衛を任された、といったところね」

「……大変、だよな？」

「私としては、国を救った英雄と共に戦えるのだから、光栄よ」

微笑さえ浮かべながらセシルは応じる。そんな所作《しょさ》にユキトは少なからずドキッとしながら、馬車へ目を向けた。荷台は木製で黒を基調とした扉がついている。重厚感があり、御者が騎士であることも普通の馬車でないことを理解させられる。

「どうぞ」

セシルがエスコートするように馬車へ招く。ユキトが乗り込むと、車内は予想外に天井が高く、馬車の中でも高級なものなのだとわかる。

「これ、騎士を運ぶような馬車じゃないよな?」

「本来は大臣とかが乗るものね」

「そんなのを使っても……問題ないのか?」

「他ならぬ大臣……グレン大臣がこれを、と推薦したの。英雄だから、かしら」

馬車が動き出し、車輪の音が耳に入ってくる。乗り心地はかなり良く、こういう部分で待遇が良いことを示そうとしている――と、ユキトはなんとなく推測できた。

「扱いが良いのはいいけど……反動が怖いな」

「大丈夫、今回の戦いで仮に巣を破壊できなくとも、ユキトの責任にはならないから」

安心させるようにセシルは話す。それを聞いてユキトはなんだか複雑な心境になりつつ、

「……勝てる、のか?」

「厳しいのは間違いない」

答えたセシルの声音は、体の奥底から発するようだった。

「苦戦が予想される……大臣は新たな霊具所持者の登場により、期待している。けれど現場の人間は理解している……困難な戦いであると」

言った後、彼女はユキトの目をしっかりと見据えた。

「一つ、約束してほしいことがあるの」

「……何？」

「絶対に、死にに行くような真似《まね》はしないで」

ユキトは黙ったまま、彼女を見返す。表情はとても悲痛で、懇願するようだった。

「きっと、多くの犠牲が出る……ここまでの様子を見ていて、あなた達来訪者は強い責任感がある。目の前で多数の犠牲者が出てしまったら……被害を少なくするために、必死で戦うでしょう」

指摘は紛れもない事実だった。霊具を握るユキトは確かに、やらなければならない、勝たなければならないという強い使命感に捕らわれている。

「けれど邪竜との戦いで、犠牲が生まれるのはわかりきっている……いえ、邪竜との戦いだけではない。戦争というのは、得てしてそういうものなの。だから、どんな展開になっても、無理はしないでほしい。それだけは、約束して」

危機的状況になったとしても、自制してくれと。ユキトは現在、霊具を握ったことにより高揚感が生まれ、魔物を前にしても怯《ひる》みはしない。なおかつ状況を正確に判断でき、何をどうすればいいのか最善を尽くせる。高ぶった意識により、死を恐れることすらない。

けれど、それでも――一度戦場に立っていても、まだ戦争というものを知らなすぎる。ましてや敵は人間ではなく、異形。少しの無理が命取りになる。

「……わかった。約束する」

ユキトはセシルにそう告げる。もし目の前で犠牲者が出たら――セシルの言葉がなければ、助けに入っていたかもしれない。けれど、それはやらないでくれと。戦争に勝つためには、目の前で悲劇が生まれても、冷静になって動かなければならない。

セシルの言葉を反芻《はんすう》していると、返答を受けてなのか彼女はほのかに笑みを浮かべた。その所作《しょさ》はユキト自身の不安を取り除こうと腐心しているのがわかるもの。

先ほど、セシルは共に戦うことを光栄だと語った。それは事実だろうが、それ以上に異世界からやって来た人物を死なせたくはない――そんな風に考えているのもなんとなく察しがついた。

(それは俺達に対する負い目なのか、それとも彼女なりの責務なのか……)

疑問を口にしようかと思ったが、ユキトはやめた。

(俺に対してどう思うかなんて、出会ってほんの数日で聞くべき内容じゃないか。信頼関係の構築はこれからだし……)

「俺は、霊具使いとして上手くやっているんだよな？」

代わりに別のことを尋ねた。セシルはもちろんとばかりに頷《うなず》き、

「ええ、カイもあなたも、メイも使いこなせているわ。その中でユキトについては、なんだか鍛錬をしていたようにも見受けられるけど」

「鍛錬？」

「ユキトは魔力の扱いが上手いように見えるの。だからあなたの世界で何かやっていたのかと」

「……魔力が認識されていない世界で鍛錬は無理だと思うけどなあ。ま、何かが上手いこと噛《か》み合ったってことか」

答えながらユキトは窓の外に広がる景色を眺める。いつのまにか郊外に出て街道が見えた。土の地面ではあるが綺麗に整備されており、移動に不自由はなさそうな雰囲気。遠くに村があり、畑なども見える。

「……守ることが、私達の責務」

そんな視線に気付いたのか、セシルは言及する。

「今、魔物によって多数の人々が脅《おびや》かされている。それを絶対、止めなければならない」

強い決意をにじませて語る彼女の表情。先ほどまでとは一変し、とても硬質な雰囲気をまとうもの。

「それが騎士の役目……ってことか」

「そうね」

「怖く、ないのか？」

ユキトは気になって尋ねた。それに対しセシルは、

「怖くない、と言えば嘘《うそ》になるわ……でも恐怖を振り払い、私は戦うことを決めた。この

戦いが、王都の人々や大切なものを守ることに繋《つな》がるのだから」

「……大切なもの、か」

彼女の発言がユキトは多少気になった。とはいえおいそれと問い掛けるようなことなのかは疑問であり――

「疑問があるのなら答えるわよ？」

心を読んだかのように、セシルは問い掛ける。ユキトは驚き、

「いい、のか？」

「もちろん、答えたくないことはきちんと言うわよ……なんというか、戦場へ赴《おもむ》く前に無言になってしまうと、体が固まって良くないのよ。特に霊具を持ち、役割を自覚しているユキトは」

やはり気を遣われている――ユキトは心の中で呟《つぶや》くが、そんな彼女の言葉に甘えることにした。

「じゃあ尋ねるけど……セシルを含め、騎士達は当然国のために尽くすことを第一に、大切なもののために戦っているんだよな？」

「そうね。王都に残している家族や恋人、あるいは魔物の蹂躙《じゅうりん》によって、故郷を破壊されないようにしたい……そう思い必死に戦っている人がほとんど」

「セシルの場合は？」

「私は後者。故郷を守りたい」

故郷、と告げた直後凛《りん》とした特別な空気をセシルは発した。

「私は山に囲まれた農村の出身なのだけれど、ひとまずそこは魔物の影響は受けていない。邪竜も戦略的に重要でない部分は狙っていないから、ここは幸いね。けれど、今以上に邪竜の影響が広がればどうなるかわからない。だからこそ、巣を破壊し少しでも早く、国を救う」

「避難とか、しないのか？　農村ってことは城壁とかもないだろ？」

魔物に襲われればひとたまりもない——しかしセシルは首を縦に振った。

「ええ、そうね。危険度を考えれば、城壁のある町に避難するのが最善でしょうね」

「でも、それはしないと……そこまで、村を——」

「故郷の人にとって、村というのは世界そのものなの。狭い世界だと思うかもしれない。あるいは、他に道があるのではと思うでしょう……けれど、そういう風に生きている人がいて、私はそうした場所から騎士になった」

セシルの瞳に変化があった。表現するならそれは、追想。

「故郷から遠く離れた私も……気付けば故郷の思い出が蘇《よみがえ》る。そして、大丈夫なのかと絶えず不安になってくる……でも私は村へ帰るわけにはいかない。今できることは、少しでも村が攻撃される可能性を減らすため、目の前の敵を倒すこと」

覚悟を秘めた言葉を、セシルはユキトへ告げる。

「それが私の戦う理由……そんな風に思いながら戦っている騎士がいる、程度の認識でいいわよ。そこまでユキトに背負ってほしいとは思っていないし、重く受け止めないでね」

――ユキト自身、故郷という言葉にそれほど思い入れがあるわけではない。都市部の生まれであることもそうだが、農村と聞いてイメージするものがセシルと一致しているのかもわからない。

ただ、一つ理解したことがあった。この世界には、故郷――命を賭《と》して自身の居場所を守っている人間がいるのだと。

「……わかった」

そしてユキトは返事をした。セシルの思いを聞き、今回の戦いはやはり負けられないと、強く考えたのだった。


やがて辿《たど》り着いた戦場――そこは魔物の巣窟《そうくつ》となっていた。

どこまでも続く街道の先に黒い群衆が存在し、文字通り道を占拠していた。魔物の種類は多種多様で、人型の個体はもちろん、四本足の動物を模したものや、ユキトのイメージでドラゴンを連想させる鱗《うろこ》を持った魔物もいる。

そうした中でもっとも異質な存在。それは魔物達が囲む、ある物体だった。

「あれが……」

「あれこそ『悪魔の巣』と呼ばれるモノ」

セシルが指差す先に、異形が存在していた。

表現するならば、花の蕾《つぼみ》。赤黒いそれが天へと伸びて不気味に鎮座していた。それは時折ドクンと一つ躍動し、生きているように思わせる。

「地中から養分……魔力を吸い取り、周囲に拡散しているの。それを魔物が受け取り、能力を強化し、傷を治す」

「まさしく前線基地だな……潰《つぶ》さなければいけないモノなのはわかる」

ユキトは剣を抜いた。それと同時に戦闘モード——黒衣へと変化。

さらにキィン、と頭の中で音が。途端に思考がはっきりとして、魔物の発する音や気配を明確に感じ取ることができるようになった。

「俺はどうすれば？」

周囲を見回しながら問い掛ける。兵士や騎士も臨戦態勢ではあるが、数は魔物よりもずいぶんと少ない。

部隊としての形を保っているのは間違いない。だがそれでも、目の前の敵を殲滅《せんめつ》できるような戦力でないのは、火を見るより明らか。

「目標は『悪魔の巣』。その一点」

セシルの返答は、極めて明瞭だった。

「巣は魔物に魔力を供給し続けているのだけれど、それは人間でいう食料にもあたる。強化もするけれど、第一に生命の維持……巣を絶やすことができれば、魔力がストップするため魔物は必然的に弱くなる」

「何よりもまずは、あれを破壊か……けど、できるのか？」

ユキトは目前に広がる黒い群衆を見回し、問う。

「敵の数に加え、あの巣そのものを壊せるかどうか……」

「あなたの霊具を用いれば、十分可能。斬撃で支柱のようなものを崩せば、再建は不可能になるから……強引に魔物の群れを突破して、巣を壊す」

「破壊した後は？」

「魔物の攻撃を避けるために一度離脱して、改めて魔物を掃討する。魔力の供給を失えば魔物の能力も下がってくるから、対処は決して難しくない」

そうは言っているが、ユキトは激戦になると予想できた。量的な戦力がそもそも下回っている。今見えている魔物達を倒すだけでも困難なのは間違いない。まして、その中で巣を壊すとなれば――

「……わかった」

そうした考えを押し殺しながらユキトは応じた。直後、兵士や騎士が布陣を整え、

「――突撃！」

指揮官と思《おぼ》しき男性が、声を張り上げた。それに呼応するように魔物達も反応。双方が突撃を開始し――交戦《そうへい》が、始まった。

人間側の前線は槍兵。彼らは迫る魔物達へ槍《やり》を突き立てて進撃を止めようとする。兵力に差は存在しているが前線にある槍の数は相当なもの――だが魔物達はそれをはね除《の》けるように、進撃してくる。

それを食い止める兵士達だが、全てを押し留《とど》めることができない。ユキトの目には狼型《おおかみがた》の魔物に接近され、首筋を食い破られようとする兵士の姿が映り、

「ユキト！」

セシルの言葉で、視線を彼女へ向けた。

「周囲の状況が気になるのはわかる。でも、今は目の前に集中して」

真正面へ視点を変える。ユキトは今、多数の騎士に守られながら、巣へと突撃しようとしていた。騎乗し槍を握る騎士達の後方で、周囲には兵士や下馬した騎士達に囲まれている。もし馬に乗れたら最前線にいたかもしれないが、霊具でそうした技能は獲得していないための処置だった。

「ユキト、ここからは……巣を破壊することだけに注力して。私も、援護するから」

厳しい表情でセシルは語る。その姿は、死をも覚悟したような雰囲気だった。

ユキトはそんな彼女に口を開こうとしたが――約束を思い出し、やめる。いや、そうする他なかった。自分に、犠牲をゼロにできる力も策もないからだ。

号令が放たれる。同時に騎士達が一斉に馬を駆り、巣へと向かって突撃を開始する。遅れてユキトとセシルが走る。霊具による身体能力向上で、馬を走らせる騎士達との距離は、それほど離れることはなかった。

兵士達が繰り広げている戦いに割って入るように、騎士達が魔物を弾き飛ばした。そのまま敵の群れの中へと入り込んで、道を切り開くべく槍を振るう。

ユキトとセシルはそうして強引に作り出された道へ飛び込み、巣へと接近していく。とはいえ、魔物達も黙っていない。狙いがわかったのか、ユキト達を押し潰《つぶ》すべく、左右から魔物達が攻め寄せてくる。

もし取り囲まれてしまえば、仮に巣を破壊したとしても――そんな考えがユキトの頭の中に浮かぶが、

「ユキト」

セシルの声がした。一瞬だけ目を移せばユキトを見返していた。ただそれだけで、何が言いたいのかは理解できた。

(信じてくれ、と)

任務は必ず成功させる。自分のことも必ず逃がす――そんな決意を彼女からしかと感じ

られた。

最前線の騎士達は、巣を破壊するべく突き進む。少しでも集中を乱せば離されてしまうくらいの速さで。実際、そのくらいの速度でなければただ取り囲まれて終わりなのは確実だった。

それに加え、彼らが握る槍《やり》が魔物を蹴散らしていく——使用しているのは装飾もないもの。霊具か、それに類するものであることは間違いないが、ユキトが持つ霊具と比べれば魔力は小さい。

だがその武器を用いて、騎士達は魔物を倒している。体の内に存在する魔力と、叩《たた》き込まれた技術による一撃が、魔物を倒せる根拠なのだと理解できた。

(練度が高い、と表現するべきか)

ユキトが評価を下した時、一人の騎士が魔物に迫られた。槍をかざし対処する騎士であったが、一瞬の内に——狼《おおかみ》が、馬上の騎士へ食らいついた。

援護すべきか、と思った矢先騎士は振り払い、その場に留《とど》まる。直後、ユキト達は横をすり抜ける。取り残されればどうなるか、予想できないはずもない。

「あ——」

「ユキト!」

セシルが叫んだ。見るな、という警告だった。

だからユキトは剣を強く握り締め、前だけを見た。気付けば巣はもう目の前。そこで騎士は散開し、

「食い止めろ！」

指示はそれだけ。同時に意図を理解できた。魔物を食い止めるから、ユキト自身が巣を破壊しろということだ。

だからユキトは思考を切り替え、目前に見える『悪魔の巣』へ意識を集中させた。間近で見れば、異様さが際立っており、花粉のような粒子状のものが周囲に舞っていた。それをユキトは魔力であると見当をつける。

「私はあなたの後ろを守る！」

背中越しにセシルの声が聞こえ、ユキトは右腕に力を集め、まずは一閃《いっせん》した。

刃が巣の蕾《つぼみ》にあたる部分に入り、ガキンと甲高《かんだか》い音が鳴った。まるで石でも斬っているような感触。それなりに力を入れたはずだが、傷を付けただけで破壊には至らない。

直後、巣はさらに魔力を噴出した。濃霧が発生するように視界を曇らせる。それは自身を破壊されまいとする巣の防衛本能。周囲の魔物達に危機を知らせ、また同時に魔力により強化する。

途端、周囲の魔物達が咆哮《ほうこう》を上げた。獣のような個体は声を張り上げ、ユキト達を囲み襲い掛かってくる。時間的猶予《ゆうよ》はほとんどない――確信したユキトは、剣を構え呼吸を整

えた。次の一太刀《ひとたち》で決めるべく、静かに魔力を高める。

時間にしてそれは、一分にも満たないもの。だがその時間を稼ぐために、どれだけの犠牲を必要とするのか――ユキトは目をつむった。視界がなくとも気配と音でわかる。背後でセシルが霊具を振るい戦っている音。馬のいななきと同時に上がる男性の悲鳴。人か、あるいは故郷の名か――何かを称《たた》えながら突撃していく騎士。魔物の雄叫《おたけ》びと、無数の足音。この場に留《とど》まることができる数分にも満たない時間。それを、決死の戦いで作ってくれている。

（だから……これで――仕留める！）

目を開き、ユキトは剣をすくい上げるように放った。黒い刃《やいば》が巣の蕾《つぼみ》に触れ、魔力が、迸《ほとばし》った。

剣先から漆黒の斬撃が、上空へと伸びる蕾を両断するかのように駆け抜けた。腕には手応え、耳からは鉱物を切るような破砕音。視線の先には、巣の本体が一撃を受け、ヒビが入り始める光景。

刹那、パキパキパキと木の枝を折るかのような乾いた音が聞こえてきた。ヒビは刃が通った場所を中心に広がり、それが胴体の半分を覆った直後、ガキンと街道を響かせるような音がこだまする。

そして、巣が砕かれガラガラと崩れ始めた。力を失い、魔力が漏《も》れ出ることもなくなった。どうやら破壊に成功したらしい。

「どうにか終わった――」

「ユキト！　こっちに！」

セシルの声。返事をしようとした時、状況に気付いた。周囲にいた騎士の姿が少なくなっている。そればかりか騎乗していた馬を魔物達が食らい、騎士は倒れ地面に赤黒い染みを作っていた。

それは、先日の町で戦った時には見かけなかった悲惨な光景。いや、おそらくこうした状況は先の戦いでもあったはず。それを騎士達が見せないようにしていたのか、それともユキト自身、初陣《ういじん》であったからこそ視界に入っていなかったか。

本来ならユキトにとって衝撃的であり、惨状に対し嘔吐《おうと》してもおかしくなかった。鼻先から血の臭いを感じ取る。ほんの少しの時間を稼ぐために、多くの人間が犠牲になった。

精神的にもショックが大きい出来事――だがユキトは、霊具の力により冷静さを維持する。それはこの戦場において、何よりも必要とされるものだった。

「離脱するわ！」

セシルの言葉と同時、生き残った騎士が馬上から槍《やり》を一閃《いっせん》する。退路を確保するべく放たれた一撃は、魔物を吹き飛ばすことに成功した。その人物は鎧《よろい》を赤くしながら、戦場を離脱するべく馬上で槍を掲げ、道を指し示した。

そうして元来た道を逆走し始めるが、そこは魔物で埋め尽くされているような状況。かろうじて魔物の群れの中で戦っている騎士が数人いたため、彼らと合流し、なんとかか細い道を辿《たど》っていく。

その間にも、犠牲者が増え続ける。巣を壊したが故の報復か、魔物達の攻撃は苛烈《かれつ》さを増す。中には突撃する魔物を押し潰《つぶ》すかのように迫ってくる個体までいた。統率と呼べるものは存在せず、ただ洪水のようにユキト達へ押し寄せるだけだった。

それをかいくぐり、ユキトは剣を全力で振るい――どうにか、虎口《ここう》を脱した。魔物の群れを突破した直後、後続に控えていた騎士達に出迎えられ、後方から迫り来る魔物の進撃を抑え込む。見れば兵士達も応戦しているが、地面には幾人もの犠牲者がいた。

道を駆け、ユキトとセシルは馬車付近まで戻ってくる。そこで改めて戦場を見据える。魔物の数は確かに減ってはいる。しかし、味方側も相応に数を減らしている。

「……これは……」

「厳しい状況だけど、倒さないといけない」

セシルは呼吸を整える。彼女の方も多少ながら負傷しているが、それでも瞳の力強さは変わっていない。

「巣は魔物達に簡易的な命令も与えている。例えば巣を守れとか、敵を殲滅《せんめつ》しろ、とか。それが壊された場合、魔物達は自分の意思で動く……もっとも、知能のある個体は少ないし、大抵は近くにいる生物……この戦場であれば私達人間ね。それに襲い掛かる」

「襲い掛かる……」

「魔物の食料は魔力。巣があれば体を維持し、強化できるほどの魔力が得られるけれど、それがないとわかれば……獣と同じように狩りをして食事をする。私達を襲うのは、言ってみれば体に存在する魔力を取り込むため」

「なるほど……けど、目の前の魔物を全て、か」

兵士や騎士は奮戦しているし、巣を破壊したことで魔物の動きがずいぶんとバラバラになっている。最初に突撃した際は迎え撃とうという動きをしていたが、今は手近にいる人間を見つけて襲い掛かっているような形だ。

「私達が離脱すれば、魔物は散り散りとなり周辺の町や村を襲うことになる。だからここで、殲滅しなければ」

「……そうだな」

ユキトは覚悟を決め、剣を構える。

「どこまで頑張れるかわからないけど、全力を尽くす」

「ありがとう……もうわかっていると思うけど、この戦場に強力な霊具を持っている人物は少ない。だから、絶対に死なないで……これからの戦いのためにも」

「ああ」

二人は同時に駆け出す。再び戦場へ疾駆《しっく》した時、ユキトは全身に力を入れた。そして少しでも犠牲者を減らすために、剣を振り下ろした――

巣を破壊したことで魔物達は統制が効かなくなり、ユキトの霊具ならば倒すのは決して難しくはなかった。けれど一人では限界があり、なおかつ魔物を容易に倒せる存在はこの戦場で数えるほどしかいない――セシルの言葉通り、魔物を殲滅《せんめつ》するまでに多数の犠牲者が生まれた。

太陽が赤く染まり、夕焼けが戦場を照らすようになった時刻、ようやく戦いに終止符が打たれた。ユキトは幾度か休憩を挟みながら、どうにか戦い続けることができた。霊具の力により高揚した体は熱を持ち、冬の風がユキトの体を鎮《しず》めていく。

セシルによれば、魔物の数と自軍の戦力を考えれば、信じられないほどの成果――らしいのだが、ユキトは地面に倒れ伏《ふ》す騎士や兵士を見て、悲痛な表情を浮かべた。

「これが、私達の役目だから」

街道の真ん中で立ち尽くすユキトへ近寄り、セシルは語る。

「私達は国を守るため、命を賭《と》して戦っている……時には命を捨てることもいとわない。そういう存在こそ、騎士であり兵士なの」

「……そう、なのかもしれない」

ユキトは返事をしながら、それでも内に宿る感情を抑えられない。

「でも、もっと……俺が強ければ、こんな結果にならなかったんじゃないか？」

「あなたがいてくれたからこそ、この戦いに勝てた。本当によくやってくれた……それだけで十分よ。あとはここで散っていった仲間達を弔《とむら》い、前へ進みましょう」

セシルは優しく述べる。その横顔を覗《のぞ》くと、茜色《あかねいろ》の光が当たって愁《うれ》いを帯びた表情を見せる彼女がいた。

彼女だって、何も思っていないわけではない。むしろ心を痛めているはずだ。けれどそれを押し殺し、ユキトのフォローを行っている。

それは来訪者であり霊具使いであるユキトを失いたくないという思いからだろう。あるいは、死生観だって違うのかもしれない。

この状況の中、ユキトは思う。

（これが……勝利と言えるのか？）

こんな勝ちを積み重ねて、先に待っているのは絶望だけなのではないか。

（カイだったら、もっと上手くやれていたのか？　それとも……）

先ほど、セシルが語った言葉を思い出す。犠牲を出してでも戦うのが、自分達の役目。

ユキトのおかげで勝てた。よくやったと。

その瞬間、ユキトの心の内に新たな感情が宿った。多くの人が死んでしまった悲しみではなく、目の前の惨状の元凶である邪竜に対する憎しみとも違う。それはとんでもない熱量をもって、ユキトの胸の内を満たした。

「そんなわけ、ないだろう……！」

自分に対する怒りだった。よくやったとセシルは言った。ユキトは過去の、夢にも見た光景を思い出す。祖父は言う。よくやったと。

誰かに言われたらそれで十分ではないとユキトは心の内で断じた。試合で勝たなければと思った。それは自分のやってきたことが、祖父の教えが正しいと示したかったから。

今回の戦い、勝たなければならなかった。けれど目の前の光景は、あまりに凄惨《せいさん》だった。

そしてユキトは、心の底から理解する。

（ああそうだ……俺はただ、勝ちたいわけじゃなかったんだ……！）

確信するとともに、身の内がさらに熱くなる。

（変えたかったんだ、俺は……！　自分の手で、世界を変えたかった……！）

試合に勝てば、教えが正しかったことを証明すれば、自分も、回りの評価も変わると思った。そして今、目の前の戦いに勝った――けれど、自分の力では、犠牲を積み上げることでしか勝利できなかった。

（もし、俺が何かを変えたければ……この世界で生き抜くには、強くなるしかない

……！）

目の前の惨状を見て、ユキトは強く思う。カイのような力はない。けれど、この戦いの結果を変えるには――世界を変えるには、強さが必要だった。

（勝つことで、自分が望むように世界を変えられることを証明したい……俺は……！）

体の中を駆け巡る怒りを発散させることはなかった。体を震わせながら、ユキトは見た。茜色《あかねいろ》に染まりつつある、勝利した戦場を。

絶対に、忘れない――そう胸に刻みながら、ユキトはただまぶたの裏に焼き付けるべく、戦場を見続けた。

＊　＊　＊

震える体で戦場を見据えるユキトの背中を見て、セシルは声を掛けようか迷った。手を伸ばすところまでいったのだが――結局、できなかった。

多くの同輩を失った傷を抱えたまま、何かを告げてもユキトは納得しないだろうというのがセシルの見解だった。彼がどういう理由で怒っているのかはわからない。犠牲者を生んだ邪竜に対する怒りか、あるいは力のなさに対する自分への感情か。

もし後者であれば――けれど、セシルは何も言えなかった。その大きな理由は、何よりユキトの間に――いや、来訪者達との間に大きな壁があるためだ。

どれだけ語っても、自分達には負い目がある。この世界へ召喚してしまったという負い目が。それに、多少人となりを知ったからといって、彼の内面へ踏み込むことはできない。

しかし、最大限のことはしようとセシルは強く思う。目の前の情景は、ユキトがいなければ成し得ることはできなかった。それは紛れもない事実。だからこそ、支えにならなければと思った。

「――セシルは、戦士ユキトと共に帰還せよ」

やがて上官にそう指示を出された。周辺に魔物が残っていないかなど確認する必要はあるが、来訪者の力はもう必要ないと判断されて、帰還を命じられた。

けれど少しの間、声を掛けることができずにその場に佇《たたず》んでいたのだが――彼女は見た。多数の犠牲者がいる戦場。そこが真っ赤に染まっていく光景を。

悲壮に満ちた景色であると同時に、セシルはここまでの戦いを思い出す。幾度も見てきた。邪竜により消え去っていく村や町を。

邪竜は侵攻初期、見せしめのためにいくつかの村を焼いた。そして王都へ攻め寄せる段階では、魔物の数により街道に近い町をいくつも潰《つぶ》した。

セシルは霊具使いとして、魔物と交戦し続けた。間に合わず全滅した村を見た。魔物によって火の海になり、宵闇《よいやみ》の下で燃えさかる町を呆然《ぼうぜん》と眺めることもあった。

魔物の進路などを予測し、奇跡的に村民全員を避難させることができたケースもあった。けれどそうして生き残った人達は一様に絶望的な表情を見せる。故郷を失う――自分達の世界が文字通り崩壊するという苦しみを味わう。避難した先で、生活基盤が整いそうな状況であっても、自死したという村人の話も耳に入ってきた。

「……村は、無事かな」

すぐにでも帰りたい衝動に駆られた。山に囲まれた農村。段々畑と山に沈む夕日。それらが一挙に思い出される。

少し前に故郷から手紙が届き、村人達は無事だと知らせがあった。だからこそ、まだ戦える。セシルは大切なものを守れているのだという自覚を持って、戦いに臨める。

霊具を手にして戦うことを決意したのも、村を守りたいという――力を得たいという理由からだった。魔物に殺された両親。何もできなかった自分。墓前に誓ったのだ。両親が守りたいと願い、誇りに思っていたあの村の光景を、そこに暮らす人々を必ず守り抜くと。

それを成し遂げるために、セシルは今こうして戦っている――もしそれを失ってしまえば、もはや剣を取れなくなるだろう。己が戦う理由が消え失《う》せるから。故郷を捨て、自ら命を絶った人の気持ちが、理解できた。あの場所こそ、自分の全てだと。

「……ユキト」

やがてセシルはそうした感情を押し殺し、来訪者へと声を掛ける。今は彼と共に戦い、全てを守る——そのために、歩みを止めないと心に言い聞かせた。

第三章　来訪者の決意

激戦の後、ユキトは城へ帰還し部屋で休みをとった。クラスメイト達と顔を合わせることはなかった。意図したわけではなかったが、ゆっくり休めるためそれも良いかと考え、ユキトは就寝した。

そうして翌朝、朝食を自室で済ませたユキトは、セシルと会うべく部屋を出て廊下を歩き始めた。

前日にこの日どうするかは伝えてある。彼女とはとある場所で落ち合うことになっており、そこへと足を向けていた。

「……ユキト？」

そんな折、真正面からメイの姿が。キョトンとする彼女に対しユキトは、

「おはようメイ……昨日の戦いについては聞いているのか？」

「うん、もちろん……まずはご苦労様。怪我《けが》はないの？」

「あったら昨日のうちにメイへ伝えているさ」

「それもそっか……今日もどこかへ？」

「いや、外に出る予定はないな。やることがあるから今から向かっているところ」

「それは――」

「ユキト！」

背後からカイの声がした。振り向けばユキトの姿を見つけ駆け寄る姿が。

「昨日は会えずじまいだったな……怪我とかは？」

「問題ないよ……そうだ。カイとメイは、これから何か予定はあるのか？」

「私はないけど」

「僕も特には。午後からは色々相談しようと大臣は言っていたけれど」

「そっか。強制じゃないけど、もし良かったら話を聞くか？」

「何のだい？」

「霊具について。昨日の戦い……勝つことはできたけど、犠牲者がとても多かった。それを見て強くならないと、って俺は思った」

ユキトの言葉に二人は沈黙し、ユキトに注目している。

「この世界の人を守るためにも……そして何より邪竜に勝つため、死なないように……で、霊具を手にして戦えてはいるけど、まだまだ俺に足りないものは多い。どうやったら今より強くなれるのか。それを知るためにセシルに知識を提供してもらおうと」

「なるほど……確かに」

メイは納得の声を上げ、小さく手を上げる。

「なら私も付き合っていい？」

「どうぞ……カイはどうだ？」

「僕も喜んで参加するよ。ユキトの言ったことは、確かに重要だ」

「よし、それじゃあ三人で行こうか」

ユキトが先導する形で歩き始める。目的地へ向かう間に、カイがユキトへ話し掛けた。

「そういえば、クラスメイトが霊具を手にして戦うことを表明し始めたよ」

「昨日のうちに？」

「ユキトが戦場に赴《おもむ》いたことで、触発されたみたいだね。まだ全員というわけではないけれど、最初に戦うと言った人を呼び水として決意した人が増えている。全員が霊具を手にするのは時間の問題だと思う」

「……いいのか？」

確認するような問い掛けだった。するとカイは苦笑し、

「本音を言えば、戦ってほしくない。僕だけが選ばれたのだから、みんなは責任を負う必要はない……と言いたいところだけど」

カイは天井を仰ぎ見る。

「きっと、僕だけでは立ち行かなくなるのも事実だ……知れば知るほど、邪竜との戦いは

大変だ。僕自身、思うところはまだあるけれど……以前も言った通り、本人の意思を尊重するよ」

「そっか……どういう結論を出すにせよ、初日にカイと相談したように何があっても結束する……そこを間違わなければ大丈夫だと思う」

「うん、僕も同意見だ」

「みんなと一緒に戦場に立つって、なんだか不思議な気分だね」

メイが率直な感想を述べた。ユキトも内心同意する。見知った人間が集まって魔物と戦う――今は妙な感じだが、それも次第に慣れてしまうのだろうか。

「で、カイ。いつ霊具を手にするんだ？」

「近日中には。個別にやるのは大変だから、今は城側がどうするか調整しているところなんだ」

「人数が多いから霊具を選ぶのも時間がかかりそうだな。まあ期限があるわけじゃないしそれでいいと思う」

「だね……あと、もう一つ」

少しだけ間を空けて、カイは続ける。

「クラスメイトの中で、まとめ役を男女で一人ずつ任せようと思う。さすがに僕だけで四十人全員の面倒は見切れないし、色々と役割を持たせないと」

「私達がやるの？」

メイが尋ねた。この場合の「達」というのは、メイとユキトを指しているようだ。

「いや、二人には別の役割を担ってもらうつもりだ。特にメイの霊具は戦闘系ではなく支援系だし、単純にまとめ役というより、もっと色々動いてほしい……と、大臣も話していた」

「何をやるのか気になるけど……ま、精一杯頑張るよ」

「ユキトの方は、まだ考え中というより……いくらか案はあるけど、いずれ固まったら話すよ」

「わかった。どんなことでも全力でやらせてもらうさ」

全ては、邪竜を倒すために――心の中で呟《つぶや》く。少しして目的地へ辿《たど》り着いた。

「ようこそ」

出迎えたのはセシル。今日の格好は鎧《よろい》ではなく、以前邪竜のことについて話した時の騎士服だった。そして手には彼女が愛用している霊具が。

訪れた場所は広い空間。例えるなら多目的ホールのような場所。ユキトはここがどういった用途で使われているのかセシルから聞いているが、カイ達は――

「訓練場か」

カイが述べる。部屋の構造や広さなどから推察したようで、セシルは頷《うなず》いた。

「正解よ。ここは城内にある訓練場。主に騎士が霊具の訓練などをする際に用いられる。この部屋は普通の石材とは異なる建材で、魔力を弾く効果がある。だから、少しくらい暴れても問題はないわ……さすがに聖剣をフルパワーで発動させたら、どうなるかわからないけど」

セシルはユキト達を手招きする。それに従い近寄ると、彼女はカイとメイを一瞥《いちべつ》した。

「二人も来たなら丁度良いわね。霊具に関する説明をする予定で、少し訓練を挟もうと考えていたから」

「このメンバーだと、カイが圧倒的だろうけど」

メイの言葉にユキトも同意のため頷く。ただ当のカイはそう思っていないようで、

「霊具の相性などにもよるとは思うよ……それでセシル。霊具という存在がこの世界においてとんでもないものだと僕らは身をもって理解しているけれど……その力や特性は千差万別、というわけだね？」

「そうね。まず霊具には特性や能力によってランク分けがされている。内に秘める魔力が高ければ高いほど、上の階級になりやすいわね。例外もあるけれど、基本的に魔力の内蔵量によってランクが決まると思っていいわ」

彼女は説明しながらカイが腰に差している聖剣に目を向ける。

「階級は全部で六種。上から神級《しんきゅう》、天級、特級、一級、二級、三級ね。ただ神級は考慮に

入れなくてもいいわ。カイが持っている聖剣しか該当するものがないから」

「……そういえば」

　ふと、ユキトもまた聖剣に視線を向けながら問う。

「聖剣に正式な名前はないのか？」

「誰もが通称で呼んでいるから、ほとんど名前は出てこないのよね……聖剣の正式名称は『神天《しんてん》の剣《つるぎ》』というのだけれど、これについては聖剣を研究した学者がつけたもので、それまでに聖剣と呼ばれていたから、その名が定着した形ね」

「正式に名付けられたのが後だから、結局聖剣という通称が広まったと」

「そういうことになるわ」

「なるほどね……該当の階級に選ばれる基準というのは？」

「上から三つは決まっているの。霊具の専門家が定義したものだけど……神級は、単独で魔神……霊具を生んだ天神の敵に対抗できる力を持つとされる霊具よ」

「魔神……」

「もっとも魔神と戦うなんて聖剣を最初に手にした人物でもなかったから、あくまでそれくらい規格外な霊具、程度の認識で良いと思うけど」

　専門家の定義そのものも曖昧《あいまい》、と言いたいのだろうとユキトは理解する。

「次に天級と特級。この城の宝物庫に眠っている霊具は基本的に特級より上のものばかり。扱える人間は少ないけれど強力であるため、使用者がいなければ国が管理することが定められている。これは他の国も同じ処置……凄《すさ》まじい力を持つからこそ、放置はできないというわけ」

「つまり私とユキトの霊具も特級以上か」

メイは自身の霊具を見ながら呟《つぶや》く。ユキトもまた手にする霊具に視線を落とし、

「セシル……俺やメイなんかはそうした霊具を手にしたけど、クラスメイトも同様の力がある霊具を使えると思うか？」

「あなた達来訪者は、この世界の人とは比べものにならない力を持つ。私は専門家ほどの知識はないから、あくまで力の高さだけで判断するけど……全員、特級以上の霊具を難なく使いこなせるはずよ」

彼女は述べながら自身の剣へと目を移し、柄《え》を手のひらで触《さわ》った。

「私の霊具も特級……私はこの国の農村部……山に囲まれた田舎の生まれだけど、霊具を扱える力を持っていたため、半《なか》ば強引にお城へ連れて来られた……今ではそれで良かったと思えるけど、当時はずいぶん無茶をするな、と思ったくらい。つまり、それだけ特級以上の霊具を持てる人間は希少で、国側が囲い込もうとするのよ」

「そういえば、王様は霊具を使えるのか？」

純然たる疑問がユキトの口から突いて出た。玉座で謁見《えっけん》したその姿から、魔力を感じ取

ることはできたが――

「陛下は特級霊具を所有しているわ。もちろん前線で戦うなんてあり得ない以上、戦いぶりを見ることはないだろうけれど」

「王様は家系的に霊具を扱うことに長《た》けている？」

「勇者の末裔《まつえい》だから、と言いたいのね。それなら聖剣を扱えてもおかしくないけど、そうはなっていないでしょう？　霊具というのは血筋はほとんど意味をなさない。例外はあるけれど少数だから特段考えなくてもいいわ。陛下の場合は英才教育によるところが大きいの」

「英才教育？」

「体の内に存在する魔力は、修練を行えば総量を増やせる。ただその伸び率は、年齢が小さい時から始めるほど、高くなる……この国もそうだけど、王族とか、あるいは貴族とかは子どもの頃から霊具を扱えるように訓練を施すの。それにより、特級以上の霊具を持つことができる体になる」

「逆に言えば、教育をしなければ難しい……と？」

「そうね。もちろん生まれつき魔力の多い人もいる……私なんかがそうね。けれど霊具使いというのは基本、幼少から鍛練を積んできた……教育を受けられる人物……貴族などの階級の高い人が多い。私みたいな人間だっているけれど、統計を取ったら英才教育を受けたエリートの方が多いのではないかしら」

「あるいは、小さい頃から剣を手にしてきた人間とか」

　ユキトの指摘にセシルは「かもしれない」と応じ、

「人知れず、どこかの山奥で師匠に教えを受ける少年とか、ね」

「あ、こっちの世界でもそういう話はあるのか」

「ええ。なんというか、考えることは同じなのね……あとは、そうね。常に魔物と戦い続ける冒険者なども扱えるわね。邪竜が侵攻を開始する前より、魔物という存在は人々の脅威となっていた。騎士団だけでなく、傭兵《ようへい》や冒険者は依頼を受け魔物と戦い続けることにより、訓練とは異なる形で力を得る。魔力というのは頑張ったら頑張っただけ強くなれる。だからこそ、死と隣り合わせの彼らが力を持つケースは多いし、実際に特級以上の霊具を所持する冒険者もいる」

「先ほど、国の管理が必要だと言った」

　と、カイがここで割って入った。

「冒険者がそうした霊具を使うにしても……持つために何かしら条件などは必要ないのかい？」

「まず冒険者ギルドという、国に認可された組織に加入する必要がある。まったく素性の知れない人に扱わせるには危険だから」

ギルド――ユキトは冒険者がいるのならそういう組織だって存在するだろうと、物語的な感覚で納得した。

「冒険者が得た霊具が特級以上だと判断されたら、まずは国の管理下に置く。とはいえ基本的に見つけた人に所有権は存在する。霊具を得ることができるのかは、それまでの功績とかによっても関係してくる……一概にこうだとは言えないけれど、もし所有が認められなくても相応の報酬が支払われると法律で定められているし、冒険者達に不利益にならないよう尽力しているわ」

「ならば宝物庫に眠る霊具は、そうした経緯で保管されている？」

「そうね」

セシルは頷《うなず》いた後、両手を合わせるようにポンと一度手を叩《たた》いた。

「話が逸《そ》れてしまったわね。霊具の等級に関する続きを語るわ。まず天級……これは『戦争級の戦いを単独で勝利できる力を持つ』ものとされている。例えばこの都に邪竜の一派が大量に襲い掛かってきた。それを単独ではね除《の》けるだけの力を持つもの」

ユキトは昨日の戦いを思い返す。騎士達と協力して巣を破壊することはできた。しかし単独でというのは不可能だと断じ、自分の剣は天級の力を持っているわけではないと悟る。ならば、

「次に特級は『戦争内における戦局を大きく変える力を持つ』霊具となる。ユキトの『黒

羅の剣』はまさしくそれね」

「うん、そうだな。その表現が一番しっくりとくる」

ユキトは同意した後、メイへと視線を投げる。

「ただ……メイの霊具はどうなるんだ？」

「私が語ったのはあくまで戦闘用霊具の基準だから。それにメイが持つ霊具『療世の杖《つえ》』は支援系の霊具で評価しにくいけれど……おそらくそれもまた、特級に位置すると思うわ」

「私のも特級かあ……天級霊具所持者は現れるのかな？」

「可能性は十分高いと思うわ……それともう一つ。あなた達二人の霊具もまた、天級に上がる可能性がある」

その言葉にユキトとメイは少し驚きながらセシルへ注目した。

「霊具というのは、使い続けることによって力が増幅したケースがあるの。私達はこれを霊具の成長と呼んでいる。あるいは霊具の中に観測できない力が眠るケースもあり、それを目覚めさせることができれば……私達が霊具について解明できていることは一部であり、まだまだ研究の余地があるのでしょうね」

「私達の霊具も、使っていけば強くなる可能性があると」

メイは自身が持つ杖をかざしながら告げると、セシルは深々と頷いた。

「そうね……私が持っているこの『護王《ごおう》の剣《つるぎ》』だって、ちゃんと扱えているのかわからない……良い言い方をすれば伸びしろがある、と表現するべきかしら」

「物は言い様だな」

ユキトの言葉にセシルはニッコリと笑い、

「そう解釈した方が、可能性を感じて希望を持てるでしょう？」

「ま、確かに……なら俺やメイの霊具が今後、天級や神級へ達するかもしれないと」

「神級にまで辿《たど》り着けば、伝説的な霊具になるわね……可能性は、きっとあるわ」

──ユキト自身、さすがに神級まで到達するとは考えてない。ただ、霊具に成長の余地があるのは、少なからず希望になる。

「霊具がどういった特性を持っているのか……これについては、実際に使って検証しない限り解明するのは不可能。だからカイ、ユキト、メイ。あなた達が自分自身で開拓していかなければならない」

そこまで語ると、セシルは剣を抜いた。

「ユキトに頼まれて、私は今日霊具の説明と、訓練に来たわ。メイは支援的な霊具だけど、扱い方などの説明は行うから」

「で、俺とカイは実際にセシルと打ち合って……か？」

「カイ相手に私はどうなのかしら」

彼女自身聖剣と渡り合うのは難しいと考えている様子。

「全力でないにしても、私の霊具とカイの聖剣とは釣り合わないから」

「僕はまず、訓練できる相手を探すところから、か」

苦笑しつつも、カイは納得した声を上げる。

「それなら仕方がないな……ともあれ、ユキトやセシルの戦いぶりは霊具の扱いについて参考になるとは思う」

「なら早速……やるか」

ユキトが剣を抜くと、衣服が黒衣に。そしてセシルと向かい合う。訓練だからか彼女も戦場に立つ時のようなピリピリ感はない。ただ真っ直ぐ、ユキトと視線を重ねている。

（たぶん、目線で動きを読もうとしているな……）

呼吸を整え、ユキトは戦闘モードに意識をシフトする。とはいえ思考が研《と》ぎ澄まされるあの音は鳴らない。

（訓練だからかな？　自発的に行使できないから、このままやるしかないか）

ユキトはセシルの霊具へ目を移す。どんな能力を所持しているかわからない。今まで戦ってきた光景を記憶から引っ張り出すと、特別な行動をしていたようには思えない。

「――魔物が霊具を使用することはない」

ふいに、セシルが断じた。

「魔物は魔神由来の存在で、霊具は天神由来だから、そもそも交わらない……そういう意味では安心して良いけれど、魔物がどういった特性を持っているのかは戦う中で把握するしかない。今回、私と戦う場合もまた同じね」

「瞬間的に能力を判断して、戦わなければならないと……ああ、わかった」

刹那、ユキトは大きく足を踏み出した──彼女の言う通り、能力を見極めるのも一つの手段。しかしユキトが行ったのは電光石火の剣戟《けんげき》。機先を制し、一撃で決めようという意図の鋭い攻撃だった。

けれどセシルは放たれた刃《やいば》を受ける。軌道を読み、瞬間的な判断で弾くことに成功した。

「ユキトのやったように、相手が動き出すより先に仕留めるというのも一つの手」

そしてユキトの行動に対し、彼女は肯定的な見解を示した。

「相手の力量などを推《お》し量り、そうした決断をするのも生き残るために必要な時もある」

ユキトはさらに剣戟を繰り出す。カイとメイが固唾《かたず》を呑《の》んで見守っているのが気配からわかる。

「魔物相手ならば、それは非常に有効だと思うわ。昨日戦った、それほど知能を持たない個体ならば……けれど、例外もある」

放たれた剣が全て、例外なく受け流される。ユキトは手先から伝わる感触で自分の方が魔力が高いのは直感する。間違いない、体の内に存在する魔力の総量や、霊具に眠っている魔力についても自分が上。

しかし、セシルは見事にいなしている――それは霊具を使った経験の長さも関係しているはずだが、一番は間違いなく、

「例えば魔物が剣技を習得していた場合……思わぬ形で足下をすくわれるかもしれない」

ユキトは刺突を放つ。当たり所が悪ければ大けがをするが――セシルは自身の剣でユキトの刃を跳ね上げた。

膂力《りょりょく》で彼女の剣さばきを抑え込むことはできる――はずだが、実際そうはなっていない。これは間違いなく、技術の差。体に叩《たた》き込まれた騎士としての技術が、ユキトとの力の差を埋めている。

刺突を引き戻した矢先、今度はセシルが仕掛けた。斬撃には魔力が乗っており、ユキトは剣を盾《たて》にして防いだが――パアンと弾けた音がした。

体が驚き固まり、さらに腕の力が一瞬抜ける。耳も破裂音で一杯になり、明確な隙《すき》が生じた。

とはいえユキトは即座に体勢を戻した――が、それよりも先にセシルの刃が間近に迫っていた。懐に潜り込むような勢いで接近する彼女にユキトは後退以外の選択肢がなくなる。

そこから先はユキトも直感でわかった。剣を強く握り締め、せめて武器は落とさないようにしたが、彼女の剣を押し留《とど》めることはできず、その刃《やいば》が首筋へとかざされた。

「……とまあ、技術によって力の差を埋められる。魔物がどれだけ高度な技術を使ってくるかはわからないけれど、警戒はしておいた方がいいわ」

にこやかに——とはいえ一歩引き下がると彼女は大きく息を吐いた。

「綺麗に勝ったように見えるけど、実際は結構ギリギリよ。力を技でいなし、虚を衝《つ》いて懐へ潜り込む……少しでもユキトの反応が早ければ、私はやられていた」

「……破裂音は、どういった意図で？」

カイが尋ねる。セシルはそこで剣を素振《すぶ》りしながら、

「音によって動揺を誘うという感じかしら。閃光《せんこう》で目くらましでも良かったけれど」

ねこだましのようなものだとユキトは断ずる。音で体を硬直させ、わずかな隙《すき》を作ったのだ。

「ユキトやカイみたいに、力で押し込める方がずっと楽だし効果的だけど、今の私にはない。体の内にある魔力の器を大きくするための鍛錬は欠かしていないし、それが実を結び霊具が成長することを願いながら、戦っていく他ないわね」

「魔力の器を、大きくするかあ……」

呟《つぶや》いたのはメイ。するとセシルは小さく肩をすくめた。

「はっきり言っておくけど、メイ達がやる必要性はどこにもないわ。あなた達来訪者は全員、天級の霊具だって扱えるだけの力を持っている。今必要なのは……経験と技術かしら」

「だからこそ、今日色々と教えてもらうためにこの場を用意したんだ」

ユキトが述べる。それと同時に先ほどの訓練を思い起こした。

斬り結んだ感触がまだ手の中に残っている。そして彼女がどれだけの修練を重ねて霊具を手にしているのか、身にしみてわかった。

「霊具の概要は教えてもらった。でも、俺達は知らないことが多すぎる」

「戦地へ赴《おもむ》くような予定がない時、こうして集い訓練するのは良いわね……ただ、残念なことに邪竜の配下である魔物についてあまりわかっていない。その辺りの情報があればもっと効率の良い鍛錬ができると思うんだけど」

「それは仕方がないさ……セシル、もう一度お願いできる？」

「ええ、いいわよ」

そうして再び行われる戦闘訓練。同じ轍《てつ》を踏みはしないと剣を繰り出すが、それでもセシルは新たな戦法で受け流し、ユキトへ肉薄する。

技術の差――それが痛いほどわかると同時に、今後進むべき道を明確にできた。技術については、一日二日で完成するものではない。よって邪竜との戦いが終わる日まで、こんな風に訓練が繰り返されるだろうとユキトは内心悟った。

そこからユキトは三度セシルと打ち合ったが、結局一度も勝てなかった。

「技術を身につけたら、あっさり抜かれるわよ」

セシルはそんな言葉でユキトを慰《なぐさ》める。

「それに今回の戦闘訓練結果が、魔物との戦いの実力だとも言えないし」

「どういうことだ?」

「私が持つ『護王の剣』は、味方と認識した対象の動きなどを通常より……霊具を持っていない時よりも遥《はる》かに鮮明に認識できる。仲間がどんな行動をとっているのか、あるいはどこへ意識を集中させているのか……それが鮮明となって、最適な援護ができる。それは訓練の時だって変わらないから、ユキトの動きが読めたのよ」

「味方相手に……仲間を守るための武器、か」

「だからこそ王を護《まも》るなんて名前がつけられたのでしょうね」

ユキトはなんとなく合点がいった。加えて先日の戦いを思い起こす。ユキトが巣へ向かっている途中、適切なタイミングで彼女は呼び掛けをした。それはユキト自身の心情などを霊具の効果で推し量《お》れたのだ。

(たぶん魔力の揺らぎとか、そういうのを機敏に感じ取れるんだ)

頭の中で推測した時、さらにセシルは語る。

「対してユキトの剣……『黒羅の剣』は、魔物のような存在と戦う際に、力が増幅する特性があるみたい」

「力が……増幅？」

「魔物は魔力の塊……そうした存在に反応して潜在能力を高める剣のようね」

言わば魔物との戦闘に特化した霊具。今回の戦いにおいては非常に価値の高い剣であるのは間違いない。

「昨日、ユキトが難なく魔物を屠《ほふ》れたのは……そして巣を破壊できたのは、この特性があったからだと思うわ」

「だとすれば、霊具を習熟していけば……」

「魔物に対し、さらに優位に立てるかもしれない」

ユキトは自身が握る剣を見据える。そうであれば、自らに課した目標を果たすのに貢献できるかもしれない。

「やれることも増えるのかな？」

メイが疑問を呈《てい》した。するとセシルは、

「そうね。単純な剣同士のやり取りの他に、魔力を操作して色々できるようになるでしょうね」

「例えば？」

「足に魔力を加えて俊敏に動けるようになるとか、両腕へ重点的に魔力を集めて強烈な一撃を決めるとか。霊具を通して魔力の操作を上手にできれば、戦いの選択肢も増える……それとメイの持つ杖《つえ》は治療が役目だけど、他にも機能が備わっているわよね」

指摘にメイは握り締めている『癒世の杖』をまじまじと見つめた。初日の戦いのことを思い出している様子。

「魔法で強化することだね」

「ええ。一級以下の霊具なら、身体強化するにしても体の一部分だけとかに限定されてしまうケースもある。霊具自身が保有している魔力量に限界があるから。でも特級霊具ともなれば、他者の力全体を大きく強化するといった補助も可能になる」

「なら試していい？」

セシルが頷《うなず》くと、メイは杖をかざす。しかしそこで動きが止まった。

「強化はやったことがあるけど、全身にやるのはどうすればいいのかな？」

「霊具はそれぞれ特性もあるし、私からはどうとも言えないわね。ただメイは霊具に選ばれているし、少し意識すればやり方が浮かぶのではないかしら」

言われ、メイはその場で目をつむる。思案するのか霊具にでも呼び掛けるのか——ユキトがじっと見守っていると、彼女はおもむろに目を開ける。

次いで杖をユキトに対し一振り。楽団を指揮する所作《しょさ》にも見えるが、それにより魔力がユキトの体の中へ。

「……体が、軽くなったな」

足に力を入れ、さらに剣を振る。自身の魔力にメイの魔力が覆い被《かぶ》さり、上乗せされたような感覚。その結果を見てメイは笑顔となり、

「成功だね。でも、強化のやり方だって色々あるし、勉強していかないとダメだね」

「そこは霊具の修練次第ね」

セシルの言葉にメイは「頑張る」と告げる。

「ただ、これだと魔力を付与しただけだよね」

「他の使い方はいずれ学んでいけばいいのではないかしら？　慣れれば、できることも増えるわ」

「そうだね……あ、それじゃあ空を飛ぶとかはできる？」

（空を飛ぶ必要とかあるか？）

と、ユキトは疑問に感じたのだが、セシルは律儀に答える。

「浮遊魔法とかあるし、可能よ。結構大変だけれど」

彼女はメイやユキトを一瞥《いちべつ》しながら、続ける。

「浮遊というのは姿勢制御が大変だし常に魔力を消費し続けるから、そういう能力に特化

した霊具じゃないと効率は悪いわね。けど、飛行するのではなく跳躍するのであれば、今のユキトにもできるわよ」

そう言いながらセシルは二度ジャンプした。それは床の感触や足の状態を確認しているような所作《しょさ》。そして三度目、少し勢いをつけて跳んだ時、彼女は硬質な音を鳴らし何もない空中に着地した。

ユキトは、セシルの足下で魔力が存在しているのを見て取った。直後、彼女は再度跳躍する。魔力がバネのような性質を持っていたのか、それまでとは比べものにならない高さ――ユキトの頭上を飛び越えるような跳躍だった。

あまつさえ空中で一回転する。ユキトの背後に降り立ち、振り返るとメイは拍手で彼女へ応じた。

「おー！　すごい！」

「魔力を自在に操作すれば、このくらいはできる……特級霊具をある程度扱えているユキトなら、同じようなことができるわよ」

ならば、とユキトは試しに足先に力を入れてみた。霊具の力か、自身の魔力が下半身へと集まっていく。それにセシルも気付いたか幾度か頷《うなず》いて見せた。

そして一度ジャンプする。落ちるタイミングで足先にさらなる魔力を集めると――カン、と音がして空中で静止した。

「こういうことか……変な感触だな」

「それを何度も繰り返せば、空中で飛び跳ねるように動き回れるわね。ただ、足下がおぼつかない状態でやれば落下の危険が伴うし、制御できなければ魔物の的《まと》になるだけよ。ともあれ、そうして魔力を自在に扱えるようになったら――」

成長し、強くなれる――ユキトは胸中で呟《つぶや》いていると、セシルはその心情を読み取ったのか、

「……昨日の戦い、ユキトは色々と思うところがあったようね」

ユキトはすぐさま頷いた。途端にカイとメイはユキトを注視する。

「犠牲の上に手に入れた勝利……仕方がないと言っても納得できなかったかしら？」

「今後のことを考えても、犠牲を少なく戦うようにするのは大切じゃないか？」

「そうね、わかっている……ただ、こうやって言うのは慰《なぐさ》めにならないかもしれないけれど……今後、ああした戦いが幾度も待っている。落ち込んでいる暇だっておそらくない。だから悲しむより、邪竜を倒し平和な世界を作るため、前を向いてほしい」

「そこは……例えば犠牲になった人の気持ちを背負えとか言わないのか？」

「そんなことを言える資格はないわよ。そう思ってくれたら嬉《うれ》しいけど、強制するつもりはない」

（……そういう風に、答えるしかないよな）

ユキトは精神的に多少なりとも壁があることを認識した。

（あくまで俺達は半《なか》ば無理矢理召喚された人間だから、あれこれ言ったら反発される可能性もあるわけだし）

彼女の思いをくみ取り、反論などはしなかったのだが――ユキトは一つ気付く。メイが憮然《ぶぜん》とした表情を示していた。

何故なのか――ユキトが疑問を投げかけようとした寸前、彼女はおもむろに口を開いた。

「セシルは、それでいいの？」

「……いいの、って？」

「そりゃあ私達は突然ここに召喚されて戦う身だから、そっちは負い目もあるだろうけどさ。一緒に戦うのであれば、国の人のために……って思うでしょ？」

「それは……無理矢理召喚されて、武器を持たされて……霊具を手にしたのは自らの決断だとしても、だから国や人々のために戦えなんて、傲慢《ごうまん》にも程があるでしょう？　それは大臣だって主張していないし」

「まあ、そうかもしれないけど……」

頭をかきつつ、メイは応じる。ユキト達と接するスタンスは「戦ってほしいけど無理強いはしない。それは肉体的にも精神的にも」ということのようだ。

ユキト自身、セシルとメイの意見に双方道理はあると考えた。ただ昨日の戦いを――悲惨な光景を目《ま》の当たりにして、

「……俺は、背負う気概ではいる」

セシルへ、そう表明した。

「ただ、邪竜を倒して元の世界へ戻ることが最終目標だから、国を守るとか、世界を守るとか考えているこの世界の人達とスタンスは少し違うかもしれないけれど」

「……そう言ってくれるだけで、私はとても嬉《うれ》しいわ」

一点の曇りもない、柔らかい微笑を伴いセシルは述べる。

「けれど、無理はしないでね。重荷であると感じたら、すぐに頼って。あなた達はすごい力を持っている。邪竜が生み出した魔物を一蹴できるだけの力がある。でも心までは強くない。戦場というのは、たとえ訓練していても心が摩耗《まもう》していくもの。だから何かあれば、すぐに相談してほしい」

「わかった。その辺り、今後霊具を手にするクラスメイトにも伝えないといけないな」

「そうだね」

メイが同意。それと同時に彼女は晴れやかな笑顔をユキトへ向けた。

「私も……同じような気持ちだよ」

「メイも？」

「うん。私は最前線に立つような霊具じゃないけど……別の形で、辛《つら》い光景を見た。言ってなかったけど私は昨日、ユキトと一緒に戦った人達の怪我《けが》の治療を手伝ったの」

ユキトは目を見開き驚く。彼女もまた、形は違えど戦場にいたのだ。

「お城にいる治療術士、っていうのかな？　そういう人達は大丈夫と言ったんだけど、霊具を持っている以上は参加しようと思った。そこで、たくさんの人を癒《い》やした。私の霊具は特級だって話だけど、それだけの力が確かに備わっていた。でもね」

メイは笑みを消し、一瞬遠い目となった。それは間違いなく、昨日の光景を思い起こしている。

「目の前で……治療もむなしく、息を引き取る人だってたくさんいた」

それを、間近で――ユキトは言葉もなく立ち尽くす。

「その時、思ったんだ。私の霊具は、帰ってきた人達全てを助けるくらいじゃないといけないんだろうって……ううん、少し違うかな。そのくらいの覚悟がなければ、立てない戦場なんだって思った」

「メイ……」

セシルが名を呼ぶ。するとメイは彼女へやおら向き直り、

「心配してくれる？」

「それはもちろん……後方支援だとしても、辛く苦しい戦場がある。ユキトにも言ったけ

ど、もし本当に耐えられない時が来たのなら、迷わず相談してね」

「うん、わかった……けど、私としては相談だけじゃ物足りないなあ」

なぜかニヤニヤし始める。先ほどとは異なる、何かやってやろうという含みを持たせた笑みだ。

「も、物足りない？」

「そうだよ。ここでもう一つ重要なことがあるよ。私やユキトは、色んなものを背負うと表明したわけだけど、そうであればやっぱり、この国の人と……世界の人と、関わっていきたいと思うんだよ」

「それは……交流は確かに必要でしょうけれど……」

「うんそうだね。だからまず第一歩として」

メイはセシルの前に立って、右手を差し出した。

「お友達になりましょう！」

「え……え……？」

「お友達。騎士とか、来訪者とか関係なく、色んな話ができるように」

当のセシルは戸惑っている。ただ少しすると、彼女はおっかなびっくりといった様子で、

「わ、私で……？」

「当然！　最初に関わった人というのはもちろんのこと、接していて友達になりたいと思ったわけ！　むしろこんな美人さんを目の前にして単なる仕事仲間だけじゃ物足りない！　こちらが頭を下げてでも、友達になってもらうしかない！」

「び、美人って……」

そういう言葉に慣れていないのかなあ、などと反応を見ながらユキトは考える。セシルは照れつつ戸惑いながらもメイの右手を凝視し——やがて、おずおずと差し出した。

「その……私で、よければ」

「うん、よろしく！」

ガッチリと握手を交わす。むしろメイが絶対離すものかという勢いでブンブン振り回し始め、ユキトは思わず苦笑した。

「なんかもう、無茶苦茶やってるな……」

「ユキトも私を少しは見習った方がいいよー。なぜならもっとガッツリいくべきだと思うから」

「この世界の人と接することに対して？」

「そう。背負うのであれば、存分に苦楽を共にしようって話だよ。幸い私達はこの世界の人達から好意的に見られているわけだし、勢いで突っ込めば友達にはなれそうだし」

「本当にそうなるかはおいておくとして……一理あるな。辛《つら》いこともあるけど、どうせな

ら楽しもうってわけか」

「当然！　そうやってこの世界と関わっていく……それが背負うってことでしょ？」

「ああ、確かに……違いないな」

頷《うなず》き、ユキトはメイに同意する。

「メイのおかげで、ずいぶんと気が楽になったよ。なんというか俺は、ただ苦しみだけを共有しようとしていたから」

「私も、そんな風に考えていた」

セシルがようやく解放され、笑いながらユキト達へ語る。

「けど、メイはそうじゃないと答えを出してくれた……ありがとう、本当に」

礼を述べた後、彼女はカイへと視線を向けた。

「そしてカイ……あなたにも、感謝を」

「うん」

そう言ってカイは笑い始める。どういう意味を含ませたものなのかユキトが気になっていると、

「二人はもう、心配いらないな。どんな風に戦うのか。その確固たる意思があれば、僕が何か言及する必要もない」

「そういうカイは、どうなんだ？」

ユキトはここで意を決するように問い掛ける。

「俺やメイとは立場が違う……最初から、半《なか》ば強制される形で戦う羽目になっている」

「僕は……そうだな、確かに責任感という心持ちは強い。二人とは大きく戦う意義が違うとも思うよ。でも、いやいや剣を振るっているわけじゃない」

カイは語りながら腰に差す聖剣に手を掛ける。

「町の人と交流した……たくさんの人が、僕に対し負い目を感じながらも希望を見出していた。胸中ではまだ戸惑っている部分もあるけれど……使命というのなら、僕はそれに準じ全《まっと》うしよう」

「なんというか……俺達とは全然違う思考だな」

ユキトはどこか呆《あき》れたように応じた。使命――ファンタジー世界にある魔王を倒す勇者の話のようだった。

魔王を討つという宿命から、勇者は剣を手に取る。カイはそれと同じような思考を辿《たど》っているのだ。たとえ大企業の御曹司《おんぞうし》だろうが、特別だろうが剣を握って戦ったことなどない人間だった。それなのに、背負うことを受け入れている。

「まあカイがそれで良いんだったらいいけど……何かあったら相談してくれよ」

「うん、遠慮なくさせてもらうよ」

にこやかに語るカイにユキトは内心で敵《かな》わないと思いつつ、再度セシルへ訓練をお願い

しようとした。その時、

「せっかくの機会だし……僕ともやってみようか」

「……カイと？　何を？」

「戦闘訓練だ。先ほど訓練相手を見つけることが必要だとは言ったけれど、僕自身霊具の能力を改めて体感したい」

提案の直後――えも言われぬ感情が体に襲い掛かった。近い言葉で言うのなら、武者震い。聖剣所持者との戦い。訓練であっても、それは一体どういったものなのか。

「……ああ、わかった」

ユキトは同意する。同時に、無意識の内に剣を強く握り締めた。


真正面から向かい合い、ユキトはカイを見据え一つ思う。

（……胸を借りて戦うような気分だな）

ユキトが握る霊具も、決して弱いわけではない。巣を破壊し、厳しい戦場を生き残れるだけの力がある。しかし、目の前にいるカイの霊具は、唯一無二の力を持つもの。対峙《たいじ》して改めてわかる。聖剣は規格外だ、と。

「そちらから来てもらっていい」

数度素振《すぶ》りをして、カイは告げる。ユキトは小さく頷《うなず》いた後、呼吸を整えた。

（どこまで戦えるのか……）

心の中で呟《つぶや》きを発した矢先、ユキトは駆けた。セシルと打ち合った時と同様の電光石火。カイはまだ立ち止まったまま。けれどユキトは心のどこかで防がれると直感した。

刹那、カイが動いた。わずかな動作——必要最小限の動きでユキトの剣を捉え、斬撃を受けた。刃《やいば》が交わった瞬間、剣先からカイの魔力が伝わってくる。途端、痺《しび》れるような感覚が生まれた。魔力を直に受ける。ただそれだけで、圧倒的な力を感じることができた。

（これが……神級か……！）

素早く剣を引き戻すと、ユキトは二の太刀《たち》を浴《あ》びせる。だがカイは攻撃をしかと受け止め、弾き飛ばす。動きに油断も慢心も、まして相手が特級霊具だからといって緩みもない。持てる力を注ぐ。その気概が伝わってくる。

ユキトはすかさず攻め立てる場所がないか探す。しかし一切の隙《すき》も見せないカイに対し、三撃目を放つことはなかった。一歩後退し、どう戦うか——それを考えようとする。

だがそこを突いてカイが前に出た。即座に応戦するユキト。今度は防御ではなく攻撃の刃がユキトに触れ、

「っ……!?」

魔力が弾けた。体を揺さぶられるような感覚と、腕のしびれが同時に襲う。魔力の拡散は力の差がある場合、相殺できず外部に露出して時に体を傷つける刃になるとユキトは理

解する。一撃打ち合っただけで差がどれほどのものかということと、また同時に聖剣が圧倒的な存在であることを目の当《ま》たりにする。

（この力が、邪竜を討つ力……なら、俺は――）

どういう役割を担うべきか。そんな思考がよぎった瞬間、カイが迫った。一瞬の隙《すき》。それが決定打となり、カイの剣戟《けんげき》がユキトの剣を打った。

直後、剣が弾き飛ばされる。カランカランとユキトの剣が床を滑り、静寂が訪れた。

「……なんというか」

やがてユキトは苦笑しながら呟《つぶや》く。

「向かい合った瞬間から、気圧《けお》された……勝負がついた感じだな」

「そんなことはないよ」

カイは否定したが、セシルもまたユキトと同意見のようで、

「横から見ている私達にも、強い力が伝わってきた……その差は歴然としていたわね」

「これが聖剣ってことかあ……」

興味深そうに呟くメイの姿もある。そこでカイは肩をすくめ、

「ただ、この力をもってしても今の僕に邪竜に勝つ力はない……精進しなければならないな」

ここでカイはユキトへ視線を送り、

「僕としても参考になることはあったよ。ユキトの動き……その流れはとても洗練されている。二度戦闘を経験したからかい？」

「どう、だろうな……セシルにも指摘されたけど、俺についてはまるで鍛錬をしていたかのように魔力を動かしているらしいけど」

「剣道が原因？　でもそれだったらカイも同じか」

　メイが首を傾《かし》げる。

「特にカイは全国大会優勝者だし」

「今はまだ聖剣の力に振り回されているけれど、扱いに習熟すれば応用できるものもあるはずだ……その中でユキトは少し違う……偶然、知らないながら身の内にある魔力を操作する術《すべ》を学んでいた、ってことかもしれない」

「偶然、か」

　ユキトは内心で同意する。というよりそう考えるしかなかった。祖父の教えは精神的なものが主であったが、それがこの異世界では良い形に作用している。

　もしかしたら、祖父の教えは――そんな風に考える自分がいることをユキトは自覚しつつも、確かめる方法がないのでそうした思考を頭の隅《すみ》に追いやり、

「それが妥当……かな。ともあれ役に立つのであれば、何でも使うさ。務まるかどうかわからないけど、もし訓練が必要だったら相談してほしい」

「うん、わかった……さて、僕はそろそろ退散するよ。ユキト、この後の予定は？」

「指示もないから城でゆっくりする予定」

「そっか。もしこの世界の人から干渉を受けて、何か問題があったらすぐに言ってほしい」

言い残してカイは立ち去った。後ろ姿は颯爽《さっそう》としており、彼を見送ってしばし沈黙が生じる。

それを破ったのは、ユキトの言葉だった。

「あそこまで完璧だったら、本当に何から何までできそうな気になってくるな」

「実際は、大変だろうけどね」

と、ユキトの発言に対しメイは肩をすくめる。

「でもまあ、最初の戦い以降はずっと偉《えら》い人と向かい合って話をしているわけだし、肉体的な負担はそう大きくないから、今のところは大丈夫じゃない？」

「……国との折衝《せっしょう》なんて、それこそ神経すり減らしそうだけど」

「その辺りは相談を待つしかないかなあ。でも私達で助言できそうなことなんてゼロかもしれないけど」

「話を聞くだけでも効果はあると思うし、ひとまずそれでいいと思うぞ」

それに、少なくともこの世界の人は自分達を好意的に見ているし――カイにとっては味方も多い。ユキト自身、そこまで心配することではないと感じた。

「本当に、雲の上の人だな……」

「ん？　雲の上？」

セシルが聞き返す。そこでユキトはメイを一瞥《いちべつ》しつつ、

「あ、えっと……俺からすれば、カイとメイはすごいことをやっている人間だったし」

「んー、別に気を遣う必要はないけどね」

「そうか？　クラスの中ではモブみたいな俺とメイ達とでは釣り合わないと思うぞ」

「そこまで自分を卑下《ひげ》しなくても」

「もう一つ言えば、名前も憶えてもらってないと思ってた」

虚を衝《つ》かれたのか、突然メイはキョトンとして押し黙った。そして、口角をつり上げて笑い始める。

「な、なるほどね……うーん、そっかそっかあ。現状で一番問題ありそうなのはユキトかな？」

「問題……？」

「なんとなく遠慮しているところとか。あと、会話をしていて感じたこととしては、一番思い詰めてるかなって」

――彼女の言葉は、決して間違いではない。実際、犠牲の多かった戦場での出来事が、

決意を導き出し、今も胸の内を燃やしている。

「私達は意思表明をしたし、その気持ちは大切だとは思うけど、ずーっとそんな風に考えていたら眉間《みけん》にシワが寄るし、体に悪いよ」

「……じゃあどうするんだ？」

「別に忘れろって言いたいわけじゃないからね。というわけで、気分転換に行こう！」

気合いの入った声で彼女は言う。それに対しユキトは、

「それを口実にして、セシルと親交を深めたいとかだな？」

「お、ユキトも私のことを理解しつつあるね。もちろんユキトのことも考えてるよ。ね、いいでしょ？」

「拒否する理由はないけどさ」

「ならどこかに……あ、セシル。オススメの場所とかある？　町中だったらそれでもいいけど」

「それなら庭園にしましょう」

提案に対しユキトとメイは彼女に注目する。

「まだそこへは行ったことがないわよね？　城の一角に庭園があるから、そこへ行きましょう。心がリフレッシュされることは、保証するわよ」

庭園は城門から見て裏手側に存在しており、ユキト達が訪れた時、そこには石で作られた道に沿って生け垣があり、さらに色とりどりの草花が咲いている光景があった。

「おおー」

メイが感嘆の声を漏《も》らし、ユキトも内心で驚いた。

「綺麗な場所だね」

「城内の憩《いこ》いの場ね。休憩時間にここを訪れるという人もいるわ。魔法で気温などを調整して、一年中花が咲くようにしているのよ」

セシルが語る通り、屋外だというのに暖かい。石畳《いしだたみ》の道は曲がりくねっており、道なりに進めばどうやら奥にある広場へと辿《たど》り着くらしい。少し距離があるため見えにくいのだが、城壁を背にして存在する広場はどうやら大きいようだった。

「ついてきて」

セシルは先導し歩き始める。ユキト達はそれに従い、コツコツという靴音が石の道に響く。時折、生け垣がない場所があり、そこから草っ原へ足を踏み入れることができるようだった。ベンチなども存在し、休憩中なのか空を見上げる兵士の姿もある。

「あ、メイドさんだ」

メイが気付いて声を上げる。見れば生け垣の手入れをしている女性の姿があった。召喚当日にお茶を運んできた人と同じ格好。ユキトもあの衣服を度々《たびたび》目にしている。

「彼女達は庭園を手入れする人ね」

と、セシルが説明する。

「ここだけでなく、城内にある草花全般を手入れしているのよ」

「へえ……」

「あのさ、一ついいか？」

ここでユキトは手を上げる。すると、セシルは質問内容を予見していたらしく、

「戦時中に花の手入れなんて無駄ではないか、でしょう？」

「ああ……まあ」

「魔物の大軍が押し寄せている非常時だから、もちろんそういう意見も出たわよ。けれどそれを真っ向から否定する方がいた。陛下の大事な側近……リュシル様が、意見を一蹴した」

名前を聞いて、ユキトは初日に会話したことを思い出す。

「えっと、女性だっけ？」

「そうよ。彼女曰《いわ》く、非常時だからこそそうした物事は続けなければいけないと。城内まで戦時下だからといってあらゆるものを禁止し始めたら、城内にいる人達にも精神的な影響が出ると」

「……なるほど」

　ユキトは納得し、仕事をしているメイドを見た。ああして作業をしている間は、邪竜の侵攻という状況を忘れることができる。それはつまり、精神の均衡《きんこう》を保つ上では必要不可欠なことだとリュシルという女性は主張したわけだ。

「最終的に陛下はリュシル様の意見を採用した。結果としてそれは良かったと言えるし、重臣《じゅうしん》達も納得しているわ。無駄なものだからと多くのものを切り捨てていたら、今頃城内は混乱の極みとなっていたでしょう」

「総司令本部が混乱したら、さすがに戦争は負けるよな」

「そうね……下手するとあなた達を召喚するより前に、決着がついていたかもしれないわね」

　会話をする間に、ユキト達は広場に到着した。野原、と呼ぶ規模ではないが、芝生のような草は寝転がっても痛くなさそうだった。

　ここにも人が訪れており、生け垣の手入れをするメイドや談笑する騎士の姿が見える。昼時だったらもっと人が集まるのかもしれない。

「なんというか、今まで戦いばかりでこんな場所へ行こうなんて発想もなかったからな」

　ユキトは草花へ視線を向ける。確かに目の前の光景は、心が洗われるようだった。

「たまにここへ来てもいいかもな」

「気に入ってくれて良かったわ」

セシルが嬉《うれ》しそうに語る。彼女にとってもこの場所は、特別らしい。

ユキトはそれについて何かあるのかと興味本位で尋ねようとした時――メイが真剣な眼《まな》差《ざ》しでブツブツ呟《つぶや》いているのに気付いた。

「……メイ、どうしたんだ？」

「いや、この場所」

一度彼女は広場を見回した後、

「ライブ会場にできないかな？」

「は？」

ユキトにとっては素《す》っ頓狂《とんきょう》な発言に、思わず聞き返した。

「ちょっと待て、ライブ会場って何だ？」

「確かにここはとても綺麗だし、憩《いこ》いの場であることは間違いないけど、もう少し……邪竜との戦いを忘れるために、明日を頑張るためにはもう一押し必要だと思うんだよね」

「それで、ライブ？」

「この世界の人は、邪竜との戦いで疲弊しているんでしょ？　だったら、アイドルである私の出番だと思わない？」

「……あれか、地震とかで被災した人のところで開催する、ライブみたいなのを想定しているのか」

「そう、まさしく」

指をビッ、と差しながらメイはユキトへ告げる。彼女の言動は確かにわからなくもないのだが、

「えっと、確かにそういうのをやるっていうのは効果あるかもしれないけど……人を癒《い》やすだけでなくアイドル活動までするのか？　さすがに負担だろ？」

「いや、私は平気だし」

と、返答するメイはなんだかうずうずしている様子であり、

「もしかして、歌いたくてたまらないのか？」

「うん」

「……本人がやりたいというのなら止めはしないけど」

「二人とも、アイドルって何？」

そこへ小首を傾《かし》げるセシルの質問が。

「あ、えーっと……」

「旅芸人みたいに、パフォーマンスで沸かせて人を喜ばす職業のことだよ」

メイが簡潔な説明を行う。するとセシルは、

「へえ、そうなの……メイは元々、そういう職業だったの？」

「学生をやりながらそういう活動をしていたんだよ」

「大変そうね……」

「大変なんてどころじゃない」

ユキトはセシルの感想に対し、感服するように語る。

「メイは俺達の国で多くの人が知っているくらいに人気だった。忙しくて本分である学生として学校に通う頻度が少なくなっていたくらいだ」

「そうなの……メイは大丈夫なの？」

「平気平気。私が好きでやっているだけだし。大変だと思ったら遠慮なく相談するから。というか、相談するくらいセシルと仲良くなりたい」

「急にぶっ込んでくるな、本当……」

ユキトは苦笑しながら、メイへ一つ忠告する。

「ただ、仮にやるしても大変だぞ。俺もよく知らないけど、アイドル活動をやるにしても準備がいるだろ？」

「まあね。私がやりたい、といっても本格的にやるのならかなりの費用がいるね。だからまあ、今のところは案に留《とど》めておくしかないかな」

「そうだな……それと、一番大変なのは許可を得ることだな」

「許可？」

「お金も人員も必要なわけだから、当然国の許可がいるだろ。スポンサーなんてこんな状況じゃあ集まらないだろうから、必然的に費用は国持ちになる。それを考慮すると、国の上層部から許可が下りないと無理だ」

ユキトは広場奥にあるベンチに目を向ける。重臣《じゅうしん》――かどうかは不明だが、ローブを着た年配の男性が座っている。

「ただアイドルというのは、そうした人から認めてもらえる存在なのかどうか……」

「ならまずは、草の根活動からだね」

「草の根……？」

「つまり、国の人にアイドル活動が有用だと認めてもらえればいいわけでしょ？　この庭園が戦時中でも手入れされているのと同じで、この戦いの中で必要だと証明すればいい」

「そうだな……で、具体的には？」

「だからまずは」

メイは数歩だけ前に出た。そして振り返り、ユキト達と向かい合う形になる。

「ここで歌ってみて、私の活動に価値があるのか確かめよう」

「歌う……人気急上昇中のアイドルの生歌《なまうた》を披露してもらえるのは嬉《うれ》しいけど、いけるのか？」

「いけるのかって？　あ、もしかして歌が下手くそだと言いたいの？」

「そんなこと言ってないぞ。歌うにしても準備とか必要だろ――」

ユキトが言い終えるより前に、メイは大きく息を吸い込み、歌い始めた。次の瞬間、彼女の声が広い庭園に響く。

それはユキトも聞き覚えのある、彼女が所属するアイドルグループのバラード曲だった。もっとも演奏はなく、アカペラではあったが。

ユキト自身、それを最初に聴いた時は特段感想は思い浮かばなかった。確か有名なアーティストが作曲したとのことで、話題になっているのだけは知っていたが、とりたてて気になってはいなかった。

けれど、今までなんとも思っていなかったその曲が、この庭園にこだまし、ありとあらゆるものを惹《ひ》きつけていた。城壁に反響するメイの声、時折流れる風、暖かな日差し、元気に咲く花々――それらが一つとなって、彼女が世界の中心に立っているような錯覚さえ抱くほどだった。

作業をしていたメイドは手を止め、談笑していた兵士は会話を中断しメイを凝視。ベンチに座る年配の男性さえ首を彼女へ向け、セシルに至っては目を見開きながら聞き惚《ほ》れていた。ユキトもまた、彼女の圧倒的なその力に感服する他なかった。なるほど、アイドルとはこういうものなのかと。

そして一番のサビまで歌い終えた時、彼女は口を止めた。途端、ユキトは自然と拍手が出た。周囲にいた人も、セシルも手を叩《たた》いた。それによりメイは手応えを感じたようで、右手をユキトへ突き出しピースサインを示した。

「どう？　イケてたでしょ？」

「ああ……なんというか、すごいという感想しか出ない」

「私のグループは人によっては下手くそって言う人もいるけどね。でも少しはできるって証明にはなったかな。この世界に来てからボイトレとかはしてないし、ちょっと声出てないかなー、なんて箇所もあったけど」

「つまり、本気を出せばあれ以上？」

「そう、私はまだ本気を出していないわけ」

と、不敵な笑みを浮かべながらメイは語った後、セシルへ尋ねた。

「私達の世界にある言語で歌ったんだけど……どういう風に聞こえたの？」

「私には、ちゃんと意味がわかったわ……なんだか不思議な感じだったけど、歌詞はちゃんと伝わった」

「もし本格的にやるなら、この世界の言語を覚えた方がいいのかな？」

「そこまでやるか……？」

真剣に悩むメイに対しユキトは、

「言語を覚えるかは別にして……少なくともメイの歌声が注目を浴《あ》びることはわかったな」

「うんうん、成果は上々だね。私が舞台に立てる日は遠いかもしれないけど、たまにこの場所で歌ってもいいかな」

「次は観客も集まりそうだな」

兵士やメイド達が興奮気味に談笑する姿を見ながらユキトは推測した。

「こうやって支持を集めて、最終的に国からの支援をもらおうって算段か……確かに草の根だな」

「うん、まさしく」

「俺も何か手伝った方がいいか？」

「必要ないよ。今は私が好きでやっているだけだしね……あ、私がこんなに頑張ってるからユキトも、とは言わないからね。人というのは個人個人でできることが限られてる。アイドルになって色んな人と接する機会が増えたからわかるけど、何もかも自分基準で押し通すのはダメ。ユキトは、ユキトなりに頑張ればいいんだからね」

「……カイと共に、メイも完璧だな」

「そうね」

セシルも同意する。ここで彼女はユキトとメイを一瞥《いちべつ》し、

「三人と共に戦えること、光栄に思うわ……理不尽の中で決意し、自分の役割を理解し、何をすべきか最善を尽くす……平和な世界で生きていた人達とは思えない決断力。そこは

私も見習わないといけないわね」

（俺はそう言われるだけの力は持っていないけどな……）

と、内心でユキトが思っているとメイが顔を覗《のぞ》き込んできた。それに対し、

「な、何だよ？」

「……んー、これは私の役目じゃないかな」

意味深に何事か呟《つぶや》く。ユキトが疑問を投げかけようとした寸前、メイはあっさりと引き下がり、

「セシルもそんな風に私達のことを高尚な存在だと考える必要はないよ。私は自分の中で大切だと思うものを守るために、こういう風に戦うって決めただけだから」

「大切なもの？」

「人の笑顔とか、希望とかそういうもの。それを取り戻したいと思うから、私は戦い方を見出した」

そこでメイはセシルの目を見据えた。

「セシルにも、大切なものはある？　この戦いで守らなければならないものとか」

「……あるわ、もちろん」

彼女は頷《うなず》くと、懐に手を入れた。そして何かを取り出す。

「それは？」

「魔法画と呼ばれるもの。特殊な魔法を使用して、風景を紙などに映すことができるの」

ユキトは提示されたものに注目した。それには、絵ではない鮮明な現実の景色が映し出されていた。

（魔法を使った写真か……）

綺麗な板ガラスや冷めないティーポット。均一な温度の城内やお湯の出るお風呂。そして極めつけは写真。見た目は中世ファンタジーの世界ではあるが、その文明技術は相当なものだとユキトは改めて確信した。

そしてセシルが見せた風景は——真正面に山岳地帯、その手前に小さな村。魔法画から見て左右に道が延びており、山が村を挟んでいるようだった。

「こうして懐に入れているのは、好きな人や好きな場所を魔法画に映し持っておくと、守護してくれる……というお守りみたいな効果があると言われていて、私はそれにあやかっているいる感じね」

「常日頃持ってるの？」

「ええ」

メイの質問にセシルは頷《うなず》く。ユキトは以前、セシルが村のことについて言及した時に魔法画を出さなかったのを思い出す。これはつまり——前と比べ、大切なものを見せてくれるくらいに、親交が深まったということだ。

「村の名はアルーバ……魔法画を映した場所は、山に沿って作られた段々畑から」

気恥ずかしい様子を見せつつセシルは説明を続ける。

「元々は渓谷だった所を開拓して村にしたの。このフィスデイル王国は山が多いから、王都へ行くにも迂回《うかい》しなければならなかった。だから渓谷の中を突っ切るように進む道ができれば、距離を短縮できるという話だったけれど」

「村の規模は大きくはないし、街道として使われてないのか？」

ユキトが推測を述べると、セシルは首肯した。

「ええ。他の場所にアクセスが容易な道ができたからね。通る人はいるけれど、そもそも道自体が狭いから、商人達が使用する経路から外れるわ。でも、故郷だからというわけでもないけれど良い所よ……私はこの場所を守るために、戦っている」

写真の中にある村は素朴で、特徴があるような所ではない。ただ、盆や年始に帰省した際に見た、田舎の田園風景を想起させた。

「アルーバかあ……行ってみることはできるの？」

疑問がメイから提示される。セシルは手を小さく振り、

「王都からは結構遠いから……でも、他国と連携して敵を討伐するなら、近くを通るかもしれないわね」

「他国と連携？」

「周辺の巣を破壊できたなら、次は『魔神の巣』が目標になる。そうした巣は他国の国境付近に存在するケースもあって、私達の国以外に周辺諸国を脅《おびや》かしているの。その場合、巣の規模も大きいから複数の軍が動くことになるはずよ」

「そっか……私なんかも従軍するのかな？」

「ええ、そうね」

頷《うなず》く彼女。瞳は故郷に対し思いを馳《は》せている。そこでユキトは、

「……現在、村は大丈夫なのか？」

「無事だと連絡は来ているし、心配ないわ。邪竜としても戦略的価値の薄い場所は狙わない……道の狭さから物流経路としても価値がないからね。今回の場合は、幸いだったかしら」

追想の色合いに瞳が変化していた。それと同時にユキトは、庭園の広場を訪れた時に見た彼女の様子に納得した。草木のある光景が村を思い起こさせるものだったからだ。

「あなた達の決意を聞いて共に戦う以上、私も言うべきでしょうね」

そしてセシルは、自身の胸に手を当て話す。

「私は……この村を守りたい。それは両親との約束でもある」

約束――それと同時に彼女は、

「私が十歳の時、両親は魔物に殺された」

思わぬ内容にユキトとメイは絶句する。けれどセシルはなおも語り続ける。

「両親はずっと言っていた……村が好きで、村の人間であることを誇りに思っていると。父親は村の開拓民の一人で、段々畑を少しずつ拡大していた……村から見上げるように畑を映した魔法画が家にある。あの景色を……あの成果を、父と母は誇りにしていた。自分達が、村を発展させていくと」

その中で、両親は――ユキトが言葉を飲み込む間も、セシルは話していく。

「魔物に襲われた際、私に霊具所持者としての素質があると判明した。皮肉なものだけれど……結果的に私は両親が亡くなったことにより、人々を脅威から救う術《すべ》を手に入れた。だから私は墓前に誓った。私も村は大好きで、少しずつ広がっていく段々畑の姿を見て、誇りを感じることがあった……だから、絶対に守ると。もし、村に危害を加える存在がいたら、私は全力で戦うつもりでいる。たとえ、一人であったとしても」

「……そっか」

メイは応じた後、右手を差し出した。友達になろうと宣言した時とは違う、優しげな雰囲気をまとわせていた。

「ねえセシル。私達は、それに協力したい……共に戦うのなら、そのくらいはいいでしょ？」

「あなた達に迷惑は掛けられない……でも、その気持ちはとても嬉《うれ》しいわ」

二人は握手を交わす。その瞬間、セシルの雰囲気が一層柔らかくなる。

（多少なりとも、関係が深まった……かな？）

セシルを含め、この世界の人々は負い目を感じている。けれどユキト達が決意をしたことで、それを聞いた彼女は多少なりとも心を開いた様子。自らの戦う理由を語ったことからも、それは証明できる。

（こうして味方を増やしていく……邪竜との戦いに足りないものは多い。それを少しでも、埋めていかないといけないいな）

ユキトは心の中で呟《つぶや》き、セシル達と共に穏やかな一日を過ごすこととなった。


セシルと交流を深める間に、クラスメイト達は一人、また一人と霊具を持つことを決断し、王都に程近い『悪魔の巣』を破壊してから数日後——とうとう最後の一人が戦うと表明した。

そして早い段階で決意したクラスメイトから順次、霊具のある宝物庫を訪れた。それを見てグレン大臣は次の作戦のために動き始めた。その間にユキト達は、新たに霊具を手にしたクラスメイトへ話をすることになった。

結果的にまずクラスメイトの半分が霊具を手にして訓練場に集合。これほど大人数で話をすることはなかったため、ユキトは内心緊張していた。

「さて、まだ全員とはいかないけれど、霊具使いが一堂に会した」

皆を前に、代表してカイが口を開く。ユキトに加えメイも新たな霊具使いと向かい合う形だ。

「霊具がどのような特性を持っているかは今から検証してほしい。霊具を手に取った瞬間から既にどう扱えばいいのかおおよそ理解できているだろうから、それほど心配はしていないよ。ただ」

と、カイはクラスメイトをぐるりと見回す。

「グレン大臣から通達があった。二日後に、魔物の巣を破壊するために動く。その際、ここにいる面々の中でおよそ半分。戦地へ赴《おもむ》いてもらうらしい」

「半分っていうのは理由があるのか？」

質問が男子から飛んでくる。カイは小さく頷《うなず》き、

「邪竜側は巣同士で連絡を取り合っているらしく、いきなり新規の霊具使いが出現したら、敵側も何かしらアクションを起こす可能性があるらしい。例えば今回の攻撃目標以外の巣が王都を狙うべく動き出すとか、そういう懸念が存在する」

「つまりもう半分は王都を守るってわけだな？」

「そうだね。さすがに全員が一気に戦場へ向かうことは今のところない。メイみたいに後方支援役だっているからね」

ここにいる半分——とはいえ、ユキトとしては劇的な変化だと確信していた。クラスメイト達は全員特級以上の霊具を有している。それが十人ともなれば、巣を破壊するために来訪者達だけで動くことも可能ではないか。

(それなら突入に際して余計な犠牲を出さずに済む……か)

「よって、今から二日間、みっちり霊具の扱いについて学んでもらう。初日、大臣は霊具を扱うにしても時間をかけてと言っていたけど、ユキトやメイの能力を見て、この時間でもいけると判断したらしい」

カイの言葉にユキトは察する。巣の破壊と霊具の鍛錬——それらを考慮した結果、二日という時間が与えられたようだ。

「霊具がどういったものか。あるいは今回の敵である邪竜について……もしかしたら騎士とかに尋ねて情報をもらっているかもしれないけど、それを体に叩《たた》き込む」

「授業ってことか。面倒くさいなあ」

ぼやくように告げる男子の声にクラスメイト達から笑いが起こる。和やかな雰囲気であり、戦地へ赴《おもむ》くプレッシャーはないと断言できた。

「……そして、皆に頼みがある」

カイが再び話し出す。声のトーンが下がったため、クラスメイト達は全員表情を引き締め、言葉を待つ。

「二つ約束をしてほしい。一つは、絶対に無理はしないこと。霊具によって精神状態は保たれる。魔物を斬っても、怪我《けが》を負っても、僕達は普通に振る舞えるようになる。それだけ強力な武器であり、また人類にとっての切り札だ。でも、僕らはこの世界へ来る前までは、こんなものを持たない人間だった」

カイは自身の腰に差している聖剣へ目を向ける。彼も当然、この世界で初めて武器を手にした人間だ。

「戦争は僕らの世界にだって存在していた。しかし僕らはそうした物事に関わることがなかった……幸運にも、ね。僕らが知る戦争は歴史の授業で学ぶものであったり、またはテレビに映るものであったりしただけ。よって未知の環境に自分達が入り込む……肉体的にも精神的にも変調が来《きた》してもおかしくない」

カイはそこまで言うとユキトとメイを一瞥《いちべつ》し、

「幸い、先んじて霊具を持った僕達三人は、今のところ問題はない……が、これから先、戦いが激しくなることからも注意すべきだ。よって、少しでもおかしいなと感じることがあったら、絶対に言うこと。これは自戒として言うが僕も同じだ。もし何かあれば……これだけ人がいるんだ。頼らせてもらうよ」

任せとけ、と誰かがヤジを飛ばした。それとともにクラスメイト達が笑い出す。

「そして、もう一つの約束だ」

再び声が途切れ、静寂が生じる。たっぷり間を置いてからカイは、クラスメイトへ告げる。

「絶対に……死なないでほしい」

当然のことではあったが、カイの言葉はとても重い。

「理由は言わなくてもわかるはず……全員生き残って、邪竜を倒し、元の世界へと帰る。それが至上命題だからね」

オオ――と、誰かが声を張り上げ、拳《こぶし》を突き上げた。呼応するように他のクラスメイト達も拳を上げ、士気が高まっていく。

高揚させるのが目的ではなかったはずだが、そうした効果を与えたらしい。ユキトもまた同じ気持ちであり、カイやメイもまた、拳を上げて反応した。

全員の心が一つになった――この世界へ来なければ、これほどの結束はなかっただろう。戦争が成し得た結果なのかと、ユキトは心のどこかで感じる。

やがてクラスメイトが霊具の検証を始める光景を眺める。あーだこーだと議論をしている仲間に、ユキトは横から覗《のぞ》き見て何を言うべきか思案する。

とはいえユキトとしても戦場を二度経験しただけ。現状その差は大きいが、これから戦いが続けば差などなくなる。

強くならなければ、証明しなければ――ユキトの心の内では焦燥感《しょうそうかん》がなおも湧き上がっていたが、目の前のクラスメイト達の姿を見て、異なる感情が生まれていた。

（きっと、俺以外の誰かが世界を変えていくのかもしれないな……）

クラスの中で埋没していくと、心の隅《すみ》で思っていた——勝ちたいと願うと同時に、それは無理だと心の中でささやく自分がいるのだ。

負け続けてきたことにより、自分のことを信じられなくなっている——学校で平穏無事に生活していれば、気付かなかったであろう事実。あきらめの感情により、自分以外の誰かがと考える。今まで主役にはなれなかった。それは今回も同じ——

「なんだか浮かない顔をしてるな？」

横から男子の声が聞こえ、突然肩を組まれた。見れば、クラスの中で体格の良い、丸刈りの人物が。

「気になることがあるのか？」

「そういうわけじゃない……なんというか、これから大変そうだと思っただけだ」

彼の名をユキトはすぐに思い出す。クラスメイトで運動部所属はたくさんいるが、その中で特に秀でた人物は複数人いる。彼はその内の一人で、野球部に所属している。

ユキトの学校は幾度か甲子園に出た実績があるため、学校周辺では野球強豪校として数えられる。選手層も厚い中で彼は野手として有望で次期エースと目《もく》されていた。

ユキトが記憶するエピソードとしてはまず形から入るタイプらしく、校則でもなく部か

ら指定されているわけでもないのに、入部当初から丸刈りにしている。そんな彼の名前は、

「……そっちは不安とかないのか？　タクマ」

名を告げられた男子――タクマは、不敵な笑みを浮かべた。

「霊具の高揚感ってやつなのかわからないが、恐怖とかはないぜ。それはユキトも同じだったのか？」

「そうだな……ただ俺の場合は、やらなきゃいけないって感情が多くあったから、そのせいかもしれない」

「そうか……なるほど、すげえなあ」

「……別に称賛されるようなことはしてないと思うけど」

「いやいや、率先して動いたってのは単純にすげえよ」

肩をガッチリと組みながらタクマはなおも語る。ユキトとしては拒否するべきか何か言った方がいいのか迷い、なすがままの状態。そこでタクマが持つ武器を見た。ユキトと同じ剣だが、色は青く染まっていた。

「……剣の使い方はわかるのか？」

「ん？　おう、霊具から与えられる知識でどうにか。どうやら俺の剣は氷らしい」

「敵を凍らせるとか？」

「みたいだな。足止めする時にそういう効果を持たせられるというのはよさそうだな。敵の進路を塞《ふさ》ぐとか、あるいは仲間達を先行させて食い止めるとか。ここは俺に任せて先に行け！　ってやつだな！」

「漫画でよくあるパターンだけど、そんなシチュエーションにならないよう頑張らないといけないからな」

ユキトはどこかたしなめる口調になった。先ほどカイが死ぬなと言っている以上、誰かが敵の猛攻をしのぎ留《と》まるなどという状況は避けたいところ。

「ああ、わかってるさ……しかし、俺は上手く扱えるかな」

タクマはユキトから離れると、剣を素振《すぶ》りし始め、呟《つぶや》いた。

「ユキトはカイと一緒で剣道やっているんだろ？　だったら剣とか最初から上手く扱えて羨《うらや》ましい」

「カイなんかはあまり役立っていないと言っていたけどね……部活をやっている人は、それに由来する霊具だったりするのか？」

「ああ。野球部の俺はさして関係ないけど、アーチェリーをやってるアユミは見事に弓だし、陸上部のエースであるヒメカは脚力に関する霊具らしいな」

「選ばれる霊具に何かしら関係しているのが面白いな……ということは、普段やっていることと関連しているケースは多いのか」

ユキトやカイは剣道をやっていたから剣を選んだ。医者に憧れたメイは治癒系の霊具を手にした。他のクラスメイトも何かしら元の世界における特技などに関係して霊具を選んでいるようだ。

「俺は関係あるか微妙だけどなあ。こうやって戦えと？」

スイングする要領で剣を構えるタクマ。そんな様子にユキトが笑っていると彼は、

「と、そうだ。ユキト、武器の扱いのためにちょっと付き合ってくれないか？」

「訓練を？」

「ああ。実戦前に練習しておくのは重要だろ？　同じ剣使いだし。試合と一緒さ」

「それは構わないけど……」

と、応じたところで気付いた。クラスメイトの視線がユキトへと集まっている。

「あ、それなら俺も」

「私もお願い！」

「俺も頼む！」

口々に言い出す始末。これは収拾つかないのでは、と思いカイの方を見たのだが——いなくなっていた。

「い、いない……!?　メイ！　カイはどうした!?」

「え？　用事があるって言って訓練場から出てったよ？」

「ちょ、ちょっと待てよ！」

それって逃げたのでは――などと推測する間に雪崩《なだれ》の如《ごと》くユキトへ押し寄せるクラスメイト達。

「まあまあ、ユキト。そんなに大した話じゃないさ」

困惑するユキトに対し、タクマは笑いながら告げた。

「訓練といっても、霊具の使用感を確かめる程度だし、大変なことじゃないさ。先輩に教えを請《こ》うのはわかるだろ？」

「いやでも……霊具の使用期間は俺の方がちょっと長いけど、すぐにそんな差は埋まるだろうし」

「卑下《ひげ》しなくてもいいんだが……ふむ、なら俺の本心を話しておくか」

と、タクマは快活な笑顔を伴い、

「いち早く霊具を手にして、カイを助けた……俺は単純にすごいと思った。頭を抱えて部屋の中でうずくまることしかできなかった俺に対し、ユキトは何をすればいいかを冷静に判断し、戦場に立った。それはとんでもないことだし、また同時に尊敬もした」

言われ、ユキトは言葉をなくす。尊敬、などという言葉がクラスメイトの口から漏《も》れるとは想像もしなかった。

「ユキトの存在によって、俺は自分が何をするべきか理解したんだ。そんな人物と戦えるというのなら、是非《ぜひ》ともやりたいって気持ちになるだろ?」

ユキトはただ視線を返すしかない。思い浮かぶことすらなかった内容がクラスメイトの口からポンポン出てきて、二の句が継げない。

「……だけど」

どうにか答えようとした矢先、突然ユキトはタクマに両肩をバン! と叩《たた》かれた。

「自信を持っていいんだって! ユキト、こう思ってないか? クラスの皆が全員霊具を持ったのなら、自分はもう必要とされないだろうって」

半《なか》ば図星だったのでユキトは思わず口をつぐんだ。それをタクマは肯定と受け取ったようで、

「それは違うんだよ! 霊具を手にした時点で全員同じ立場というのは間違いないと思うけど、ユキトは少し違う。自分で考え、カイを助けた……その一点は変わらないし、まただからこそユキトにしかできないことがある」

「うん、それは大きく同意」

その言葉はメイからのものだった。彼女はユキトへ近寄り、

「ユキトはユキトにしかできないことがある……自分の役目は終わったなんて思わないでほしいわけ」

「……まだまだ働かせる気でいると」

「むー、別にそんな言い方しなくてもいいじゃん。卑屈《ひくつ》はよくないよー」

頬《ほお》を膨らませたメイにユキトは苦笑する。そしてクラスメイトの視線を一身に浴《あ》びる中で、

（自分なりに、か……）

焦燥感《しょうそうかん》が消えたわけではない。けれど、自分の行動がクラスメイトの思いを変えたのは事実。

無論この選択が正しかったのかどうかは、今はわからない。その中で、

（俺が影響を与えた以上、俺なりに支援した方がいいよな）

「わかったよ。霊具の訓練に付き合うけど、全員いけるかはわからないぞ」

タクマが喝采《かっさい》の声を上げた。それにユキトは苦笑しながら、腰に差している剣の柄《え》に触れた。

さすがに全員は難しかったが、それでも半分──十人ほどと打ち合って、ユキトはヘトヘトになった。

「ま、良い経験にはなったはずだし、戦場で戦えそうだけど……」

自信を持っていい──タクマの言葉が蘇《よみがえ》る。霊具を手にして上下関係など存在しない。けれどユキト自身は、違うと思っていた。それこそ霊具の力の大きさとかで序列が決まる

ものだと。実際のところ、ユキトの能力を超えるクラスメイトだってどんどん現れるだろう。そうなれば、元の世界のように目立たない存在になると思っていた。

しかし彼はそれを否定し、他のクラスメイトもそれに賛同した。

「……不謹慎《ふきんしん》かもしれないけど」

ユキトはそうした変化が、嬉《うれ》しかった。この世界に来なければ絶対になかったであろう関係性。ただそれを口にすることはないし、まして「この世界に来て良かった」とは決して言えないし、言わない。

かといって、召喚された理不尽を嘆くのも違う――犠牲を伴う戦場を振り返れば、この世界の人達も必死だったのだから。

複雑な心境を抱えながら、ユキトは城内を歩く。訓練も終わりユキトは一人散歩をしていた。

時刻は空が赤みを帯びてきそうなくらい。庭園にでも行こうか――そんなことを思っていた矢先、気配を感じ取った。馴染《なじ》みのある、幾度も話をしたことのある気配を。

「なんだか……徐々に人間離れし始めたな」

この場合、どんどん環境に適応していると言うべきなのか――ユキトは感覚に従い歩みを進める。角を曲がったところで窓の外を眺めるカイに出くわした。

「あれ、ユキト?」

「用事は終わったのか？」

「あ、うん。大丈夫……そんな顔をしないでくれよ」

苦笑するカイ。原因はユキトが薄目で視線を送っているからだ。

「事前に言わなかったのは、何か考えがあってのことだろ？」

次いでユキトは質問する。なぜそんな風に考えたのかは、根拠があった。

「カイなら用事があるなんてことを言いそびれるはずがないし」

「当然察しがつくよね」

カイは隠すことなく答えた。

「もちろん意味はあった。クラスメイト達がユキトのことをどう考えているのか……それを確認するには、僕はいない方がいい」

「確認って……」

「僕は他のクラスメイトの話を多少聞いたから、ユキトに触発されて霊具を手にしたということを語った人を何人も見てきた。そのことを、知ってもらおうと思って」

「それは……何故だ？」

例えばユキトに自信を持たせる——そんな意味合いだとしても、疑問だった。ユキトは霊具を手にしたのが早い。他の人と比べてこの世界と相性が良いのか、戦力になれている。だが、それを踏まえてもこんなことをするのは——

「……少し、場所を変えようか。これを機会に、話しておこう」

カイは告げると、ユキトに視線を送ってから歩き始めた。

ユキトはそれに追随し、しばらくの間足音だけが周囲に響く。

目的地へ辿《たど》り着くまで誰とも会うことはなく――やがてカイは大きな扉の前へ来ると、勢いよく開けた。

そこは城の上階にあるダンスホールのような広い空間だった。バルコニーへ通じる窓がいくつも存在し、床面も天井も綺麗で複雑な紋様《もんよう》や装飾が施されている。

「ここは……」

「城の上階にあるパーティ用のホールみたいだ。もし邪竜との戦いが終わったら、ここで宴会でも開くかもしれないな」

カイはそう告げ、バルコニーを指差しながら歩く。ユキトは頷《うなず》き、二人揃《そろ》って外へ出た。

腰より上に手すりがあるので、身を乗り出さなければ落ちることはない。ただそれでも、下を窺《うかが》うのは気が引けるくらいの高所だった。

風が体を撫《な》でる。冬の寒さが身にしみて、体を冷やしていく。

「以前、僕はユキトとメイへ言ったはずだ。二人にも役割を引き受けてほしいと」

「言っていたな、そういえば」

「クラスメイト達と話をして、僕なりに結論をまとめた……ただそれを言う前に、一つ確認しておきたいことがあるんだ」

「それは？」

聞き返すとカイは一度町並みへ視線を移す。何か言いづらいことなのかとユキトは身構えると、

「ユキトが抱えているものを、教えてくれ」

「え……？」

「戦う決意は聞いた。元の世界へ戻るという目標もある。けれど、それ以外に……ユキトには何か、心に抱えているものがあるだろう？」

自分の心情を、内容がわからずとも察している――驚愕《きょうがく》しながらも、ユキトはカイならば看破できるかもしれないと思ったのだが、

「……実を言うと、これは僕が気付いたわけじゃないよ」

と、カイはあっさりと明かした。

「メイが教えてくれたんだ。様子が少し変だって。だから、僕は今尋ねている」

「ああ、そういうことか……」

庭園を訪ねた時に、メイは何かユキトの様子を窺っていた。その時に気付いたのだ。

「個人的な内容であれば、そこまで踏み込むつもりはない。でも、互いのことをよく知っ

た上で、今から言う役目を任せたいんだ」

それだけ重要な役割ということか――ユキトは少なからず緊張しながら、どう説明するか悩んだ。内に宿る焦燥感《しょうそうかん》。それを伝えて、どうなるのか。

即答はできず、ユキトは逡巡《しゅんじゅん》した。ただカイは待つ構えだった。日が少しずつ傾いていく中で、冬の空の下双方押し黙る。

ユキトは幾度か話そうとして、止めるを繰り返した。時間にしておよそ数分。恐ろしく長い時間だと感じたところで――ふいに、扉の開く音がした。

「え？」

カイが振り向く。ユキトもまた視線を動かすと、

「先客がいたか」

足音と同時に声が聞こえた。その人物を見てユキトはギョッとなった。

相手は――フィスデイル王国国王、ジークベイルであった。

「お、王様!?」

「気分転換のために、ここを訪れ景色を眺めることが多いのだ……まさか来訪者の方々に見つけられるとは」

笑いながら近寄ってくる王にユキトとカイは固まる。どう応じるべきなのかと戸惑っている間に、王は口を開いた。

「今ここにいる私は、王ではなくジークという人間だ。普段の口調で構わないし、ジークと呼んでくれ。私もこういう場なら、それを望むよ」

「……あなたにとって」

カイが、絞り出すように声を発する。

「お気に入りの場所だったと？」

「誰かに見つけられた、ともの申すわけではないから安心してほしい。むしろ聖剣の担い手と、民《たみ》のために剣を握ってくれる戦士……こうした場で忌憚《きたん》なく話ができるのは私としても嬉《うれ》しい」

途端、王は破顔した。思わぬ表情にユキトもカイも驚き、二の句が継げない。

「私も、人ということさ……それは二人も同じだろう？」

「……なら、そうさせてもらうよ」

フリーズが解け、カイが口を開く。そこでジークは彼へ視線を移す。

「何か相談を？」

「うん、そうだね」

「ふむ、もしかするとタイミングが悪かったか……ならば、私は言うべきことをここで話して退散しようか」

言うべきこと——ユキトが固唾《かたず》を呑《の》む中でジークは話を続ける。

「密《ひそ》かにではあるが、大臣達には悟られないよう、あなた方を元の世界へ帰せる手段を探している。少なくとも大量の魔力が必要であるため、すぐとはいかないが……最悪、邪竜との戦いの最中でも、あなた方が元の世界へ帰れるよう尽力するつもりではいる」

「それは……」

「そしてこの国が危機的状況に陥ったのであれば、遠慮なくこの国を見捨ててくれていい。あなた方はこの国の民《たみ》ではない。あなた方の力ならば、どこの国へ行っても迎え入れてもらえるだろう」

その言葉には、悲壮な覚悟が如実に存在していた。負い目があるにしても、見捨てていいとまで言い切るのは、相当な決断が必要なはずだった。

「……あなたは」

少しして、カイが口を開く。

「それでいいのかい？　国の代表者として国のために戦えと言わないのかい？」

「無論私とて、そうしてくれたのならとても嬉《うれ》しい。しかし私達は理不尽にあなた方を召喚した。ならば、命令できる権利はないいさ」

――きっとこれは、邪竜と戦っていくのであれば永遠についで回るものなのだろう。騎士や一般の人々だけでなく、国王でさえそう感じている以上、この世界の人々における普遍の感情。

それにカイは、

「……ならその上で、僕はジークに答えよう」

決然と、告げる。

「この世界へ僕達を呼び寄せたことは理不尽であるけど、このまま元に戻ろうとは思わない。嘆くことはせず、前へと進む……邪竜を倒すために、全力を尽くすことを約束するよ」

返答に、ジークは目を見開いた。

「……本当に、良いのか？」

彼からすれば、カイの宣言はよほど好意的なものだったようだ。

「僕は町の外へ出て、色々な人の話も聞いた。関わった以上、あの人達を放っておくつもりはないよ……だから、僕は約束する」

「そうか……本当に、ありがとう」

泣きそうな顔になりながら、ジークは頭を下げた。

「あなた方を全力で支援する……それは固く、約束しよう」

「ありがとう。今後のことを含め、どうするかはいずれ話し合いを行うことにして……国王が心情を吐露《とろ》したんだ。僕もまた、話しておくべきか」

何を、とユキトが注目すると、彼は表明した。

「僕自身がこの戦いを通してなすべきことを……自分のために何をしたいのか。もちろん元の世界へ帰ることだけど、それができたら幼馴染《おさななじ》みと再会する」

「幼馴染み？」

ジークが聞き返すと、カイは深く頷《うなず》いた。

「小さい頃からずっと一緒にいる女性だ。彼女とは年齢が上がっていくにつれて、少しずつ交流も少なくなっていった。彼女自身、僕とは立場が違うなんて考えていたかもしれない。その、僕は……普通の人とは、ずいぶん異なる生い立ちをしているから」

ユキトも聞いたことはあった。カイには幼馴染みがいて、学校で度々《たびたび》接していると。ただ女性の方はごくごく一般的な人で、たまたま親同士が知り合ったからずっと顔を合わせていただけ。

女性の気持ちもわかる。あまりに完璧であり、また同時に将来を約束された彼と釣り合うわけがない――身を引いてしまうのも無理はない。

「敬遠されつつあったのは理解できていた。でも、僕はどうすればいいかわからなかった。大きく立場が違う以上、彼女に迷惑を掛けるかもしれないって……でも、この世界へ来て、聖剣を握って戦っていた時、ふと思い出したのが彼女の顔だった」

力強い顔を見せた。それはまさしく、答えを得たというもの。

「だから生きて元の世界へ戻る。そして幼馴染みと再会して、告白する。それが、僕の目標だ」

カイが言い終えた後、今度はユキトへ目を向けた。

「ユキトはどうだい？　元の世界へ戻るという目標を掲げているのは事実だろうけど、それ以外のことは？」

「……ここまで聞かされた以上、話さないわけにはいかないよな」

ジークとカイの話を聞き、ユキトはようやく口を開いた。

「その、具体的な目標だと言いがたいけどさ……俺は、小さい頃からやっていた剣道で、ロクに勝てなかった。勝つことで、教えを受けた祖父が正しかったと証明できると思って、躍起《やっき》になっていた……でも結局、祖父が亡くなるまで叶《かな》わなかった。その後、あきらめたように大会に出ることもなくなった」

カイとジークは口を挟むことなく、黙って聞き続ける。

「その時は、俺も自分の本心に気付かなかった。この世界へ来て気付いた。戦場で……多数の犠牲者を出したあの戦いを見て、確信したんだ。俺は、変えたかった。自分の力で、世間の評価を……そして今、世界を変えられることを、証明したい」

「……そうか」

カイはユキトの言葉を飲み込むと、そう返事をした。

「僕も幼馴染みのことは、この世界に来て気付かされた。僕もユキトも……そしてこれから他のクラスメイトも、気付かされることになる。自分が何をしたいのか。何をなすべきなのか」

「カイ……」

「ユキトがどう答えを見出すかは、これから決まるから僕からは何も言えない。でも、知っていればいくらでも助言はできる。その目標、大切にしてほしい」

「……ありがとう、カイ」

話すことで、心の内にあった怒りが鎮《しず》まった気がした。理解してくれる人がいる──それを認識しただけで、心の中が晴れた気がした。

「もし良ければ、他の人にも伝えてあげてよ。別に隠し立てするようなことではないさ」

「いや……完全に自分勝手な話だし……」

「僕はそう思わないけどね……でも、こうして話してくれた方がみんなも嬉《うれ》しいさ。そしてそれが、僕らの結束にも繋《つな》がる。僕だって、幼馴染《おさななじ》みのことは伝えるつもりだしね」

笑顔を見せるカイに、ユキトは苦笑すると同時に理解した。クラスメイトと話をさせた理由を。

ユキトが何を抱えているかはわからなかったにしろ、カイは結束を強めるために話をしやすい土壌を作ったのだ。確かに誰もがユキトのことを受け入れている状態ならば、喋《しゃべ》りやすいのは確かだし、それを語ればクラスメイトとの絆《きずな》も深まるだろう。

「何から何まで計算づくだな……」

「ん？　さすがにそれは買いかぶりすぎだよ。流れを作ればユキトも話してくれるかな、という考えでやっただけさ……さて、ユキトの思いを聞いたところで、僕がやってほしい役割のことを伝えよう」

そして話は最初に戻る。ジークも何事かと二人の会話を聞き入っている。

「といってもそんなに複雑な話じゃない。僕は……ユキトに側近として活動してほしい」

「そ、側近？」

「別に四六時中、僕の近くにいてくれというわけじゃない。重要な事柄、それについて相談をさせてほしいんだ。メイにも似たような役割を伝えるつもりだけど、僕はどちらかというとユキトを重要視している。その察しの良さ……力が、僕には欲しい」

だからこそ、カイはユキトの心の内にあったものを解決した――呆然《ぼうぜん》とするユキトに対し、カイは右手を差し出した。

「僕と共に、世界を変えるべく……手を貸してもらえないだろうか？」

「――さすがに、その言い方はズルいだろ」

ユキトの返答に、双方が笑い始めた。ジークもまた笑い、和やかな空気に包まれる。

「わかったよ、俺で良ければ……どこまで貢献できるかはわからないけど、全力でやる」

握手を交わす。次いでジークは納得したように頷《うなず》き、

「私も、あなた方の支援を全力でしよう。そして、また……こんな風に、話をしてもらえるだろうか？」

「もちろん」

カイは彼にも手を差し出した。そしてジークとカイは握手し、その後にユキトとジークも握手を交わす。

そして互いに笑い合う——迷いが何もない、澄み切った青空のような笑顔だった。

——二日後、ユキトはまたも戦場に立っていた。二つ目の『悪魔の巣』を破壊するべく出陣し、霊具を握ったクラスメイトの姿もあった。

「さあて、初陣《ういじん》か。色々と頼むぜ、ユキト」

傍《かたわ》らには訓練の際にいち早く話し掛けてきたタクマの姿が。ユキトは小さく頷《うなず》き、隣にいるセシルへ呼び掛けた。

「敵の布陣から、作戦は馬車で聞いた通りで良いんだよな？」

「ええ。霊具使いが中央突破を図り、巣を破壊する。やり方は前と同じだけれど……今回は、ひと味もふた味も違う」

周囲を見回す。霊具を持ったクラスメイト達には、恐怖や怯《おび》えはなく、真っ直ぐ魔物達へと視線を向けていた。

「私達は前回と同様、霊具使いの助勢をする……けれど、それはあまり必要ないかもしれないわね」

セシルが苦笑しながら語る間に、魔物達が雄叫《おたけ》びを上げた。即座にユキト達は戦闘態勢に入る。敵が突撃を仕掛けてくる前に、騎士団やユキト達は走り始めた。

「俺が一番前に出る！　援護してくれ！」

ユキトは叫び、霊具の力をフル活用し全速力で駆ける。クラスメイト達は——仲間達はそれに従い、ユキトの後方を陣取った。二度戦場を切り抜けたことのある経験と、何よりカイから側近に指名されたことにより、仲間達はユキトの指示に従い、理路整然と動いたのだ。

魔物達もまた迫ってくる。咆哮《ほうこう》と同時に魔力を発し、迎撃する構えを見せる。ユキトは前回の戦いを思い起こす。多数出た犠牲者——二度とあんな風にはさせないと、魔力を高めた。

刹那、後方にいた仲間の一人が攻撃を行う。魔力が駆け抜け、魔物達へ触れたかと思うと、雷光が炸裂《さくれつ》した。落雷のような音が周囲に響き、衝撃が伝播《でんぱ》し布陣する魔物達を焼き焦がしていく。

機先を制する形で放たれた一撃は、魔物の進撃を停止させた。足を止めた敵に対し、ユキト達は一片の容赦もなく斬り込んでいく。

「突破するぞ！」

そう叫びユキトは魔物へ向け一閃《いっせん》した。綺麗な放物線を描いた斬撃は手近にいた狼《おおかみ》の魔物の頭部へしかと叩《たた》き込まれ、両断する。

続けざまに骸骨《がいこつ》の魔物へ横薙《よこな》ぎを決める。わずかに骨の硬い感触が返ってきたが、それだけだった。最初に雷光を身に受けたことで防御も弱まっている――まとっている魔力が減り、能力が落ちたのだ。それが魔物を容易《たやす》く倒せた大きな理由となっている。

次の瞬間、仲間達が魔物へとなだれ込むように仕掛けた。その手には剣、槍《やり》、斧《おの》、弓、杖《つえ》――様々な霊具が握られ、思い思いの攻撃が始まる。

最初に轟《とどろ》いたのは、風。槍を持つ仲間は前方にいる魔物へ一閃し、吹き飛ばす。旋風《せんぷう》はまるで刃《やいば》となって魔物達へ浴《あ》びせられ、風が吹き抜ける音が耳に入ってくる。

追撃として今度は土。斧を持つ仲間の一人が地面へ刃を突き立てたかと思うと、土砂を巻き込み、すくい上げるように振り切った。魔力が乗せられた土はそれ自体が弾丸のように魔物達へ飛来し――その体を撃ち抜いていく。

さらに、トドメと言わんばかりに雷光が迸《ほとばし》る。最前線はユキト達により制した。近くにいたタクマは氷を操る霊具を使い、敵の動きを縫《ぬ》い止め、氷漬けにしていた。状況は圧倒的に優位。とはいえ、敵陣深くに潜り込む以上、気を抜くことはできない。

ユキトは先頭に立ち、巣目掛けて走る。そこに追随する幾人の仲間。数人がこの場に残り退路を確保する――騎士の援護もあり、迫ろうとする魔物が全て迎撃されていく。心配ないと、ユキトは判断した。

さらに風が舞い、巣とユキト達を阻《はば》む魔物達を一挙に吹き飛ばす。それによりユキトは理想的なほど短時間で巣の前に到達する。即座に剣を掲げ、魔力を高める。

「周囲の敵を！」

近くにいたセシルが指示を飛ばす中、ユキトは呼吸を整え静かに決めるべく力を込める。一分ほどの時間も必要としなかった。前回の戦い――その経験は、確かにユキトの身の内に宿っていた。

「――はああっ！」

声とともに振り下ろされる剣戟《けんげき》。それが巣を切り裂き、傷を作る。途端、魔力が巣全体を駆け抜け、バキバキバキとヒビを生み出す。

ユキトが見上げたその瞬間、巣はあっけないほど容易《たやす》く崩壊を始めた。ガラガラと破片が落ちる中で後ろを振り返る。周囲の魔物が、仲間達の手によって掃討されようとしていた。退路を確保する仲間達も敵を迎撃し続け、帰ることは容易だった。

「……ひとまず、離脱するか？」

「そうね。これだけ倒せているなら留《とど》まって戦うのも一つではあるけれど、あえてやる必要もない。戻って陣形を整えた後でも、魔物の殲滅《せんめつ》はできる」

セシルの言葉にユキトは頷《うなず》く。そして、

「離脱を！」

仲間達は従う。気付けばユキトが指示するが、誰もが納得している様子。二度戦場を経験していたから――反発することなく、生き残るために同意した。

前回よりもずいぶんと速く離脱を行い、ユキトは振り返る。兵士達の犠牲者はゼロ。騎士に負傷者はいるようだが、被害といえばその程度だった。

「……凄《すさ》まじい戦果ね」

セシルは感服し、なおかつ興奮するような口調で呟《つぶや》いた。

「このまま霊具を駆使して魔物を倒しましょう」

「ああ、そうだな」

――返事の後、ユキト達は魔物の掃討を開始する。速度は前回とは比べものにならず、兵士や騎士に被害がほとんど出ぬほどに圧倒的で、多くの人から歓声が聞こえた。

そして巣を破壊して、数時間後。周囲に魔物の姿はなく、殲滅に成功した。ユキトは改めて自分達の力がどれほどのものかを理解し、また同時にこれならば――という希望を見出した。

「どうだった、俺達の初陣《ういじん》は？」

タクマがユキトへと問い掛けてくる。完璧だったと返答すると、彼はニヤリと笑った。

「そうか。役に立てたのであれば良かったぜ……で、これからどうするんだ？」

「ひとまず都へ舞い戻ることになるよ。さすがに転戦してというのはあり得ないし——」

その時、ユキトは明後日の方向へ視線を移した。動きにタクマは眉をひそめ、

「どうした？」

「いや……」

首筋にチクリとしたものを感じたため振り返った。視線の先にあるのは平原なのだが、ずっと奥には森が広がり、その先に山が見える。

周囲には自分達以外誰もいないはず——気のせいだろうと思いつつも、念のため何か手を打とうかと考え、

「タクマ、周囲の気配を広範囲に探れる霊具持ちっていなかったか？」

「ん、おう。いるぜ。何か気になることがあるのか？」

「一応、周囲の索敵《さくてき》を頼むって伝えてもらえないか。倒しきったと思うけど」

「ああ、わかった」

タクマは駆け足で去って行く。見送る間に、ユキトの傍《そば》にセシルが近寄ってきた。

「お疲れ様。今日の戦いは、前回に引き続きこの国に……世界に希望をもたらすものになるわ」

「役に立てたのなら幸いだ。けど、国を完全に解放するには、まだまだ足りないだろ？」

「そうね。ここからさらに、厳しい戦いが待っている」

「勝って兜《かぶと》の緒を締める……ってところかな。念のため周囲に敵がいないか索敵するよう仲間に頼んだ。警戒しながら戻ろう」

「わかった」

ユキトは馬車へと足を向ける。最高の形で勝利した。けれど、ユキトの表情は一切緩まず、ただこれからの戦いに思いを馳《は》せた。

（全ては、生き残って元の世界へ帰るために）

カイの姿が思い出される。戦い抜こうという決意が、ユキトの胸にしっかりと刻み込まれていた。

＊　＊　＊

「おっと……この距離でも気付くのか。ヤベえな」

ユキト達、フィスデイル王国軍から遠く離れた森の中。フードを被《かぶ》り顔を隠す男は一人、木の上で呟《つぶや》きながら視線を逸《そ》らした。

「聖剣使いってわけでもないが……注意は必要だな」

男は肉眼で霊具使いを見据える。先ほどまで魔法で視力を引き上げ観察をしていたが、怪しまれた。距離は空いているにしろ、注意を払わなければならない。

「戦い終わった後ってことで気が立ってたのもあるだろうが……ともかく巣を容易《たやす》く壊すだけの実力を持ってる。現在の情勢をひっくり返されるどころか、邪竜サマが滅んじまう可能性もあるなあ」

悲観的な言葉ではあったが、フードからわずかに覗《のぞ》かせる口の端には笑みがこぼれていた。

「あれじゃあ王都周辺の『悪魔の巣』は全て破壊されたも同然だな……問題は人数だ。一つの巣に新たな霊具使い全員を並べるなんて馬鹿はしないだろ。となったら、少なくとも目に見える戦力の倍以上……か？」

目算十人程度の新入り。男は先ほど見ていた彼らの姿を思い起こし、首を傾《かし》げる。

「普通の騎士とは違うな？　かといって冒険者でもない。霊具の力によって戦えるようにはなっちゃいるが……あれは、ロクに武器など握ったことがない連中だ」

男は断定する。次いで、もう一度鋭く霊具使いへ視線を投げた。

「どういう経緯で奴らはここに来た？　なぜ突如あんな戦力が湧いて出た？　その辺りの調査から始めないといけないか？」

と、その時後方から気配。連絡役だと男は思いながら、言葉を待つ。

『――巣は破壊されたか』

「前回とは比べものにならん速度で、な。あの調子じゃあ、王都周辺の巣は全てやられちまうな」

『現在情報収集を行っている段階だが、多く見積もって四十人程度、新たな霊具使いが出現した。しかもその全てが特級霊具以上の使い手だ』

「人類の救世主、ってわけだ。どういう経緯で現れたのかわかるか？」

報告者は言いよどんだ。これまでそんなこと一度もなかったので、男はフードの奥で眉をひそめる。

「どうした？」

『……信じがたい話だからだ。我らの中でも見解が割れている』

「別にいいぜ。話せよ」

『……おそらく主目的は聖剣使いを招くために行使したのだろう。新たな霊具使いは、召喚魔法による異世界からの来訪者らしい』

――その言葉により、一時の沈黙が訪れる。男は笑うことなく、かといって驚く姿も見せず、報告者の言葉を頭の中でかみ砕く。

「……はあ、なるほどなあ」

やがて、どこか腑《ふ》に落ちたという調子の声が、男からもたらされた。

「そのぐらい頓狂《とんきょう》でなきゃあ、あんな戦力出てこないよなあ」

『信じるのか？』

「情報の出所を聞く気はないが、どうせどっかの馬鹿貴族が漏《も》らしたんだろ？　俺達にそんな無茶苦茶な嘘《うそ》を信じさせようなんて発想はないだろうし、それで正解なんだろ。知らん人間からしたら、攻められる前に召喚しておけよとか思うだろうがなあ」

『情報者によれば、王都の窮地《きゅうち》を打開するために駆けずり回った結果らしい』

「追い込まれての一手か……まあいいさ。来たものはしょうがない。だが、あんな奴らがさらに異世界から来て今より増えたら、さすがに邪竜サマも危ないんじゃねえか？」

『現状から人数が増す心配はない』

「根拠があんのか？」

『呼び寄せるために用いた媒体は、リュシル……かの竜族の重臣《じゅうしん》が持っていた天神の遺産だ。膨大な魔力を抱えるそれを使う以外に、招くことはできない。それに加え、遺産は一度の召喚で消滅した』

「使い切ったから、増援は来ないと……ちょっと待て、リュシルというやつは、不在だったろ？　それを狙って俺達は襲撃したはずだぞ？」

『大臣のザン＝グレンが強奪したらしい』

「ははあ、使えそうなものとして目星をつけていたな？　人間だった時、あの大臣の黒い噂《うわさ》をいくつも聞いたなあ……やり方が強引だ。ま、それが功を奏して今まさに、逆転の機会が生まれちまったが」

『悠長に語っている場合か？』

「わかってるよ。外野から眺めて終わるつもりはないぜ。ただ、申し訳ないが『悪魔の巣』はどうにもならん。王都周辺の包囲網は一度解除だ。いいな？」

『それは構わん……具体的にどうする？』

「たとえ聖剣使いでも抗えないくらいの魔物を生み出せばいい……実際、この包囲を突破した場合に備えて準備はしてある」

男は笑う。その時、一陣の風が森を吹き抜けた。

それによってフードが外れる。中から現れた男の顔は、喜悦《きえつ》に染まっていた。そして銀色の髪をなびかせ、銀の瞳を輝かせ、男は言う。

「いいじゃねえか、決戦ってわけだ……なら存分に、やらせてもらうとするぜ――」

第四章　信奉者

　ユキト達は以降、怒濤《どとう》の快進撃を見せた。二度目の戦いで犠牲者もなく巣を破壊したため、国側も思い切った動きをし始めた。一つ一つ巣を狙うのではなく、一度に複数壊していき、状況を改善するというやり方である。

急進的でもあったため、当初は反対意見も出た。しかし、魔物を恐れ封鎖している各地の町も限界に近づきつつある状況から、踏み切った。これはユキト達が同意したのも大きい。他ならぬカイがユキトと相談し、どうすべきかを進言したのだ。

　この動きにクラスメイト達も呼応し、戦いに参加。二度目の戦いの後でとうとうクラス全員が霊具を持つに至り、その力を遺憾《いかん》なく見せつけた。三度目は三手に分かれ、巣の破壊を行った。それにより、二度目と同様犠牲者もなく、巣を破壊し文字通りの大戦果を上げることに成功。さらに作戦は続き、街道を、町を解放していった——

「……ひとまず、王都周辺に加え、重要な交通路は確保できた」

　城内の会議室。そこでセシルは述べた。部屋にいるのは彼女とユキトにカイ、メイの四人。他のクラスメイトも霊具を持った以上、参加してもおかしくはないのだが、召喚直後から城側の人間と接触していたユキト達に伝えた方が効率が良い、と判断してこのような形になっている。

　ユキトの視線の先にはテーブル。その上にはフィスデイル王国の地図が広げられている。

「巣は国中に存在するから全てを破壊したわけではないけれど、ひとまず護衛を伴えば町同士が連絡できるようになった。魔物の脅威がまだまだあるけど、窮地《きゅうち》は脱したと断定していいわ」

「邪竜の動きは？」

　カイからの問い掛け。セシルは一度目を伏《ふ》せ、

「まだ何も……邪竜そのものは迷宮内にいるため動けない。でも間違いなく私達の動向はつかんでいる。巣を破壊する最中に何かしら干渉してくる懸念もあったけれど……それもなかった」

「好意的に捉えれば」

　と、メイがおもむろに口を開く。

「霊具使いが突如増えたから警戒してる、かな？」

「そうであれば何よりだけど……少なくとも戦力分析はしているはず。もし邪竜が何か手を打ってきたらそれは、かなりの激戦になると予想されるわ」

ユキトはゴクリとつばを飲む。邪竜が本腰を入れたら今まで通りとはいかないだろう。果たして、どれだけの犠牲が生まれるのか――

「ともかく、邪竜はまだ動きを見せていない。よって、こちらがさらに歩を進めることにする……今まではあくまで前線にある拠点を潰《つぶ》していただけ。なら次は、軍事拠点を叩《たた》く」

「……『魔神の巣』か」

先取りするようにユキトが告げると、セシルはゆっくりと頷《うなず》いた。

「そう。魔物を生み出す場所。そこを壊さなければ私達はいつまで経《た》っても邪竜には辿《たど》り着かない」

「場所は?」

「複数あるけれど、特に大きい場所を狙うことにした。フィスデイル王国の国境付近……複数の国が境にする山岳地帯。そこに『魔神の巣』が存在する」

セシルは地図の一点を指差した。位置は王都から北西。フィスデイル王国を含め三ヶ国の国境が接する場所。

「山に囲まれた窪《くぼ》地《ち》のような場所で、人の手が入ってなかった。邪竜側はあえてそうした場所に軍事拠点を築いたことになるわ」

「人間に狙われないようにするため……か」

「そうね。実際、そこに『魔神の巣』があるというのを発見したのも邪竜との戦いが始まってしばらくしてからなの。敵の目論見《もくろみ》は成功していた」

「なるほど……最初、敵がどこからやって来るかわからなかったのか」

カイは納得の声を上げた後、視線をセシルへと向けた。

「作戦は？」

「霊具使いが総出で巣を攻撃する。以上」

「……他に何もなし？」

「他に手段がない、と言えばいいのかしら。現段階で『魔神の巣』があることは確定だけれど、それ以外の情報が不足しているの。周囲の地形や巣の外観くらいは斥候《せっこう》により判明しているけれど、敵の数は可変で参考にはならないし、綿密な調査もできない」

「下手に調査団など送ろうものなら、返り討ちに遭《あ》う……か」

「そうね。もちろんグレン大臣を含め今回の作戦を重く見ているし、危険度が高いのも承知の上。だからこの戦いにはカイも加わってもらう」

――すなわち、今回の戦いは邪竜のいる迷宮へ入り込むくらいの危険度だと。

「さらに、国境付近ということで他国の援軍もやって来る。三ヶ国の国境に面しているため、三つの国が合同で作戦を行う」

「統制、とれるのかい？」

「やるしかない、というのが実情ね。その中で霊具使いの多さから考えても、フィスデイル王国が主導的な役割を担うのは間違いないわ」

「他の国は、戦況が好転しているのか？」

ユキトが尋ねる。作戦に参加できるということは、多少なりとも余裕がなければ無理なはず。

「正直、微妙なところね。聖剣使いが現れたという情報は既に大陸中に伝播《でんぱ》している。それにより士気も上がり、劣勢から立て直した国も存在するわ。けれど、状況が厳しいのはどこも同じ。かといって魔物がいつまでも生まれ続けるという特性上、手をこまねいていてもジリ貧になるだけ。よって、思い切って攻勢を掛ける」

「負けられないな」

「そうね。今回の戦いで破壊できなければ、それだけこちらもリソースを失う。人員的な被害が少ないにしても、遠征のために必要な物資などは消耗してしまう。町との連携が復活して物流も動き始めたけれど、これから本格的な冬が始まるし、物資面についての不安を考えると、一度の攻撃で仕留めたい」

（本来なら、数回遠征とかすべきなんだろうけど）

ユキトは胸中で呟《つぶや》く。巣の実情が見えていない以上は、まず調査からスタートするべきだ。そうすることで作戦の成功率も格段に上昇する。だが、隊を派遣する余力もない。

「……フィスデイル王国側は、勢いがあるから作戦を立案するのは理解できる」

ユキトは地図を見下ろしながら、セシルへ言及する。

「でも他の二国は、話を聞く限り参戦できるかは微妙なところ……今回の作戦、どちら側が提案したんだ？」

「実は他国から要請があったのよ。『魔神の巣』を破壊しなければ、まずいことになると」

「霊具使いも増えているフィスデイル王国へ要請。こちらはそれに応じたのか」

「政治的な意味合いもあるとは思うけどね。貸しを一つ作った形かしら」

苦笑しながらセシルは告げる。今回の一件、交渉はグレン大臣が行ったのだ。タダでは働かない――フィスデイル王国単独で動いてもおかしくなかったが、向こう側から要請してきたため、利益になるよう交渉したと。

「他の国から反発がなければいいけど……」

「その辺りは大臣も慎重にやっていると思うから、大丈夫じゃないかしら」

「そっか……と、そうだ。場合によっては他国の指揮下で戦うこともあるのか？　あるいは、他国へ派遣されるとか……」

「今はまだ……フィスデイル王国内が落ち着いたら状況次第ね。多数の霊具使いが参戦したけれど、フィスデイル王国は邪竜のお膝元《ひざもと》でもある。その辺りを考慮して、他の国々は霊具使いを貸してくれとは言ってきていない。もし戦局が悪化すれば、変わってくるでしようけど」

「現状では、悪くなりそうな気配はないよね」

メイからの言及だった。するとセシルは彼女と目を合わせ、

「そうね。他国は余裕がないけれど、私達が奮闘したことで少なからず邪竜側を押している。もしこの国が魔物の脅威から完全に解放されたら、軍も自由に動けるし他国の救援もできる……状況は確実に改善している。元々、魔物達の攻勢もこの国が一番激しかった……なおかつ解放されてしまえば邪竜としても不都合がある。自分が外に出られないし、場合によっては迷宮に聖剣使いが侵入してくる……そこから考えれば、魔物をこの国へ流入させる可能性が高い」

「それはこの国の人にとっては大変だけど、他国からしてみれば負担が軽くなるってことだね」

「ええ。事態が大きく動けば、十分可能性があるわね」

彼女の主張にユキトは「そうだな」と同意しつつ、

「作戦開始はいつから？」

「準備も必要だから、数日以内というのは厳しいわ。だからといって一ヶ月先というわけでもない……あなた達にはその間も魔物の討伐に赴《おもむ》いてもらうことになるけれど」

どこか申し訳なさそうに告げるセシルに、カイは「大丈夫」と応じた。

「それが今、僕らのやるべき戦いだからね……ちなみにだけど人選については？」

「魔物討伐については、適宜《てきぎ》決めていく形になるわ。作戦の方は……これからじっくり検討するのではないかしら」

「今回巣を破壊するために、どのくらいの人数を動員するんだ？」

「わからないけど、少なくとも来訪者達は半数近く戦地へ向かってもらうかもしれない、と騎士団長は言っていたけれど」

半数——『悪魔の巣』へ攻撃する時よりずっと多い。それだけで、事の重大さがユキトにも理解できる。

「魔物の討伐については、追って連絡をするわ。今日は現状報告で終わり……特に指示もないから休んでもらえれば」

そう言ってセシルは立ち去る。けれどユキトの胸にはいつまでも、来《きた》るべき大きな戦いのことが頭に張り付き、離れなかった。

その後、散発的に魔物の討伐要請がやってくるのだが、クラスメイトからは多くて数人程度動員するだけで、大半が城内に留《とど》まって訓練を行うことに。霊具の使い方についてはそれぞれがひたすら修練するしかなく、完璧に扱えるようになるまでは時間が必要だった。

そもそも霊具には成長の余地がある――それを考えると、どうやれば完成なのかも解答がない。完璧を目指すが、それでも完璧の向こう側がある――哲学的な言葉のように思えてユキトは苦笑する。

ともあれ、不完全であっても刻限は迫る――いよいよユキト達が『魔神の巣』を破壊するべく、出陣する日を迎えた。

「――今回の戦いは、フィスデイル王国を真の解放へと導くものである」

朗々としたジークの声が響く。場所は城門前。そこに今回の作戦を行うための兵士や騎士、魔術師、そしてユキト達来訪者も集められ、王の演説を聴くことになった。

「この戦いに負ければ、おそらくこれより先に未来はない……周辺諸国、いや大陸全ての国家が今回の戦いを注視している。私達が……この国が、邪竜と戦う資格があるのかどうかを世界が見定めている」

ジークはそこまで言うと、ユキト達へ視線を送る。

「今回もまた、あなた方の力を借りる必要がある……しかし、私達は聖剣の担い手を援護するだけの役割ではない。私達の手で……この戦いに勝つべく奮い立ってほしい」

兵士や騎士は無言で剣を掲げた。その光景はユキトを驚かせ、また同時に士気の高さを理解する。

「勝利できるよう、武運を祈っている」

ジークの演説は終わり、部隊は動き出す。騎士や魔術師、兵士と例外なく全員が騎乗しており、ユキト達は馬車で移動を行う。一番後方の馬車にユキトが乗り込むと同時、出発した。

「さて、いよいよ始まるわけだが」

ふいに馬車内から声がした。ユキトの隣に座っているタクマのもので、彼は窓の外を見ながら続けた。

「馬車移動だから、行軍という雰囲気ではないよな」

「現地に辿《たど》り着くまで、まだ時間を要するわ」

発言したのは、ユキトの正面にいるセシル。同じ馬車にはこの他にカイやメイも同乗しており、全員がセシルへ注目した。

「だから今から気を張っていても意味がないわね」

彼女の言葉に、タクマは椅子に深く座り、

「なら馬車の中でゆっくりさせてもらうけどさ……あ、一つ気になることがあるんだけどさ、装備について」

「装備？」

疑問で応じたセシルに対しタクマは腕を組み、

「兵士さん、俺が『悪魔の巣』を壊すために出た最初の時と、ずいぶん装備が違っているなと」

　そこはユキトも気付いていた。見た目はそれほど変わらないのだが、握り締める槍《やり》や腰に差す剣に魔力が存在する。タクマの語る通り『悪魔の巣』を攻略する時より、気合いが入っているのがわかる。

「ああ、それは当然ね」

　質問に対し、セシルは小さく頷《うなず》く。

「今回の作戦、絶対に仕損じるわけにはいかないため、これだけの布陣……帯同する兵士や騎士は、その全てが霊具使いなのよ」

「全員が……!?」

　タクマは驚愕《きょうがく》し、またユキトも内心で感嘆の声を上げた。

「ええ。といっても、兵士達は装備は画一的でしょう？　これは霊具における二級や三級に該当する武具……基本天神の力が入る武具は、どういった形でも一級以上の霊具になったり、特殊な能力を保有するケースが多い。けれど難点があって、それは大量に用意するのが難しい」

「なら、二級以下の霊具は天神由来ではなく……？」

　ユキトが割って入る形で言及すると、セシルは「そう」と返事をする。

「人間達が霊具を解析して作り上げたもの……以前霊具は天神の魔力を宿したものだと説

明したけれど、その定義なら人間の手によって作ったものは厳密に言うと霊具ではない……まあ天神の魔力を擬似的に模倣《もほう》しているし、他の名称をつけても混乱するから便宜上《べんぎじょう》同じ霊具としてくくられているわね」

彼女は小さく肩をすくめながら説明を続ける。

「人間の手によるものでも、中には一級以上の霊具も確かに存在する。けれど、どれだけ分析しても天神の魔力を再現するのは難しいから、大半が二級以下ね」

「兵士とかに配備されるのは大量生産された武具ってことか」

「そうね。とはいえ普通の武具に魔力を付与して作成するわけだから、いくら多く作れるとはいえ限度はある。それに霊具を扱うための訓練も必要だし……だからこうした霊具を持つ兵士は特殊な訓練を受けた人材として、各国の切り札となっている。精鋭中の精鋭ってことね」

「それだけの戦力を投じる戦いか……他の国もそうだよな？」

「おそらくは。ちなみに人工的に作成された霊具というのは、軍事機密に関わる部分だから、うっかり持ち出したりしたら下手したら極刑よ。気をつけてね」

「怖い話だな……それだけ重要な情報なのか……宝物庫に収まっている霊具も、基本的にはそうなのか？」

「一応ね。ただあれは人の手で作り出したものとは違うから、軍事的な最重要機密かと言われると微妙だけれど……単純にお城に盗みを働いたら重罪だから、そっちで処罰されるかしら」

この世界にとって、霊具というのは大切なもの――ユキトが改めて認識していると、セシルはさらに話を続ける。

「あと霊具以外にも、戦う手段はある……それが魔法」

「魔法……」

ユキトは小さく呟《つぶや》く。霊具については修練を重ね、同時に魔力については扱えるようになった。けれど魔法という概念については、あまりよくわかっていない。

「――そういえば、魔法については詳しく聞いていなかったね」

ここでカイが声を発した。

「魔力、霊具……僕らはその二つを高めるために鍛錬していたわけだけど、魔法についてはいいのかい？」

「特級以上の霊具を所持しているのなら、それを上手く使う術《すべ》を学んだ方が強くなる近道だから。閉鎖空間かつ敵陣である迷宮内では何かの時に役立つかもしれないけれど、今回の作戦にとって必要性は薄いのではないかしら」

「なるほど……魔法というのは、天神由来のものなのかい？」

「魔力という概念を発見した当初から、それを扱う術を人間は研究していたの。それが魔法の由来ね。よって元々は天神など関係ない……でも、霊具の発見から飛躍的に進歩した」

「結局そこに行き着くわけか」

「そうね。魔法は基本私達の体に内在する魔力を利用した技法。だから霊具の力を引き出す戦い方と違って、個々に保有する魔力量で全てが決まる。魔力を増やす訓練をすれば差は埋めることができるけど……どんなに頑張っても特級以上の霊具に勝つのは難しいかしら。とはいえ」

　ここでセシルは前方を一瞥《いちべつ》。

「その魔法が今回は切り札になるのだけれど」

　――ユキトも詳細については事前に聞いていた。

「この馬車に乗る人達は予《あらかじ》め知っているはずだけど、もう一度確認するわね。目標は『魔神の巣』を破壊すること。巣は『悪魔の巣』と比べても巨大であり、目的達成にはそれなりに工夫がいる。いくら聖剣でも山を吹き飛ばすにはそれなりに準備がいるし、何より『悪魔の巣』と同じように攻撃するのは敵の多さからもリスクがある。よって巣の破壊については魔法で行い、カイは魔物を倒す役回りを担ってもらう。そして現時点で仕込みは済ませているわ」

　仕込み――ユキトは前日までに聞いた情報を思い出す。それによると、巣を滅するために必要な準備を、霊具所持の冒険者や騎士が斥候《せっこう》の役割を兼ねて行ったと。調査隊などを派遣しても返り討ちに遭《あ》う危険がある以上、それは文字通り命がけの作業だったはずだ。

「巣の周辺には山がいくつもあって、それぞれの頂上に魔法陣を構築する起点となる術式を仕込んだ。巣のある場所は霊脈《れいみゃく》――地中に魔力が多く存在する場所で、敵はそれを利用して魔物を生成している。その霊脈を、私達も利用して砕くというのが戦いの流れになる」

「僕らは護衛と、押し寄せる魔物の迎撃を任されているわけだ」

カイの言及にセシルは「そう」と肯定する。

「敵の動き方によってあなた達をどうすべきか……それは状況次第で変わってしまうから、まだどうやって動くかわからないけれど――」

「私は後方支援？」

セシルの隣にいるメイが質問する。

「戦う能力とかはあんまりないし……」

「支援、といっても問題はどこに陣地を構えるかにもよるから、難しいのよね。今回の戦闘場所は森と山に囲まれた場所。怪我人《けがにん》を運び入れる場所を確保するのは難しいし」

――そんな場所であるのに今回メイが帯同したのは、他ならぬ彼女自身が手を挙げたからであった。厳しい戦いが予想される以上、支援役が必要だろうという彼女なりの考えからであり、グレン大臣などもそれに同意した形だ。

「そっかあ……ならカイやユキトと一緒にいればいいかな？」

「押し寄せる魔物と戦う場合、下手すると戦闘中に治療だってするかもしれないな」

「それなら私に任せて。あ、それと自分の身は自分で守るから安心してねー」

陽気な声で告げる彼女に、周囲の仲間達は笑う。王の演説からスタートした行軍で、どこか堅苦しいものだったが、彼女の発言でそれが取り払われた。

「ちなみにカイはどうすべきだとか、考えってあるの？」

メイからもたらされた質問。するとカイは口を開いた。

「セシル、確か仕込んだ魔法陣の起点は五ヶ所だったはず。その内の何ヶ所を僕達が担当するんだ？」

「三つよ。残り二つは他国の国境に近い場所で、何が何でも守らなければいけないし、魔法発動までは持ちこたえてくれると思うわ。あと、最後の魔法発動は私達の陣営が行うわ。五ヶ所ある魔法陣の一つで魔法を行使する」

「なるほど……そして僕らの人数は」

カイはユキト達を一瞥《いちべつ》。今回作戦に加わった来訪者の人員は全部で二十二名。クラスメイトの半数以上の戦力を割いたことから、作戦の重要性の高さが窺《うかが》える。

「半数の十人を、魔法陣の護衛に当てる。最後の魔法を使う場所に四人。残る二ヶ所で三人ずつ。敵の出方次第だけど、戦力を分けた方がよさそうだ」

「残りの半分で、巣から出る魔物を叩《たた》くと」

「そうだね。ユキトやメイ、あとはタクマもそちらに回ってもらうことになる」

カイは断定する。この時点で彼は既に誰がどのような霊具を持っているのか、はっきり記憶している――訓練に付き合うユキトでさえまだ全員の特性を事細かに把握しているわけではない。ここはさすがだと内心感服する。

「詳しい人選は敵の動きによるかな……」

「カイの意見はそうだと指揮官の騎士へ伝えておくわ。こちら側はあなた達が扱う霊具の特性はつぶさに理解していないし、貴重な意見だから受け入れてくれるはず」

「僕らの能力を把握していないのか？」

カイがもっともな疑問を投げかける。ユキトも内心同意見だった。作戦に関わる以上、霊具の特性などは知っておくべきだと思うのだが――

「そうね。やりにくいかもしれないけれど、これは万が一の可能性を危惧《きぐ》して」

「万が一？」

「情報の漏洩《ろうえい》には気を遣っているのよ。邪竜側だって偵察はしているだろうから、巣の破壊に参加した霊具使いについては情報を得ているはず。だけど、霊具の特性などを深く知り得てはいない……その辺りまで知られたら対策を取られ、厳しい戦いになるでしょう」

「だから、僕らの情報は……ただそんなことを言い出すというのは——」

カイの口が止まる。ユキトも理解できた。それはすなわち、身内に情報を漏《も》らす人間がいるのだ。

「ええ、推測は正しいわ」

セシルは沈黙したカイに答える。次いで沈鬱《ちんうつ》な面持ちとなり、

「敵側に情報を流す裏切者がいる……そもそも、王都の攻撃を受けたのは、そういった人間が手引きしたから。陛下を支える御方《おかた》が留守で、なおかつ戦力がいないとわかった上で仕掛けてきた。内情を知らなければ、こんな芸当はできないもの」

「……調査はやっているのかい？」

「もちろん。陛下が主導で調べている……さすがに大臣クラスの裏切者はいないわ。そうであったらとっくに城へと攻め込まれて終わりを迎えている。考えられるとするなら、城に出入りのある貴族とか」

「そういうことか……邪竜に便宜《べんぎ》を図って何をするんだ？」

「大抵は金品とかで懐柔されるというケースね。他国でも似たような事例があったらしいから。あとは、そうね……『信奉者《しんぽうしゃ》』かしら」

「信奉者？」

聞き返すカイ。聞き慣れない単語にユキトも眉をひそめる。

「邪竜の力に恐れを成したか、あるいは魅入られて邪竜に協力する存在……邪竜の一派が作成する魔物ではない、協力者。王都の戦いも裏切者だけでなく『信奉者』が関係しているはずだし、今回の戦いに出張ってくるかもしれない」

「人間と戦うのか……」

ユキトは呟《つぶや》いた後、体に力を入れた。ここまで全て魔物という脅威に対する戦いだった。しかし、場合によっては人間と斬り結ぶ――

「彼らと対峙《たいじ》した際のアドバイスは一つね」

セシルは目を細め、ユキト達へ語る。

「人間と思わないこと……というより邪竜と手を結んだ時点で、人を捨てているから」

「え……？」

「邪竜出現後、幾度となく『信奉者』との戦いもあった……その全てが、人であることを辞めていた。斬っても赤い血が流れることなく、虚《うつ》ろな白い魔力が生じるだけ。邪竜は手駒となった人間に魔力を与え、完全に中身を作り替える……そうすることで絶対に裏切れないようにする。もう二度と、人間側に立てないように」

恐ろしい話だった。ユキトはそれを聞いて理解に苦しむ。なぜそこまでして邪竜の味方になるのか。

「どういう経緯で彼らが邪竜の配下になったのか……わからないけれど、人というのは多種多様で考え方も色々……その中で邪竜に従う人が出てくるのはおかしいことではない。邪竜に与《くみ》した理由もそれぞれ……動機を探っても意味はない。彼らはもう人間ではない。倒すべき……魔物」

セシルは硬い表情でどこまでも語る。彼女なりに思うところはあるようだが、それを押し殺し淡々と事実を話している。

「もし相対しても、覚悟を決めてほしい……今私が言えるのはそのくらいだけど」

「いや、いいよ。ありがとう」

ユキトは礼を述べ、静かに頷《うなず》いた。

以降、ユキト達の行軍は順調だった。途中で訪れる町からは歓待を受け、戦地へ赴《おもむ》く騎士や兵士は激励を受ける。そして戦場が近づくにつれ、騎士や兵士の表情は険しいものへとなっていく。

ユキト達も進むにつれ、口数が少なくなっていた。誰もがこれから起こる戦いに思いを馳《は》せる中で——とうとう、到着した。

「この森の向こうに、巣が存在している」

街道から逸《そ》れた先にある森。その奥には山。まだ敵の本拠地が見えない状況だが、騎士や兵士達は準備を開始した。

その中で魔法使い――魔術師と呼ばれる者達が地面を杖《つえ》で叩《たた》いて何事か確認する。それから騎士と話し合い、情報がセシルを介してユキト達へと回ってくる。

「他の国も準備ができた……魔法陣へ向かう隊と、巣へ攻撃を仕掛ける隊は動き出しているらしいわ」

「俺達は少し出遅れたってことか？」

「予定通りよ。フィスデイル王国から三ヶ所の魔法陣へ向かう隊がいる以上、こちらに魔物が集中したら大変でしょう？　だからタイミングをわざと遅らせて、魔物を分散させる」

解説の間に騎士達が森の入口に陣地を作成し、同時に魔術師が魔法陣を描き始める。

「セシル、あれは？」

「連絡役ね。魔法陣を使って遠方にいる他国の作戦指揮官と連絡をとる。場合によっては自軍の指揮官に状況を報告する」

「ここを守る人員は必要かい？」

カイが尋ねる。それに対しセシルは首を横に振り、

「霊具使いの騎士が対処するわ。あなた達来訪者の戦力は、魔物の巣を破壊するために」

「わかった……先ほど指揮官から連絡があった。以前話したように人員を分ける方向で、と。今からどうするか伝えるよ」

カイは手早くそれぞれどの役目を担うのかを説明。ユキトとメイは事前に言い渡された通り、魔物の巣へと向かうメンバーの中に組み込まれた。

人選についても的確で、現在持っている情報でベストな布陣を整えたと言っていい。迷いもなくメンバーを選ぶカイに周囲の騎士や兵士は驚き、舌を巻くような表情を見せた。

「よし、これでよさそうだな……僕が先頭になる。メイを始めとした支援役を中心に円を描くように隊列を組んで、進んでいく。索敵《さくてき》が得意な者は進行方向に対し横側に立ってくれ」

指示を受け、誰がどの配置なのかを決めていく。ユキトは結果としてカイの背後。いざとなればカイや後方にいるメイへ援護できる位置になった。加えて、来訪者達に帯同するこの世界の人間としてはセシルが傍《そば》に控える。

「それじゃあ、進もう」

騎士や兵士達も動き出し——巣を破壊するための作戦が始まった。

全員が無言となり、武器を握り警戒しながら森の中へと入る。ユキトは黒衣を身にまとい真正面を注視。森は深く、太陽の光も届かないような場所もあり、カイはそれを避けるようにして進む。またユキト達の周囲には騎士や兵士が列を成し歩いている。ひとまず辺りに敵の気配はない。しかし、

「……っ」

ユキトの口から短い声が漏《も》れた。理由は森の奥から、魔物の雄叫《おたけ》びが聞こえてきたためだ。

「僕らを見つけ、捕捉したか……それとも、他の国が攻撃しようとしているのに対して迎撃するべく動いたか」

カイは小さく呟《つぶや》きながら進んでいく。聖剣の魔力が背後にいるユキトにも伝わってくる。

今回の作戦が大規模かつ、これまでとは比べものにならない脅威であることから、神経を尖《とが》らせている。

ユキトは自分に何ができるのか――そう考えた直後にキィンと音が頭に響く。途端に森のざわめきが鮮明となり、森の中に潜むか細い気配を感じ取ることができた。

森の中に、魔物が潜んでいる。

意識してもわかるかどうか怪しいレベル。しかし集中力の増したユキトは確信した。

「――カイ」

「こちらも察した」

ユキトの言葉にカイは目を鋭くして答える。

「全員、構えてくれ――囲まれている」

彼が発言した直後、茂みから明瞭な魔物の気配。同時、ユキト達の進行方向だけでなく、後方や側方まで、あらゆる場所から魔物が出現し、咆哮《ほうこう》を上げた。

「これだけの数、伏《ふ》せていたのか……!?」

ユキトは驚愕《きょうがく》の声を発しながら剣を魔物へ向ける。同時になぜこれだけ近くにいて気付かなかったのかを察した。

「魔力……森全体に魔力を……!」

「森に魔力を散布して、カモフラージュしていたようね」

セシルが警戒の視線を周囲へ向けながら話す。既にあちこちで戦闘が行われている。どうすればいいのかユキトは判断に迷う。

森で遮蔽物《しゃへいぶつ》の多い環境では、遠距離攻撃で援護しようにも攻撃が通りづらい上に、混戦では味方に直撃してしまう可能性がある。かといって放置して突撃するのも危険。いかに霊具を所持していても、ユキト達が孤立すれば危険なのは間違いない。

そもそも敵の狙いは分断のはずであり、ならばどう対処するのが適切か。

「――僕が行く」

声を発したのはカイ。僕が、というのでユキトは驚き、

「カイ自らが援護を、ってことか?」

「もちろん僕一人じゃない。僕が名を呼んだメンバーはついてきてくれ」

そう述べて彼が指名した霊具使いは二人。どちらも速力などが大きく強化されている仲

間だ。

「遊撃して魔物を倒して回る。少し探ってみたけど、魔物の能力はそれほど高くはない。僕らなら十分対処は可能だ」

「それじゃあ残りの人はどうするの？」

疑問がメイの口からもたらされた。するとカイは、

「他のメンバーは進んでくれ。敵としては特に僕ら来訪者達を押し留《とど》めたいはずだから、その動きをされれば必然的に戦力をそちらへ向け他が手薄になる。進みながら迎撃もしなければいけないけれど」

「ま、いけるだろ」

陽気な声がタクマから発せられた。ユキトを含む仲間達が全員頷《うなず》くと、

「ならばそれで……ユキト、仲間の先導役を頼まれてくれないか？」

「俺が？」

「ユキトが適役だと思うんだ。さっきもそうだけど、魔物に囲まれているのをいち早く察知した能力。たぶんこの戦場で一番冷静に動けるのがユキトだろうから、僕としてはユキトにやってほしい」

「そうだな」

同意の言葉をタクマが投げた。他の仲間達も納得している様子だった。カイの傍《そば》にいる

人間として認められている——ユキトは大丈夫かと最初迷ったが、やがて小さく頷き、

「わかった……ただ、さすがにカイみたいに的確な動きができるのかは……」

「私が補助するわ」

横からセシルが。それによりユキト自身も大丈夫かと思い直し、

「なら、補佐を頼むよ……カイ、それでいいか？」

「ああ。よし、それでは援護に向かう！」

カイの号令により数人が離脱して味方の援護を開始した。視線を移すと彼らは囲まれている騎士や兵士と交戦する魔物を、最速で処理していた。聖剣を持つカイさえいれば、対処は容易だろう——ユキトはいけると断じ、声を張り上げた。

「このまま森を突っ切る！」

ユキトは足を前に出し、仲間がそれに追随し始める。隣をセシルが歩き、茂みをかき分け『魔神の巣』へ突き進んでいく。

だが、それを阻《はば》むように複数の魔物が死角から出現した——が、その全てを一刀のもとに斬り伏《ふ》せる。特級以上の霊具使いで固められたユキト達の隊は、どれだけ魔物が奇襲を仕掛けてこようがビクともしなかった。

（これなら、いける……）

心の中で呟《つぶや》いた時、前方に光が。森の出口であり、そこへ到達すれば『魔神の巣』を肉

眼で確認できる。

「あの光の先へ！」

ユキトが叫んだ直後、左右から挟み撃ちしてきた魔物を仲間達が一蹴した。気付けばカイ達の援護により騎士や兵士達は態勢を立て直し、ユキト達へ追随している。

魔物の奇襲もあったが、ここまでは犠牲もなく突破できた。この勢いを維持したまま、巣の破壊まで――そんな思考がユキトの頭の中に浮かんだ矢先、とうとう森を抜けた。

直後、ユキトは思わず立ち止まる。他の仲間達も同様に、目の前の光景を見て一瞬言葉をなくした。

「……あれが……」

前方に存在していたのは『悪魔の巣』にも酷似した物体。しかしその大きさが桁違《けたちが》いだった。さすがに周りを取り囲む山を超えるほどではないにしろ、巨大な――まるで塔を思わせるような、邪竜の手によって生み出された建造物があった。

そして巣の根元からは、多数の魔物が出現していた。その巣の中心は雑草すら生えていない荒れ地となっている。元々そうだったのか、それとも巣が生まれたことによって生じた変化なのかは不明だ。

地形としては、ユキト達が抜けた森からは下り坂になっている。どうやら山や森に囲まれた窪地《くぼち》というのがこの場所の特徴であるらしく、巣を中心に濃密な魔力が広がっているのをユキトは感じ取った。

（窪地だからこそ、魔力が溜《た》まるってことか……でも、何か違和感も――）

「ユキト」

胸中で呟《つぶや》いていると、隣にいるセシルが声を上げた。何が言いたいのかすぐに理解できた。巣の前。そこから魔物の群れが近づいてくる。獲物を狩るような動きではなく、完全な行軍だった。整然とした動きに加え、それを率いるように前に立つ存在が。

それは人間――遠目から男性のように見え、はっきりわかる銀色の髪に、銀の瞳を持っている。体全体をすっぽりと覆う白い簡素なローブ姿であり、ユキト達を見据え、笑みさえ浮かべていた。

「……人間、だな」

カイの声だった。気付けばユキトの隣に立っている。騎士や兵士達も次々に森を突破しており、戦闘態勢は整いつつあった。

その状況下で、巣から人間が近づいてくる。間合いからずいぶんと遠い位置で立ち止まると、その人物は笑みを崩さず声を上げた。

「ようこそ、聖剣の担い手。俺のことは……何者かわかっているか？」

「……『信奉者』だな」

カイの断定に男の口の端がわずかに歪《ゆが》む。

「ご名答。名前は……人間だった頃の名でいいか。俺の名はザイン。あんたらが所属するフィスデイル王国における、前線指揮官だ」

そこで、男――ザインはこれみよがしにため息を吐《つ》いた。

「まったく、もう少しで邪竜サマを外へ出せたのに、思わぬ逆転劇を見せられちまった。王都を制圧した功績で力をもらうはずだったんだが、一転敗戦の将校に成り下がったわけだ。下手すると邪竜サマから報復がやってくる。挽回《ばんかい》しなきゃならん状況で、お前らが来ちまった」

面倒そうに語るザインに対し、ユキトはじっと相手を見据える。魔力はまさしく魔物のそれであり、人間などとうに捨ててしまっているのがわかる。

（一片の容赦もできない……か）

元人間だが、やはり見た目が自分達と同じ敵を倒すのに抵抗感がゼロというわけではない。だがそうした迷いに敵がつけ込んでくるのは明白であり、呼吸を整え――覚悟を決める。

「指揮官か。なら、全力で叩《たた》き潰《つぶ》すまでだ」

カイが一歩前に出て聖剣を構える。途端、ザインは両手を上げながら、

「おっと、待てよ。さすがに俺も聖剣使いとマトモにやり合って勝てるとは思ってねえさ。どれだけ魔物を従えようと、どれだけ策をねじ込もうと、アンタ相手じゃあ圧倒的な

力の前に屈するしかない」

　そんな風に語りながらも、ザインはどこまでも笑っている。カイが意を決し踏み込もうとした——寸前、相手は右手を空へと掲げた。

「だからまあ、こういう手段で戦うわけだ」

　パチン——ザインは空へ向け指を鳴らす。直後、巣に異変が生じた。突如ドン——と、重い音を響かせたかと思うと、塔のような巣から、大量の魔物が這《は》い出るように出現した。

　それはダムでも決壊するかのような勢いを伴い、巣の周辺を埋め尽くしていく。

(戦力を温存していたか……！)

「こちらの勝利の条件は、聖剣使いの撃破。とはいえ、だ。さっきも言ったが普通に戦えば負けるのは必定。よって策を用いることにしたわけだ」

　笑みがさらに歪《ゆが》む。それは醜く、邪悪なものだった。

「敗北条件は巣を破壊されること……そっちの手の内はわかってるぜ。山々に存在する霊脈を利用し、大規模な魔法で片を付ける……聖剣使いなら、単独で巣を破壊するのも可能だろうが、さすがにあれだけの質量を壊すにはそれなりに準備もいるからなあ。大量の魔物をかいくぐって実行しようにも、支援役が必要だ。ただ敵陣へ踏み込むわけで犠牲も多いし、それはあくまで第二プラン。聖剣使いを攻撃役に回して時間を稼ぐ方が、効率がいいってわけだろ？」

人間側の策を看破している——この一言で前線指揮官の資質は十二分であるのがわかる。

「なら、魔法発動をさせなければいい。霊具使いが護衛役として存在しているだろうが、それでも大量に魔物が押し寄せてきたら、いくらなんでも防ぎきれないだろ？　食い止めるには聖剣使いが必須。大軍との戦闘なら、聖剣使いの首を取れるかもしれない——」

「——カイ」

ユキトはここで決断し、提案する。

「カイは仲間と一緒に魔物の掃討を。あれだけの数だ。聖剣や特級霊具でも使わない限り、厳しいだろ。俺以外の全員でいけば、犠牲なくいけるはずだ」

「けど『信奉者』は——」

「俺がやる。たぶんだが、俺が適役だ」

根拠はなかった。だがカイはユキトの言葉に「わかった」と告げ、

「けれど一人では危険だ……セシル、メイ。二人は残ってくれ。他の全員で、巣へと急行する」

騎士や兵士達も動き出す。この場に留《とど》まってユキトと共に戦う面々と、カイに従い巣へと接近する者。それらを手早く決める間にも魔物は増え、ザインは笑い続ける。

聖剣使いが近くにいる以上、彼もまた無理に仕掛けてはこない。そしてカイが一歩前に踏み出そうとした瞬間、

「ユキト、メイ……死ぬなよ」

「カイも」

ユキトの言葉を受け、カイは走る。それをザインは黙って見送った。なおかつ、カイに追随する兵士や騎士達すら無視する。

やがてカイ達が戦闘を開始する。圧倒的な数の魔物達。しかしそれを聖剣の力が、仲間の霊具が蹴散《けち》らしていく。

「ユキト、私は――」

「指揮官と一緒に魔物が押し寄せてくる。自分の身を守ることと、周囲の騎士達に支援を頼む」

「……わかった」

メイから同意の言葉を受けるとともに、ユキトは剣を構えザインを見据えた。

「……一つ、質問していいか？」

「ああ、いいぜ」

「なぜ邪竜側に寝返ったんだ？」

ユキトとしては、興味本位のものだった。人間がどうして邪竜に付き従うのか――滅《ほろ》び

をもたらす存在の味方になったのか。

「……理由か」

そこでザインは小さく呟《つぶや》いた。次いで手を口元に当てながら、

「そうだな、俺の家族を殺《あや》めた貴族どもに対する復讐」

「何？」

もしや、人間に対する憎悪――などと考えた矢先、

「あるいは、邪竜サマに人質を取られている。それとも、人間に殺されそうになった時、邪竜サマに助けてもらった。あと、俺自身の恩人か誰かが邪竜サマについた。それに報いるため……とか、よさげな理由はその辺りか？」

ザインは、笑みを浮かべる。先ほど見せた醜悪なものだ。

「どの理由がいいんだ？　指定されたらそれっぽいストーリーを考えて披露するぜ」

「……お前」

カイ達の攻撃により爆音が轟《とどろ》く。だがザインは一向に気にしない様子で、両手を左右に広げた。

「なら真実を語ろうじゃないか。極めて単純だ――力が欲しかったからだ！　この俺が！　どれだけ苦労しても手に入らなかった力が、世界を壊せる力が手に入った！　そしてそれを自由に使える。俺にとってはまさしく、理想的だ！」

「……それと引き換えに人間を捨てても、か？」

「人間を辞めることになぜ臆《おく》する必要があるんだ？　いいじゃないか、人を捨てる。それで力を得られたのであれば万々歳《ばんばんざい》だ……ま、生まれながらにして力を持つお前らにとっては一生理解できない理由だろうなぁ」

途端、ザインの表情が変わった。哄笑《こうしょう》すら上げるのではないかと思うほどの嬉々《きき》とした表情が一転、口は固く結ばれ獲物を狩る獰猛《どうもう》な視線を投げる。

「さて、俺も前線指揮官っていう役職が与えられているんでな、少しくらいは功績を手に入れなきゃならん。さっきはああ言ったが、聖剣使いの首を得るのは非現実的だとわかってる。新たに加わった霊具使いの誰か。その首を邪竜サマへの手土産《てみやげ》にして、処分を免《まぬが》れようというつもりだ。協力してくれよ」

「断る」

ユキトは魔力を高め、ザインをにらむ。それと同時に、全身が熱くなった。

気持ちが荒ぶっている――ユキトは自覚する。理由などない、ただ力を求めただけの存在。そんな無茶苦茶な存在に対する、怒りのような感覚が胸の中にあった。

だからなのか――ユキトは呼吸を整え、

「お前を……斬る」

「いいねえ、その殺気。やっぱり戦いはそうじゃなけりゃ面白くねえ！」

ザインは腕を振る。それとともに魔物達が一斉にユキト達へ向け進撃を開始した。

「始めようじゃないか！　少しは楽しませてくれよ！」

声の後、魔力を高め戦闘態勢に入る。同時、突撃する魔物。それがユキト達と接触し、交戦が始まった。


「──ふっ！」

先に仕掛けたのはザイン側。魔物が一斉に散開し、騎士達が応戦する中で当の彼は真っ直ぐユキト達へ迫ってきた。手には短剣。ユキトの剣と同様黒く禍々《まがまが》しい色合いであり、魔力が周囲の空気を汚染するように噴き出ていた。

しかしユキトは真正面から対抗し、剣で受ける。金属同士が噛《か》み合う音が響き渡り、途端にザインは喜悦《きえつ》の色を見せた。

「いいじゃねえか！　観察でそれなりに腕は立つってわかってはいたが」

「……前線指揮官である以上、俺達が『悪魔の巣』を破壊していた光景を見ていたのか？」

「当然だろ？」

であれば単純な力押しは危険──ユキトは心の中で声を発し、注意を払いながらザインを押し返す。相手はその流れに乗った。態勢を崩しているという風に数歩たたらを踏んだが——それが演技であるのは明白だった。

ユキトに攻め込ませ、短剣で一刺しというのが戦法だろうとユキトは見当をつける。懐に潜り込む、あるいは隙《すき》を見て首に短剣を突き立てる。もしくはどこかに同じような短剣を隠し持っていて——だがユキトはあえて踏み込む。そして真正面から斬撃を浴《あ》びせた。

かわすか受けるか。ザインはまずそれを短剣で受ける。再び金属音が生じると、今度はユキトが刃《やいば》をはね除《の》けようと力で押し込み始める。

「見かけによらず、ずいぶん強引なんだな」

そんな感想がザインの口からもたらされる。一方でユキトは無言に徹し、鍔《つば》迫《ぜ》り合いに勝つべくさらに魔力を高めた。

次の瞬間、ザインの口がわずかに歪《ゆが》む。苦悶《くもん》ではなく笑み。何も持っていない左手が突如動く。気付けばその手に——もう一つの短剣が。

刹那、ユキトは魔力を一気に発した。霊具からもたらされたそれは突風のように爆《は》ぜ、ユキトとザイン双方を吹き飛ばす。すると、

「こっちの手の内を探ったってわけか……なるほどなあ、魔物と戦う時は動きを見極めて瞬殺というパターンが多かったから、奇襲みたいなやり方だったら通用するかと期待していたんだがなあ」

残念そうに語るザインは、両手の短剣をクルクルと回す。彼のローブは傍《はた》から見れば接

近戦など向いていない姿だが、体のラインを隠しており何か仕込んでいても気付かれにくい。左手の短剣も、袖の中に隠し持っていたと考えれば、翻《ひるがえ》しただけで出現させたのにも納得がいく。

観察により戦法を把握し、思わぬ一撃で仕留めようとしていた——元人間相手はやはり魔物とは違う、とユキトは感じる。

「ま、さすがにそんなに甘くはないか……なら、もう少しシンプルに——」

直後、轟音《ごうおん》が周囲に響いた。ザインは一瞬背後を気にしてか視線を横へ向ける。そこでユキトは前へ。一瞬で間合いに到達し、剣を振り下ろした。

しかし相手は即応し、両腕を交差させ二本の短剣で受けた。なおかつ先ほどのお返しと言わんばかりに彼の方が魔力を噴出させた。

それは大気中に漂い、ユキトの体を侵食するような——ユキトは即座に退いた。距離を置き、次の一手を考える。

「別に魔力に触れても死にはしないぜ？」

短剣を軽く素振《すぶ》りしながらザインは言う。

「ずいぶんと用心深いじゃねえか」

「お前は策を弄《ろう》してここにいる。霊具使いを始末できるくらいの手段は持っているんだろ。それに」

再び爆音。ユキトの思惑を理解できたのか、ザインは皮肉を込めた笑みを見せる。

「俺達の目的は巣の破壊だ。それを何より優先すべきで、お前の始末は巣と周囲の魔物を全て滅《めっ》してからでも遅くはない」

「冷静じゃねえか……ま、正解だよ。俺の方が攻め立てなければいけない状況。やれやれ、荒事は苦手なんだが――」

ザインは伏《ふ》せるかのように体を傾けた。彼の首があった場所に、横手から斬りかかったセシルの剣が通過する。

「しかも面倒な相手だ……ま、やるしかねえが！」

短剣でセシルの剣を弾くと、すかさず反撃に転じる。彼女はすぐさま間合いを脱しており、ザインの刃《やいば》は空を切る。

ユキトは戦況を分析する。ザインは二人を同時に相手にしなければならない状況。いかに優れた使い手とはいえ、特級霊具二人が相手では厳しいはず。なおかつザインの武器は邪竜の力が混ざっている以上は霊具ではない。強力ではあるが、対処法を見誤ることがなければ大丈夫なはず――

「はあ、嫌になるな。前線指揮官だし後ろから指示してりゃいいって腹だったんだが……」

「そうは言うけれど、力を欲するが故に邪竜の味方になったんでしょう？」

セシルはザインの背をとって問う。現状ユキトと彼女が相手を挟み込む形。

「なら、このくらいの障害は想定してしかるべきで、何よりこうした状況を打破するための力は持っているはずよね？」

「邪竜サマはずいぶんと警戒心が強くてなあ。確かに人間の時と比べれば素晴らしい力を得てはいるが……本当に欲しかった力はまだ手に入れていない。功績を上げるのが先だ、ってわけだ」

やれやれという様子で、ザインは語る。

「邪竜サマの下でのし上がれば、相応の報酬が得られるわけだ。加えて、寝返っても役に立たなければ即座に断り捨てられる。弱肉強食と言えばいいのか？　強い者はさらに強くなり、弱い者は捨てられる。権力という絶対的な障壁がない分、邪竜サマに従っていた方がまだシンプルでわかりやすいがな」

「……お前が喰《く》われる側になるとも限らないのに、か？」

ユキトの疑問にザインは肩をすくめた。

「それならそれで仕方がないって話だ。逆に言えば、功績さえ上げれば力はもらえる。報酬は惜しまないからな。そういうところが最高に気に入ってる」

「だがそれも今は、風前の灯火《ともしび》だな」

「まったくだ。やれやれ、お前らみたいな輩《やから》が出てこなければ、今頃邪竜サマを外に出して俺は側近としてとんでもない力を受け取っていたはずなんだがな」

――ここでユキトは違和感を覚えた。そもそも『信奉者』という存在を見たのは初めてである。よって、目の前のザインのようなスタンスの人間ばかりなのか疑問ではあるが、邪竜という存在に敬意を払っているようには見えない。

むしろ、力を得て逆にその首筋に食らいつこうなどという気概《きがい》さえ見受けられる。

「……お前、力を得て何をするつもりだ？」

質問に、ザインは答えなかった。しかしユキトが何を思っているのか見当はついたらしく、

「それを言うつもりはねえよ！」

走る。ユキトの視線にはザインが足全体を強化したことがわかった。

（一気に接近して懐に入り込む気か！）

瞬く間にザインが迫る。ユキトは跳躍するように後退し、距離を置こうとする。

だがこの瞬間だけはザインが一枚上手《うわて》だった。まるで一本の槍《やり》のように鋭い突進が、ユキトの体を捉える。短剣を胸に突き立てられる間合い。数秒経《た》たない内に、漆黒の短剣が叩《たた》き込まれるはずだった。

しかしユキトの方もただやられるだけではなかった。力を一気に引き上げ、魔力で体全体を包み身体能力を大幅に強化。次いで握り締める霊具へ魔力を流し、短剣を振りかざそ

うとするザインへ、放った。

全てが数瞬の出来事。結果、ユキトとザインの中間地点で双方の刃《やいば》が激突した。

「おっと、これも防ぐか……！」

ギリギリと刃が噛《か》み合う。とはいえこの状況ではユキトが有利だった。なぜならザインの背後からセシルが走り込んでいたためだ。

相手は逃げなければ背に刃を受ける。負傷覚悟でユキトへ押し通すか、それとも回避に転じるか。

「なら、これはどうだ！」

短剣を滑らせ、ザインは霊具を受け流す。ユキトは即座に剣を放とうとしたが、相手の姿が突如いなくなった。

（死角に入った……！）

背後に回るつもりだと悟り、ユキトは半《なか》ば無理矢理剣を薙《な》いだ。途端、ガキンと金属音がこだまする。音のした方に対し距離を置き、視線を転じれば今まさに斬りかかろうとするザインの姿があった。

「これも通用せず、か。霊具を得てそれほど経《た》ってないはずだが……これが特級霊具か」

短剣を逆手に持ち、ため息混じりにザインは言った。

「聖剣使いでなければ倒せると考えたのが甘かったかあ……」

騎士達がザインを取り囲む。逃げ道すら封じられた形であり、窮地《きゅうち》に立たされたのは間違いない。

だが、相手はどこまでも余裕の表情を見せている。時が経つごとに劣勢になっているはずなのに、それでも相手は笑みを崩さない。

「ま、それならそれで仕方がない……方針を切り替えるだけだ」

ズアッ――形容するならそういう音。ザインの前身から魔力が噴出した。

魔力を知覚できなければ見た目に変化はないが、ユキトの目にはザインの体が漆黒をまとうように感じられた。

次いで手に握る二本の短剣にも魔力が――刹那、ユキトは叫んだ。

「全員、退避！」

告げながらユキトは足を前に出すが、一歩遅かった。機先を制する形で迫ろうとした兵士数人が、相手へ槍《やり》を突き立てる。

その刃先は見事ザインの胸を当たった。だが次の瞬間、キィンと乾いた音を響かせ槍の刃先が砕け散る。

「な――」

兵士が驚愕《きょうがく》し身を強ばらせた瞬間、ザインは体を回転。ユキトに背を向けながら右手の短剣を薙いだ。兵士へ斬りつけるものではない。ただ空を切るような所作《しょさ》。しかし何をやったのかユキトは克明《こくめい》に理解する。

　直後、風圧か衝撃波か。兵士の体が宙に浮き、吹き飛んだ。その背へ向けユキトは刃《やいば》を叩《たた》き込もうとする。だが即座に体を反転させたザインは、霊具による一閃《いっせん》を短剣で受けた。

　刃同士がぶつかった瞬間、今までにはない音が生じた。くぐもった、まるで吸い込まれるような虚無の音。

　そこからユキトとザインの応酬が始まった。ユキトが横薙《よこな》ぎを放つとザインは短剣で軌道を逸《そ》らし懐へ潜り込もうとする。だがユキトの方も動きを見極め必要な分だけ距離を置きながら霊具で牽制《けんせい》を行う。

　そうしてかざされた短剣をユキトの剣が幾度も弾く――とはいえザイン側も強引に攻め立てようとはしない。セシルが横に存在している以上、ユキトへ迫れば背中を狙われるためだ。

　そして騎士や兵士達は攻めあぐねている――所持する霊具では通用しないとわかったためだ。武器同士が激突すると魔力が弾け、拡散する。それは風圧となりユキトとザインの周囲に舞い続ける。これを強引に突破しても、ザインに一蹴されるだけ。押し通すことができるのは特級霊具を持つセシルだけ。

　幾度も剣がぶつかり、ユキトは両腕に魔力を注ぐ。短剣と打ち合っているとは思えない

からだ。


重さだった。

（さっきまでは加減をしていた……というより、力を出さず勝負を決めようとしたか）

あまり手の内を見せたくなかったのだろうと推測し、剣を放つ。ザインに刃《やいば》は届かない。しかしそれでいいとユキトは思う。なぜなら今すぐに仕留めなくとも問題ない相手だからだ。

「……はっ！」

突如、ザインは声を上げた。魔力がさらに噴出し、強引に押し込もうとする。だがユキトは冷静に、過不足なく魔力を霊具へ注ぎ、応じる。それによって双方の動きが止まり、

「なるほどなあ……特級霊具相手でも、辛《つら》いってことか」

納得するようにザインは呟《つぶや》く。

「ま、それならそれで仕方がない。なら別の手段で――」

言うや否や、戦場に新たな変化が。突然、大気が震えた。それは魔力の鳴動であり、実際に大気に変化があったわけではないが――ドクン、と一つ鼓動が鳴ったような錯覚を抱く。

それが何であるか理解した直後、ザインは大きく後退した。すかさずユキトは追撃に走るが、その背へ魔物が押し寄せる。騎士や兵士と交戦していた個体が、ザインを守るべくユキトへ狙いを定める。

「ちっ……！」

ユキトは舌打ちすると剣を切り返し、接近する魔物へ薙《な》ぎ払った。それにより一蹴することはできたが、ザインとは距離が開いた。敵を処理し再び攻撃を仕掛けようかと思った矢先、もう一度魔力の鼓動が生まれた。

「……決まりね」

セシルが呟《つぶや》く。異変の原因は明白だった。人間側の策が、発動しようとしているのだ。もう一度鼓動が鳴った時、巣を囲む山の頂点から魔力が迸《ほとばし》り、巣へ目掛け駆け抜けた。それはいくつもの導火線が集約するような光景。ユキトが視線を転じると、魔力全てが巣へと凝縮された。

そして——爆音が響く。全身が震え、地面すら大きく揺れるほどの衝撃。周囲が閃光《せんこう》と音によって覆われ、次に生じたのは、光の柱。巣を飲み込み、天へと昇るその魔法は、まさしく巣を破壊する切り札たる力を示していた。

ズアアアア——と、光の奥で巣が削り取られていく。周辺にいた魔物達も巻き込み、全てを一切合切《いっさいがっさい》滅《めっ》していく。これで勝ちだ、とユキトが心の中で発し、やがて光が収まっていく。

魔力全てが天へ昇華された後に残ったのは、ボロボロとなり地上へ落下していく巣の破片。もはや原形を留《とど》めることもできず、魔物を含め巣は完全に機能を停止した。

「……人類の切り札、ってやつだなあ」

どこかぼやくようにザインが言う。すぐさまそちらへ視線を移すと、彼は短剣をしまい両手を腰に当てていた。

「魔法の発動を防ぐのは聖剣使いがいる以上不可能……せめて霊具使いの首でも、と思ったがそれも無理だった。やれやれ、惨敗だな」

「あとはお前だけだ」

ユキトは一歩進み出る。そこでザインは小さく笑う。

「ハハハ。ま、どれだけあがこうとも、何十人もの特級霊具使いを相手にするのは困難ってわけだ。邪竜サマも薄情だよなあ。こんな事態になった以上、援軍の一つでもよこしてくれれば良かったんだが」

「見捨てられたんじゃないか？」

「ああ、そういう意見もあるな……ま、邪竜サマからすれば、代わりはいくらでもいるわけだからな。仕方がねえ」

ザインは崩壊する巣へ目を向ける。その横顔は、なおも笑顔。

「ただなあ……この戦いには続きがあるんだよ」

「何？」

「聖剣所持者まで出張ってきた以上、俺に勝ち目はねえな。そこはどれだけあがこうとも変えられない現実ってやつだ。他の奴なら、少しでも功績を上げるべくあれこれ保身とかするのかもしれないが……俺は違う」

　顔がユキトへ向けられる。不気味さすら漂う『信奉者』は、

「だから――敗北することを前提に、作戦を立てさせてもらったぜ」

　ドクン――再び魔力の鼓動が生まれた。先ほど巣を破壊した魔法とは異なる魔力。それは明らかに邪竜側に属すもの。

「お前……!?」

　新たな展開にユキトは驚愕《きょうがく》し声を上げる。それに対しザインは、

「簡単な話だ。どう盤面《ばんめん》をいじくっても勝てない戦い。なら、相手の策を読んでそれに便乗しようって魂胆《こんたん》だ。この戦況をひっくり返す……のは無理にしても、お前らに手痛い打撃を負わせ、邪竜サマを解放する道筋を作るには……デカい一手が必要だ。しかし、それには魔力がいる」

　両手を左右に広げる。これから起こることを想起してか、喜悦《きえつ》の笑みが浮かんでいた。

「魔力……しかも膨大な魔力だ。ならば巣が霊脈から魔力を吸い上げる力を利用すれば……だが、巣は魔力を少しずつもらうような構造で、一度に大量の魔力を供給するのは難しいときた。なら大量の魔力を得る方法は……一つだけあったわけだ」

「まさか……」

　ユキトは巣へ視線を移す。

「その通りだ！　お前らが仕込みを行っているのはわかっていた。それをどうにかするのも難しかったわけだが……そういう手段で来るのなら考えがある。そう、魔法発動には魔力が必要だ。巣を破壊するだけの大量の魔力。ならそれに便乗して、横から奪ってしまえば、こちらの目論見《もくろみ》も果たせるってわけだ！」

　あえて負けることを前提に――ユキトは驚愕《きょうがく》し、またセシルも思わぬ策に目を見張る。

　その間に地面が震動し始めた。

　ユキトはそこで勘づいた。巣を発見した直後、根元に違和感があった。その正体は、紛れもなくザインの放った策だ。

「さあ！　顕現《けんげん》しろ！　この世界に――破滅を！」

　哄笑《こうしょう》と同時に、巣が存在していた場所から轟音《ごうおん》が生じた。見れば土砂が隆起し、周囲にいた騎士や兵士が慌てて退避する姿が。

　そして、ユキトは正体を悟る。あれは――魔力を利用して作り上げた、巨大な人間だった。

「……ゴーレム……！」

　セシルが呟《つぶや》く。多大な魔力によって形成されたそれは、全身を土とも岩ともつかない素材で覆われていた。頭部を含め五体が存在し二本の足で立ち上がる。背丈は、塔のようだった『魔神の巣』と変わらないものだった。

「あれだけの質量を潰《つぶ》すのは、大変だろうぜ！」

ザインが叫ぶ。直後、弾かれたようにユキトは彼へ疾駆《しっく》し、その体へ刃《やいば》を突き立てようとした。

だが彼は即座に後退した。驚くべき早さで退避し、ユキトの視界から消えようとする。

「邪竜サマの眷属《けんぞく》よ！　我が命令に応えよ――邪竜サマを迎えに行け！　進路に存在し障害となる人間や町を攻め滅ぼせ！」

言い放った矢先、ゴーレム――巨人は魔力を一時放出した。命令を受諾《じゅだく》した。そういう意思表示なのか。

ユキトは無理にでもザインへ攻撃を仕掛けようとした。だが彼はさらに速度を高め、とうとう逃げおおせる。

「じゃあな！　英雄サン！　次会う時は、本格的に殺し合いといこうじゃねえか！」

姿が消える。逃げるために余力を残していた――ユキトは追おうか迷ったが、全身を響かせる重い音によって、断念した。

それは巨人の咆哮《ほうこう》。顔は目も鼻も口も存在していなかったが、雄叫《おたけ》びであることだけは明確にわかった。

「これは……」

「ユキト！」

カイが全速力で戻ってくる。他の仲間達も全員怪我《けが》なく無事。その中でとうとう巨人が、ゆっくりと足を上げ――歩き始めた。

「お、おい！　どうするんだ、あれ!?」

タクマが仲間達の心の声を代弁して叫ぶ。突如出現した巨人。あまりの存在感にユキトも言葉をなくす。それは騎士や兵士も同じであった。

「強大な相手だが」

けれど唯一、戦おうと動く人物がいた――カイである。

「聖剣を使えば……倒せるかもしれない」

告げながら、聖剣に魔力を込める。巨人がさらに一歩進んだ時、聖剣の魔力が爆《は》ぜ、周囲の大気を震わせるほどになる。

おお、と兵士や騎士がざわつく中でユキトはカイを凝視する。圧倒的な力。その魔力量は、巨人のそれと比較しても遜色《そんしょく》ないのでは――と思うほどに濃密であり、震撼《しんかん》させるに十分なもの。

カイは剣を掲げた。直後、刀身の先から光が伸び、巨人の背に匹敵するほどの光の剣を生んだ。ユキトは果たせるかという思いを抱いた矢先、カイは剣を勢いよく振り下ろした。

「――はああああっ！」

これまで発したことのないカイの叫び声。光の剣は進撃する巨人の右肩へ入り、そのまま彼は振り抜いた。斬撃が巨人の体を駆け抜ける。光の刃《やいば》がしかと巨人に刻み込まれ、周囲にいた騎士や兵士、仲間達からもどよめきが漏《も》れた。

そして巨人もまた思わぬ攻撃を受けたためか、足を止めるに至った。同時に雄叫《おたけ》びを上げ、ユキトはこれならという期待が膨らんだ。

だが、ここで異変が。巨人の足下から魔力が生じ始めるのをユキトは察した。それは凝視しなければわからない小さな変化。

それが何を意味するのだろうと疑問に思った矢先、巨人に刻み込まれた傷が、突然時を巻き戻したかのように元に戻り始めた。

「――再生能力⁉」

セシルが悲鳴に近い声を上げた。これほど巨大な存在であることに加え、傷を癒《い》やす力を持っている。それは間違いなくユキト達を絶望に追い込む事実だった。

巨人は完全に傷が塞《ふさ》がると、再び歩み始めた。それに対抗するようにカイは剣を薙《な》ぐ。狙いは足。右足の付け根を狙うように光は叩《たた》き込まれ――刃が巨人の体に入った。勢いを維持して両断できれば良かったが、光の剣は食い込んだだけで止まってしまった。

「両断には……至らないか……」

苦々しい言葉がカイの口から漏《も》れた。巨人は光を身に受けながら平然と足を前に出す。

ユキトは援護すべきかと悩んだが、圧倒的な質量を前にしてどうすればいいのか思考が停止する。弱点はないかと探し、魔力がもっとも集まる部位が頭部であるのは理解できた。しかし、そもそもあの場所へ到達することすら難しい。

「……カイ、魔力の集積点は頭だ。あそこを破壊できれば、巨人を倒せるはずだが」

「魔力が一番集中しているのなら、硬度も最高だろう。足すら斬れない僕の現状を踏まえれば、かなり厳しいな」

カイは光を消す。同時にため息を吐《つ》き、

「聖剣の力を完璧に使いこなせれば、破壊は可能だと思う。けれど、今の僕にはできないな」

「まだレベルが足りないってところか」

ユキトの指摘にカイは重々しく頷《うなず》き、

「なら、どうやって倒すのか……考えなければならない」

「ひとまず退却を。森の外へ出て、馬車で移動を」

セシルが告げる。カイは一度巨人を見上げ、苦虫を噛《か》み潰《つぶ》したかのような顔を見せると、

「……仕方が、ないか。全員、森の外まで！」

指示に、ユキト達は弾かれたように動き出す。巨人はそうした光景を見ていないかのように、一定のペースで歩みを続けていた。

巨人の移動速度は変わらず、馬車による移動ならば追いつかれることがないとわかった。退却する寸前、王都へ通信魔法で連絡をとったところ、向こう側も巨人の出現に混乱し始めたようだった。

「場合によっては、現場判断で動くことになるわね」

セシルは厳しい顔で告げた。馬車は進路を王都へ向け、街道をひた走っている。

「というより、おそらく指示を待っていては被害が拡大する」

「……現時点ではどのような命令が？」

カイが問い掛けると、セシルは首を左右に振る。

「まだ何も……ザインという『信奉者』の指示から考えると、真っ直ぐ王都へ向かうことは間違いないようだけれど」

「その進路に町や村があったら……」

指摘にセシルは無念そうに目を伏《ふ》せる。

「そうね……今、指揮官が進路を予想しているわ。それと、退却する際に何かに気付いた兵士などもいたし、巨人の特性がわかるかも——」

そこで、御者台へ通じる窓が開いた。何事かとユキトが注目すると、小さな窓から資料と思《おぼ》しき紙の束《たば》が入ってきた。

「噂《うわさ》をすれば、ね。進路の情報が来たみたい」

「早いな……僕らには優先的に、ってことか？」

「あなた達に期待している節《ふし》もあったから」

（霊具使いだからか……けど、あれだけの相手に、俺達はどうすれば？）

ユキトは頭を抱えたくなる。そもそもカイの聖剣でも破壊できなかった相手である。カイ自身、倒せる力を引き出せないと語っていたわけだが、彼こそ今回の作戦においてもっとも火力を出せる人物。大地の霊脈を利用した魔法は仕込みが必要である以上、他に巨人を滅ぼせるだけの力を生む方法は――

「まず、物見からの報告。巨人は一切変わらないペースで歩み続けている。現在馬車は全速力で王都へ向かっているわけだけど、少なくとも追いつかれることはないだろうって。馬車を停めて休むことも多少なら可能みたい」

「とはいえ、巨人に対する対抗策を講じるなら時間がいる。休む暇はあまりなさそうだね」

カイは息をつく。王都までは日数を要する。作戦を開始した際の行軍については、町などに立ち寄り宿泊もしていたが、今回そうした余裕はない。

「僕らは霊具により、体力は維持できる……徹夜くらいはしても問題はなさそうだけど、パフォーマンスは落ちるな」

「最悪馬車内で休んでもらうことになるわね。少し窮屈《きゅうくつ》でしょうけれど」

申し訳なさそうにセシルは語ると、さらに資料を読み進める。

「もう一つ。巨人の進路上、森の中に猟師小屋が一つあったそうよ。巨人が小屋の前に到達すると、足で容赦なく踏み潰《つぶ》した。おそらくザインの……人間や町を破壊しろ、という命令による行動ね。人間や家を始めとした人工物があったら、攻撃する」

「厄介だな……で、問題の進路予測は？」

ユキトは村や町がないことを祈りつつ――セシルは別の資料を広げた。それは地図であり、巨人の進路が赤いペンで記されていた。

セシルはそれを一瞥《いちべつ》した瞬間、

「っ……!?」

呻《うめ》いた。何か察したようであり、ユキトは原因をすぐに悟った。

「……二つか」

巨人の進む道はおおよそ真っ直ぐ。山や河川を無理矢理越えるのかどうか不明だが、王都への道はおおよそ平地で構成されている。

その中で、進路には村と町が一つずつ存在していた。村の方は巨人が顕現《けんげん》した森からそれほど離れていない。一方で町についてはそれなりに距離があった。

「この村と町に、避難命令を出さないといけないか……」

カイは地図を見据えながら告げる。ただ、セシルの説明には続きがあった。

「待って、カイ。もう一つ……町の方で巨人を迎え撃つ案が」

「迎え撃つ？」

「この町の名はレイビス。町中に水路がたくさんある上、城壁や堀が存在するのだけれど、ここは河川を利用した霊脈により、防衛の魔法陣が構築されている」

「魔法陣が……!?　それに、霊脈？」

「普通大地の深くに存在する霊脈だけれど、場合によっては地下水や河川によって魔力が流れ出ることがあるの。レイビスに流れる川は程近い山岳地帯からのもの。実際、魔法による防備で魔物の侵攻を幾度か抑え込んでいる」

「そこで迎え撃つと……具体的にはどうやって戦うんだい？」

「そこは、まだ……王都側から連絡もないから、どうなるかは不明だけれど、王都までに対抗できる場所があるとしたら、間違いなくここだと思うわ。他だと……王都前に存在する平原に、魔法陣を作るかね」

（安全策をとるならば後者か。でも、その場合……）

地図へ目を落とす。巣を破壊するだけの出力さえあれば、巨人を倒すのは可能だとユキトは考える。だが、準備を優先すれば当然村と町を見捨てることになる。

（住民は避難させて……けど、森の中にある猟師小屋が壊されたってことは……）

「進路にある村や町は攻撃される、だよな？」

ユキトの問いにセシルは「たぶん」と一言添えて頷《うなず》いた。仮にそうでないとしても、巨人が通り過ぎただけでダメージは大きいだろう。

「なら村や町は破壊……被害は甚大《じんだい》だよな？」

「そう、ね」

返事を聞き、ユキトは地図に目を戻し村のある場所を探す。そこは山岳地帯に挟まれており、アルーバという名前が記されていた。

「……え？」

ここに至りユキトは気付いた。記憶にある名前。遅れてメイも察したか息を飲んだ。

そこは――セシルの故郷であった。最初に呻《うめ》いたのはそういう理由なのだと、ユキトは理解する。

もし町で交戦する場合も、村については――ユキトはセシルを見た。すると彼女は小さく首を横に振る。話すな――そう訴えている。また同時に私情を挟むなとも言外に語っている。

彼女の出身地であるのは他の騎士も地図を見ればわかるだろう。だが、

(騎士である以上、人々を……確実に守ることを優先すべきだと)

セシルだって力一杯主張したいはずだった。彼女が持つ魔法画で見せてもらった村の景色。彼女の思いも——大切なものだと知っている。しかし巨人が通ればあれを破壊される。もはや村の存続は不可能になるだろう。田畑も放棄し、彼女の故郷は、消失する。

だが、巨人を確実に倒すためには捨てるしかない。何の策もなしに挑むのは危険すぎる。

(もし、村を救いたければ……何か案を提示するしかない)

「——巨人の歩む速度を考えれば、数日後に村へ到達する」

セシルは自らの感情を律し、ユキト達へ語る。

「それまでにどうにか避難をさせないと……私達が現地へ赴《おもむ》くのか、それともレイビスへ急行するべきなのか……今後の作戦次第だから、まずは王都側の連絡を待たないと」

「その判断は一両日中に?」

カイの確認にセシルは小さく頷《うなず》き、

「というより、今日中にでも判断しなければ準備も間に合わないでしょうね」

「わかった。なら僕らは移動中少しでも休んで、次の戦いに備えるのが一番だね」

「そうね。それがいいと思うわ」

会話が途切れる。車輪の音が響き、空気が重くなるのをユキトは感じた。

あれだけの存在に一体何ができるのか――歯がみしたくなる思いを胸に、馬車はひたすら疾駆《しっく》し続けた。

やがて夜を迎え、ユキト達は一度馬車の外へ出て食事をとることになった。それに加え現状の整理とこれからどうするのかを確認する。火を囲む形で馬車に乗っていた人員が地面に座ると、セシルが口火を切った。

「先ほど、王都から指示が来た。レイビスで迎え撃つための準備を行えと」

「決戦はそこで、か。住民達は？」

カイはパンをかじりながら尋ねる。一方でユキトは干し肉を口に入れ、咀嚼《そしゃく》しながら次の言葉を待つ。

「避難命令を即時に出すことに。ひとまず巨人の進路から脱するだけの距離を稼ぐと」

「通り道である村も同じか……」

セシルは一度言葉が止まる。無論思うところはあるはずだが、彼女は小さく頷いた。

「そうね。夜の内に避難命令を行う……巨人の速度から考えれば、村へ到達して数日後にレイビスへ……それまでに準備を行う。また倒せなかった場合に備え、王都側は平原に魔法の準備をする」

「二段構えってことか」

無難な手段だとユキトは思う。被害を最小限に抑え、なおかつ町での戦いでどうにもならない場合に備える。セシルの故郷は犠牲になってしまうが、確実に打倒するためにはこの手段が良いだろうというのはユキトにもわかる。

（けど……それだと……）

ユキト自身、引っかかる思いはあった。邪竜との戦い。犠牲なくして勝利はない。まして今回の巨人については事前に猶予《ゆうよ》があるため、人的な被害は皆無にできる。だが、

（切り捨てていいのか？　本当に、他にやり方はないのか？）

ユキトは自問自答し、ふいにメイへ視線を移した。彼女もまた同じように考えている様子だが、代案もない状況では何を言っても意味はない。だからこそ、沈黙する他ない。

王都側も、そしてユキト達も今回の作戦で村を捨てることを承知するような形となっている。ただカイはあまり良い顔をしていなかった。

しかし、他にやり方は――ユキトもあきらめる他ないかと目を伏《ふ》せた時、ふいに巨人の姿を思い起こした。

天を衝《つ》く、自分ではどうしようもない強大な相手。カイの斬撃を受けても、再生して歩き始めた。

（そういえば傷が癒《い》える前、足下に魔力が生じ――）

感覚が研《と》ぎ澄まされていた状態で観察した出来事。それを思い出し、

「……カイ」

ユキトは何かを悟ったように、名を呼んだ。

「巨人の再生能力……仮にあれがなかったら、大規模な魔法なしで倒せるか？」

「……両断は難しいけど、少しずつ削っていくとすれば、足を砕いて動きを封じることはできると思う」

「再生能力を喪失させれば、倒せると」

カイは眉をひそめながらも、口元に手を当て思案し始める。

「可能性はある。動きを止め、頭部を破壊する。けれど、巨人がどういう風に再生するのかがわからなければ、それは無理だ」

「ヒントはある」

ユキトの言葉に火を囲む全員が注目する。

「カイはたぶん、攻撃していて気付かなかったんだと思うが……再生する直前、足下に魔力が生じていた。もしかすると巨人は、足を介して大地から魔力を吸収していたんじゃないか？」

「大地から……確かに、あれだけの質量だ。傷を修復するだけの魔力も相応にいるはず。けれど巨人は身の内にある魔力を消費したとは思えなかった……なるほど、必要ならば魔力を大地から得る。巨人が生成された経緯を考えると大地と密接に結びついた存在であるのは明白だし、納得がいく。

「例えば、大地から魔力を吸収させないようにする……巨人に干渉する方がいいのか、それとも大地に働きかけて吸収を阻害《そがい》する方がいいのかわからないけど……」

「――方法論としては」

セシルが割って入るようにユキトへ告げた。

「大地と巨人との間に魔力の膜を作る。魔法などを遮断する結界術の応用で、大地に直接触れていなければ、阻害は可能だと思うわ」

「そっか……でも、あれだけの大きさだから、生半可な魔法ではおそらく力業《ちからわざ》で結界を壊されるんじゃないか？」

「そうね。相応の規模が……巣を破壊したように、魔法陣を仕込むくらいの必要性は出てくる。逆を言えば、条件が整えば容易に発動できるはずよ」

「カイの剣で傷をつけられることは実証済みだ。再生を封じ、カイや俺達の霊具で動きを止め、頭部を壊す……もちろん、穴だらけの作戦かもしれないけど」

「いや、再生能力を封じるのは必須だし、僕は良い手段だと思う」

カイはユキトの言葉に賛同し、しきりに頷《うなず》いた。

「巨人が顕現《けんげん》し、誰もが驚愕《きょうがく》していた場面で、ユキトだけは冷静でいられたみたいだな」

「いや、そんなことはないと思う。ただの偶然さ……それで、だ」

　ユキトはここからが本題とばかりに、カイへ告げる。

「霊脈は山岳地帯などに多い……なら、巨人が数日後に辿《たど》り着く村の手前で策を仕込むのも可能なんじゃないか？」

　指摘に、セシルがはっとなった。またメイも目を見開き、ユキトを凝視する。

「危険なのはわかっている。けれど、犠牲なく……村や町も破壊されることなく巨人を倒すのは、それ以外にない」

「問題は、村の周辺に霊脈があるかどうかだ」

　カイはそこでセシルへ目を移した。

「その辺り、情報はあるのかい？」

「……ええ、霊脈は確かにあるわ。それは間違いない」

　他ならぬ故郷の話である。セシルがわからないはずもなかった。

「けれど、作戦としては……無謀に近いわ。もし準備をするなら今から馬車で急行し、霊脈の場所を確保して、という形になる。他国からの支援もなければ、援軍だって間に合わないでしょう」

「攻撃については、僕達がいればなんとかなる」

　カイが自身を指差しながら告げる。けれどセシルは難しい顔をした。

「言いたいことはわかるわ。でも、強行軍で準備もそこそこに戦うとなれば、最悪の事態だって考えられる。それに――」

彼女の口が止まった。火を囲む全員が、みなぎる決意でセシルを見ていたためだ。

「犠牲をなくせる可能性があるのであれば、やるべきだ」

そうした中で、カイが口を開く。

「それが僕らの……霊具を握った者の責務だと思う。もちろん、そこで勝てない可能性を考慮して村民は避難させるし、なおかつレイビスでも同様の準備をしてもらう。おそらくレイビスならば設備もあるから成功する。その二段構えでどうだろう？　体力的に厳しいのは百も承知だけれど――」

「……ひとまず、指揮官に判断を仰がないといけないわね」

セシルは述べると、立ち上がった。

「来訪者から提案があったと、話をしてみるわ」

「頼むよ」

カイの言葉を受けセシルは歩き出す。待つことおよそ五分程度。彼女は指揮官の男性騎士を引き連れて戻ってくる。そして彼はカイへ向け話を始めた。

「作戦の提案を聞いた。厳しい状況ではあるが、勝算はあるのか？」

「再生能力を引き剥《は》がすことができれば、十分に。問題は、急造で仕込んだ魔法陣で再生を防ぐだけの魔法を構築できるか、ですが」

「そこについては、可能だと判断する。ただ、援軍がどうあがいても間に合わない以上、この場にいる者達だけでやらなければならない」

「僕らは、大丈夫です」

強い口調でカイは言った。そこで指揮官は息をゆっくりと吐いた。

「……決意は固いようだな。わかった、その方針でいこう。ただ一つだけ、問題がある」

「問題？」

「王都側の指示を無視して私達は作戦を決行することになる……というより、事後承諾《じごしょうだく》という形になるな。この場合責任問題が発生するわけだが……たとえ勝利したとしても、君達を含めここにいる全員が何らかの処罰を受ける可能性がある」

「それは……」

「村を守るため、というのであれば私達は喜んで受け入れよう。元々、村を見捨てるのは反対だと主張する騎士もいる。聖剣を持つカイ殿の助言とあらば、支持するに違いない」

苦笑する指揮官。すると、聞き耳を立てていた周囲の騎士や兵士がそーだそーだとはやし立てた。

「私達は処罰されても構わないと思っている……が、他ならぬ君達が問題だ。犠牲をゼロにするために奮闘し、勝利したといっても場合によっては――」

「心配いりませんよ」

言葉を発したのはユキトでも、カイでもなかった。どうやらクラスメイト達も聞き耳を立てていたらしい。別の火を囲んでいた男子の一人が、そんな風に声を上げた。

「多少の無茶は百も承知だし」

「はい、そういうことです」

カイもまた応じる。少なくとも来訪者の中で反対意見を述べる人間は皆無だった。

それに、心配はいらないとユキトは思う。打算的な話になるが、たとえ失敗したとしても被害を最小限に抑えようと来訪者達が尽力した――そんな形で国側は話を広めるに違いなかった。

(絶対に、勝つけどな)

ユキトは胸中で決意する。メイを見れば力強く頷《うなず》く姿が。

「……わかった。ならば村へ向かおう」

指揮官が決断し、作戦は変更された。食事の後、ユキト達は馬車に乗り月夜の下で目的地へ向かうべく、移動を重ねた。

第五章　二人の勇者

明朝、かなり強引にアルーバの村へと到着した。そこですぐさま村民へ避難指示を出す。村の出身者であるセシルの存在のおかげで、混乱もなくスムーズに人の移動が始まった。

「彼女はこの村の出身者だったのか……ユキトは知っていたのか？」

「うん、まあ」

避難誘導する兵士や騎士を見据えながら、ユキトはカイの質問に応じる。

「その、多少の私情が入ったのは認めるよ。ただ、何かできないかと考えていた時に今回の作戦を思いついた」

「絞り出したってことか。僕としても村で押し留《とど》められないかと悩んでいたから、渡りに船だったさ。あとは」

カイはぐるりと周囲を見回す。村は左右を山に囲まれており、斜面には畑や果樹園が広がっていた。

「ここで食い止めるだけ……綺麗な場所だな。絶対にこれを守ろう」

「僕は騎士と打ち合わせをしてくる。ユキトは、そうだな……セシルと話をしておいてくれ」

「ああ」

「セシルと？」

「村の出身者であるなら、急展開に混乱しているだろうし、さ」

「何で俺なんだ？　メイとかにやらせた方がいいだろ？」

「いや、僕はユキトが適任だと思うよ」

言い残してカイは離れていく。どういうことなのかとユキトが呆然《ぼうぜん》としていると、他ならぬセシルがユキトへ近寄ってきた。

「……ユキト」

「あ、セシル。避難は終わった？」

「説明は済ませたし、あとは他の人に任せればいいから。霊脈への仕込みについては魔術師が担当するし、巨人が到来するまでに準備は整うと思うわ」

「それなら良かった。あとは作戦を成功させるだけだな」

セシルは俯《うつむ》く。何か言いたげな顔をしているが、口はつぐんだまま。

「……先に言っておくけど、村について知っていたから提案したわけじゃない。きっと、この村のことを知らなくても、同じような結論になっていたと思う」

セシルは何も答えなかった。彼女としては自らの出身地であると告げたために、危険な戦いに身を投じる――そんな風に感じている様子だった。

「えっと、そうだな。何か不安なことがあれば、相談に乗るけど」

「……大丈夫」

それだけ答えた。どうしたものかとユキトが悩んでいると、ふと彼女が見せてくれた魔法画を思い出した。

「そうだ……セシル。時間はあるんだよな？」

「え？　ええ、そうね」

「なら、魔法画に映っていた所……そこに案内とかできるか？」

「……わかった」

セシルは頷《うなず》き、先導する形で歩き始めた。その途中で会話の一つでもあれば良かったのだが、結局双方とも言葉を交わすことはなかった。

様子がおかしいのは、どういう理由なのか。ユキトが頭の中で理由を探る間に、当該の場所へ辿《たど》り着く。そこは畑の一角。村の全景を見渡せて、村を吹き抜ける風の音が耳に入る。冬場であるため風は冷たかったが、作戦が始まる前の高揚感で体が熱を持っていたので、むしろそれは心地よかった。

「……あのさ、セシル」

ユキトは意を決して話す。横顔を窺《うかが》うと、村を呆然《ぼうぜん》と眺める彼女の姿があった。

「混乱しているのは、わかるんだけど……」

「……ごめんなさい」

セシルに謝られ、ユキトも言葉につまってしまった。

どう話を持って行くのかと考えようとしたのだが——今度はその必要もなかった。彼女が語り始めたためだ。

「最初、地図で村が巨人の進路に入ったのを認識した時、私は動揺したけれど、すぐに切り替えた。村の人達の避難はできる。故郷は跡形もなくなってしまうかもしれないけれど、命は助けられる……そんな風に考えた。でも」

彼女は村ではなく山の斜面に広がる畑や果樹園を見回した。

「家が壊されたら、誰もこの村には帰ってくることはない……故郷を捨てた人達がどうなるのか、私は見てきた。だから、私の故郷の人達は、絶望に打ちひしがれることがわかっていた」

そこでセシルは、自嘲気味に笑った。

「でも私は、それだって仕方がないと割り切ってしまった……命さえあれば、そして私が励ませばどうにかなると、根拠のない慰《なぐさ》めをして作戦を遂行しようと思った。私情を挟むなんてもってのほかだと。私の考えで隊の皆を、あなた達来訪者を戦わせるわけにはいかないと。でも、私は同時に思ったの……たとえそうであっても、わずかな可能性に賭《か》けて策を考え続ける……村のために、そのくらいはできたはず」

　ようやく、彼女はユキトを見た。その顔は悲哀に満ち、体も震えていた。

「騎士だから、国のために働かなければならない……そんな大義名分によって、私はこの村を犠牲にすることを受け入れた。最初からあきらめていた。私は、策を練ることさえなく、ただ自分に仕方がないと言い聞かせ続けていた……それが正しいと思って」

「セシル……」

「あんなに、ユキト達へ大切だと語っていた……何をしても守り抜くと両親の墓前に誓った場所を、私はすぐにあきらめた……そんな風にしか考えられなかった自分が、許せないの……」

　セシルは以前、ユキトに故郷の村に対する思いを語ったことがある。自分の辛《つら》い過去も含め、村のことを話した。けれど、騎士として――戦争のために、村を犠牲にすることを選んだ。セシルは自ら捨てようとした。そのことが、彼女の心に傷をつけた。

「何も『しなかった』……何も『できなかった』じゃない。私は、村を守るために尽くすことすらしなかった。そんな自分は、この村を大切だと語る資格もない――」

「難しい問題だと思うよ、俺は」

　ユキトはセシルに対し、そうやって応じた。

「まだ戦いは終わっていないし、この策が間違っていたなんて可能性もあるからな……結局、正解だったかどうかなんて最後までわからない。俺達が今できるのは、作戦が良かったと笑い合えるような結末にするため、頑張るだけだ」

「……そう、ね」

「セシルもわかっているはず。これは自分が納得できるかどうかの問題だ。どうしようもなかったら、村を捨てることも受け入れたはず。策が通用しそうだったから、ここへ赴《おもむ》いた。だから最終的に自分の行動を許せるかどうか……ただ、セシル。故郷を見捨てるという選択肢に抗うことをしなかったのは、騎士として役割を全《まっと》うしようとした結果だ。大切だと語る資格……それがなくなったわけじゃない」

「え……？」

「セシルは、村の人や、俺達を全て守ろうとした。犠牲をできる限り減らそうとしたからこその判断だった。実際、危険度を考えれば当初の作戦の方が良かった。この村で戦うことはリスクが存在するから、今はそれを排除するために準備を進めているわけだけど、安全性を考慮するなら避けるべきだ」

セシルは黙する。対するユキトはなおも言葉を紡《つむ》ぐ。

「騎士である以上、犠牲を可能な限り少なくするという考えは当然だ。セシル個人の心情としては納得がいかない部分もあるだろうけど……俺は、それで良かったと断言する。騎士としての役目を全うしようとするその姿を見て、俺は冷静でいられるし」

「ユキト……」

景色から目を離し、セシルはユキトと視線を合わせる。

「その、セシルだって村を放棄するという選択肢に、何も思わないはずがなかっただろ。セシルには立場がある。霊具を扱う騎士として、やるべきことがある。その騎士という立場をセシルは投げ出さなかった。村のことだって、何も考えていないわけじゃない。だから俺は、セシルが最善を尽くしたと断言できる――」

ユキトの口が止まる。原因は明白で、彼女の瞳から一筋、涙が流れたためだ。

「あ、えっと、その……」

「……ごめんなさい」

再度セシルは謝罪する。しかし、今度のは声音が少し違っていた。

「なんだか……認めてもらって、嬉《うれ》しかった。私は騎士としての本分を果たしたんだと言われて……」

「そっか……セシルは何もかも納得できるわけではないと思う。ただ過程はどうあれ、村を守る形になった。それで、良しとしないか？」

セシルは物言いのせいかクスリと笑った。

「良い話に無理矢理持っていこうとしているわね」

「悪かったな。俺に励ましのレパートリーはないんだよ」

「ふふ……私もユキトも、何を優先すべきかを考えて、違う方向に行き着いた、ってことかしら。私は人を守るために。ユキトは人だけでなく、大地を、世界を守るために」

「俺の方がスケールが大きいなあ……ま、ただし一つ注意点がある。俺の案が圧倒的に危険ってこと。たぶんだけど、セシルが巨人の特性に気付いて案が浮かんだとしても、口には出さなかったんじゃないか？」

「かも、しれないわね」

ふう、と小さく息をつく。そうしてセシルはようやく、晴れ晴れしい顔を見せた。

「立場が違う、か……ありがとう、ユキト」

「俺は何もしていないさ」

礼を述べられ、ユキトは肩をすくめる。そんな姿に対し、セシルはただ黙って見つめていた。それはどこか誇らしげで、また同時に感謝の気持ちを表現しているかのようだった。


村を訪れたその日のうちに、避難と準備は完了した。王都側とも連絡がつき、レイビス側はユキトが示した方策に従って戦闘態勢を作っているとの報告が。そして、

「王都側は、賛同しているみたいだ」

夜、巨人の歩行速度から考えて、戦闘は明朝だとわかった段階で、ユキトはカイより城からの報告を聞いた。

場所は一軒の家。避難した村人の家を間借りして、今日は宿泊する形となった。

「むしろユキトの作戦が答えだとばかりに、意見は一致したらしい」

「……グレン大臣が扇動《せんどう》したから、とかじゃないよな?」

「あり得ない話ではないけれど、城側としては現場の判断が適切だったと解釈しているみたいだね」

「俺達からすれば、やりやすいから構わないけど……」

「そうだね。少なくとも誰かが邪魔をすることはない。今はそれで良しとしよう」

カイの顔は少し険しい。情報としては好ましいものだったので、別の問題を抱いているとユキトは予想。それはおそらく、

「……巨人を倒せなかったことを悔いているのか?」

質問に、カイは目を大きく開き、

「察しの鋭さは僕の考えも読み解くのか」

「そんな大層な話じゃないって。険しい顔をする理由ってそのくらいかな、と思って」

「うん、ユキトの考察は正解だ。僕があの戦場で仕留めていれば」

「カイだって何もかもできるわけじゃない。失敗したら、全員でフォローする。それでい

いじゃないか」

「……そうだね」

カイの返答に重い感情はなかった。いざとなったら頼らせてもらう――その言葉通りの状況になっている。つまり、仲間を信用している。

「全員一丸となって事に当たる。今はそれでいい……ただ、懸念がある」

「懸念？」

「ザインという存在が生み出した巨人。こちらの魔法に乗じて仕込みを行ったほどの策士だ。あの巨人が窮地《きゅうち》に陥った際、何かないとも限らない」

「……例えば自爆、とか？」

ユキトの指摘にカイは「可能性はある」と応じた。

「この場所に戦場を構えたのは、そんな可能性も懸念して、だ。山に挟まれて進路が限定されていることに加え、斜面に魔法陣を展開することで、もしもの場合でも攻撃をある程度防げる。レイビスという町でも城壁に同様の処置をすれば対策は可能かもしれないが、問題は河川だ。城壁外にも治水設備はあるだろうし、それらが爆発に巻き込まれたら、洪水などが発生する危険性がある」

「……そこまで、考慮したのか」

ユキトは驚愕《きょうがく》し、カイへ言う。すると、

「思考の方向性が違っていただけの話さ。僕は色々な可能性を想定して動いていた。ユキトは巨人の特性などを現場で見抜き、策を提案した……僕だって巨人の性質を見抜けなかったから、倒しても被害が拡大する可能性を憂慮《ゆうりょ》してなお、それしかないと思っていた」

「そっか……」

「だからユキト、気付いたらいくらでも献策《けんさく》してくれ。僕だって限界があるからね」

ニカッとカイは笑う。それでユキトは納得したように首肯し、

「そうだよな……で、俺に何かやれることはあるか？」

「ここからは現場判断になる。巨人がどういう動きをするのか読めないから、その場での瞬間的な決断が被害の大小を左右する」

「なら、現状でカイが最悪の状況だと想定しているのは？」

「巨人を倒せないことかな。足などの破壊はできると思うけれど、肝心の頭部。急所を果たして砕けるのか……聖剣を用いる以上、それは可能だと誰もが認識しているけど……巨大な光の剣を放つ場合、当然ながら聖剣の刀身そのもので斬るのとは訳が違う。威力だって相応に落ちる」

「理想は直接、霊具を頭に叩《たた》き込むことか」

「それはいくらなんでも厳しいと思うけれど……それならおそらく、聖剣以外でも仕留めるだけの威力になるかもしれないね。もっとも、空でも飛ばない限り巨人の頭部へ到達す

ることは――」

　言葉が止まる。ユキトはそこで力強く頷《うなず》いた。

「飛べればいいんだよな？」

「お、おいおい……あくまでそれは一つの可能性だよ？」

「わかってる。でも何が起こるか不明瞭な状況だ。やれることはやっておいた方がいい。巨人が来るのは日が昇ってからだよな？　なら、今日は早く休んで日の出前くらいに練習しておく」

　ユキトの発言を受け、カイは押し黙る。説得の余地はないと理解したのか、彼はふうと小さく息をつき、

「……決戦の際は全力を出さないといけない。ほどほどに頼むよ」

「ああ」

　ユキトは力強く返事をして、会話は終わった。

　翌日、朝靄《あさもや》がかかるような時刻にユキトは起床し、決戦前に練習を始めた。畑へ繋《つな》がる道で幾度も跳躍を繰り返し、もしもの場合に備えて準備をする。その時、不思議に思ったのかセシルが近寄ってきた。

「おはよう……どうしたの？」

「ああ、やれることはやっておこうと思ってさ」

彼女の頭の上に疑問符が浮かぶ。ユキトが質問に答えようとした矢先、カイが二人のもとへ歩いてきた。

「おはよう、二人とも。物見の報告だと直《じき》に到来する。今のうちに作戦を改めて確認する」

彼の案内により、村の中央へと赴《おもむ》く。集会所であり、そこにはユキトら来訪者達と騎士達が。

「では、説明を」

カイが指揮官へ視線を向けると、彼は一つ頷《うなず》き話を始めた。

「今作戦の概要は、村の手前で巨人を押し留《とど》め再生能力を封じ、足を破壊。頭部への集中攻撃で魔力集積点を撃ち抜くこと」

集会所の中央にはテーブルがあり、その上には村周辺の地図が。巨人は西からやって来るため、村の西側に仕込んだ魔法陣に関する書き込みがあった。

「昨夜カイ殿と協議し、人員の配置場所は既に決定している。会議の後に言い渡すので、巨人が到来するまでに向かうように。そして魔法により巨人の再生能力を封じて以降のことは――」

「僕が、動きます」

カイが述べる。地図を見れば村の入口に立って巨人と真っ向から迎え撃つ形のようだ。

「巨人へ浴《あ》びせた光の剣を用いて、足を砕きます」

可能か、と誰も問わなかった。聖剣を持つカイに対し、指揮官も全幅《ぜんぷく》の信頼を置いていることが窺《うかが》える。

「カイ殿が足を砕き動きを縫《ぬ》い止めた後は、魔法や霊具による一斉攻撃で頭部を集中攻撃。それにより、巨人を撃破する。今回、目標は一つだけであるため、魔法陣を構成する面々に護衛は必要ない。巨人を囲う形で、騎士と来訪者達は布陣する」

カイの援護、というのがユキトの役割だった。後方支援としてメイもいるが、今回に限って出番はおそらくなしだ。

その時、村の外から偵察部隊が戻ってくる。指揮官が「いよいよだ」と告げた後、

「全員……配置についてくれ！」

号令により動き出す。集会所を出てユキトは真っ直ぐ指示された場所へ赴く。

日は既に昇り始めており、村を出た街道の先から徐々に朝日が現れ始める。それと同時に音が聞こえてきた。

「来たな」

それが足音だと気付いた時、ユキトは持ち場へ辿《たど》り着く。朝日を背に、影をまとう巨人の姿はまだ小さいが、ズシンと一歩を踏みしめる音が、はっきりと耳に入ってくる。

迎撃の準備は整った。ユキト達は全員身構え、臨戦態勢に入る。ユキトの頭の中にキィン、といつもの金属音が生じるとともに、変化が起きた。

——オオオオオ！

それは紛れもなく、巨人の雄叫《おたけ》びだった。村を目に留めたためか、それともユキト達の存在に気付いたか。どちらにせよ敵は村へと目標を定めた。歩調は速まり、姿がどんどん大きくなっていく。

圧倒的な質量、重厚な足音が周囲に響き、ユキトの足先から振動が伝わってくる。巨人が通り過ぎただけでも村は壊滅するだろう。ましてそれが人工物を破壊するとなれば、畑すら残らないかもしれない。

ユキトはカイへ視線を移した。合図は彼が行う。本当ならば村から離れた位置で魔法を行使できれば良かったはずだが、霊脈の位置関係や急造である都合上、村の手前にしか魔法を構成することができなかった。だから巨人の速度などを考慮し、タイミングを見計らって発動させなければならない。

全員が巨人へ視線を集中させ、一挙手一投足を見逃さないよう構える。兵士や騎士が魔力を高め、ユキトもまた呼吸を整え静かに魔力を霊具へ注いだ時、巨人の足が魔法陣が仕込まれている位置に——到達した。

「今だ！」

カイが叫ぶ。巨人がさらなる一歩を踏み出そうとした瞬間、魔法は発動した。周囲に霊脈から発せられる膨大な魔力が、一挙に展開する。巨人は魔力に反応し、足が一時動かなくなった。

様子を見るためのものなのか、あるいは魔力を破壊しようと思案したのか――どちらにせよ、その挙動は明確な隙《すき》となった。

魔法が完全に巨人を包み込む。同時にカイが剣を天へと掲げ、光の剣を生み出した。

巨人の背丈に劣らないその長大な剣を、カイは斜めに振り下ろす。狙いは右足。刹那、寸分の狂いもなく刃《やいば》が右太ももへと入り込んだ。巨人は反応に遅れている。よってカイは勢いに任せ、渾身《こんしん》の剣戟《けんげき》を巨人へ見舞う。

「――あああああっ！」

絶叫。同時、巨人もまた咆哮《ほうこう》を上げて対抗する。斬り砕かれようとしている足に対し、再生能力を起動させようとした。

敵の動きは、本来ならば最適な行動だった。聖剣を持つカイだが、現時点で巨人をすぐさま両断できるわけではない。全力であっても徐々に光の剣が食い込むくらいのもの。この状況下で再生能力が働けば、両断の時間を稼げる。対するカイは光の剣をどこまで維持できるかわからない。全力で剣を放てるのは数分程度だとしたら、巨人は耐えきれる可能性が高い。

しかしそれは、再生能力がきちんと機能していたらの話。巨人の能力が発動するが、ユキトの目には大地から魔力を吸い上げることができず、能力が使えない姿が見て取れた。

「再生能力は阻害《そがい》できている！」

端的に叫んだ矢先、カイはさらに力を入れた。直後、光の剣が食い込む足がバキバキと砕かれていく。いける――ユキトが心の中で声を発した直後、カイは剣を振り抜いた。

ガアッ――岩が砕けるような音を響かせ、右足が切断された。巨人は姿勢を大きく崩し、片膝立《かたひざだ》ちのような体勢となる。右腕を地面についてバランスを取りながら、残る左腕を動かす。その目標はどうやら――カイだった。

「させるか！」

しかし巨人が攻撃するより早く、仲間達の攻撃が巨人の頭部へ殺到した。炎、雷撃、氷、旋風《せんぷう》――ありとあらゆる霊具が起動し、巨人の頭部へ攻撃が叩《たた》き込まれる。周囲にいた騎士達の霊具もまた発動し、全員が砕くべく、攻め始めた。

その中でユキトだけは、例外的に動いていなかった。遠距離攻撃と呼べるレパートリーがあまりないというのも一つの理由ではあったが、それ以上に警戒していたからだ。

（カイは最悪な状況を想定していた……ここまで俺達が優位なのは間違いない。足を砕いた上で、集中攻撃……これが決まれば倒せるはずだが……）

だがユキトは巨人を見据え、剣を構えいつでも動ける状況を維持する。横を見ればカイは光の剣を頭部へ向け振り下ろそうとしていた。表情は険しく、トドメを刺すという雰囲気には見えない。

まるで被害を拡大させまいとどこか焦っているようにも見受けられた——刃《やいば》が直撃する。脳天から入った光は巨人の頭部へしかと食い込んだが、破壊には至らない。

「硬いか……！　魔法に対し耐性があるのか？」

カイは呟《つぶや》きながらもさらに光の剣を押し込む。彼もまた、仲間と共に攻撃を集中させている。だからこそユキトは何か見落としがないか周囲を見回し——変化が急激に生じた。

右足を失い片膝立ちとなっている巨人は、右手で倒れないよう体を支えていた。だが、砕けた足を動かしどうにか下半身で全身を支えると、拳《こぶし》を腰まで上げた。何をするのか。

（この状況下で最悪な戦法は——）

ユキトはにわかに解答を得ようとした時、巨人の右腕が、地面に叩きつけられた。振動が周囲に生じ、仲間や騎士達の攻撃が一瞬止まった。

「なっ……!?」

後方にいた指揮官が驚愕《きょうがく》の声を上げた。傍《はた》から見れば怒りを抑えるために地面に拳を打ちつけたようにも見える。だが真実は違う。狙いは、

「地面を破壊して、魔法陣を消滅させるつもりだ！」

ユキトが叫ぶ。次いで巨人が再び右の拳を振り上げ——それを、カイの光の剣が無理矢

理止めた。

「ぐっ……!!」

カイの動きが止まる。予想以上に重いのか、腕を弾き飛ばすような真似《まね》はできない。するとと巨人は次の一手に打って出る。今度は左腕を振り上げようとした。魔法陣が破壊されればそれだけで巨人が優位に立つ。早急に頭部を砕くか、腕を両断するしかない。

刹那、今度は左腕に何かが巻き付いた。それは光の鎖――仲間の男子が使用した霊具の効果であり、本来は鎖の先端についた刃《やいば》で敵を貫くもの。

だが今この時だけは左腕に絡みつき、腕を拘束。鎖の刃が、勢いよく巨人の腕に突き刺さって楔《くさび》の役割を果たす。彼の行動により動きを止めることには成功した。しかし、

「う、わ……!」

途端に巨人の力で引っ張られそうになる。それを他の仲間が支え、どうにか事なきを得る。

両腕を押さえることには成功したが、頭部への攻撃が緩まる。なおかつ今度は下半身に魔力が集中しているのを目に留めた。砕かれた足でも立ち上がるか、それとも残っている左足で魔法陣を踏み抜こうとするか――

「カイ！　右腕の破壊はできるのか!?」

「さっきからやっているが……硬い！」

ここでユキトは巨人の右腕にも魔力が集まっているのを悟る。聖剣を受けるためにそこだけ特に強固にしている。ならばカイは一度光の剣を解除して、体勢を立て直す――という風にしたいが、もし少しでも力を抜けば地面に腕が激突する。それにより魔法陣が破壊されれば、途端に窮地《きゅうち》に陥る。

なおかつ、仲間達が両腕などに意識が向いたためか攻撃が緩んでいる。巨人はその間にもさらなる動きを見せる。砕けた足でもなお、立ち上がろうとする。

「このっ……！」

騎士達が霊具を用い、さらに後方にいる魔術師達が魔法を放つ。兵士もまた魔力のこもった弓矢で少しでも攻撃を逸《そ》らせないかと攻め立てる。

総攻撃により巨人の動きをどうにか押し留《とど》めてはいるが、カイや鎖以外の攻撃は気休め程度の効果しかなさそうな雰囲気だった。中には騎士の放った矢が巨人の右腕に突き刺さりもしたが、すぐに矢が落ちて地面へ転がる。

（いずれ限界が来る……カイが動けないなら、他の誰かが仕留めるしかない……！）

ユキトは確信しながらも厳しいと断じる。カイの光の剣ですら砕くには至らなかった。聖剣以上の武器などこの場に存在しない以上、ユキト自身がどれだけ動いたとしても――

（いや……待てよ？）

ユキトは巨人の頭部へ視線を集中させた。先ほど、カイの攻撃も耐えてみせたが――よくよく観察すれば、表面に薄い魔力を感じることができた。それはどうやら、カイの剣を受ける右腕に収束しているものと同じ。

(魔力をある程度遮断することが可能な結界……といったところか？)

魔法は通用しないと推測できた。ならば他に手は――

(ん、待てよ？　さっき騎士が放った矢は突き刺さった。左腕に刺さった鎖の刃《やいば》も……)

ユキトはもう一度頭部を見た。巨人の体表面に存在する魔力。それを見て、

(もしかして、魔力による攻撃に対しては強いけど、物理的な攻撃には弱いのか？)

ならば、自分にできることは――危険ではあるし、なおかつ賭《か》けなのは間違いない。だが、ユキトはすぐさま行動に移した。

「メイ！」

後方、指揮官の近くに佇《たたず》んでいたメイへ呼び掛ける。

「俺にありったけの強化を！」

「き、強化？」

「いいから？　全身に魔力をくれ！」

指示にメイは少し戸惑った様子だが、巨人の咆哮《ほうこう》が鳴り響くと彼女は手をかざした。直後、ユキトへ魔力が注がれ、体が羽のように軽くなる。

「これなら……！」

「ユキト、どうしたの？」

セシルが声を上げる。騎士や兵士に指示を送り、巨人の動きを縫《ぬ》い止めている彼女だが、霊具の特性からか直接巨人へ攻撃はしていない。

「セシル、騎士さんの動きをそのまま維持してくれ」

「いいけど、一体何を——」

「ユキト！」

カイが声を上げた。光の剣で右腕を抑え込みながら、何をするつもりか推測できたのかもしれない。

だがユキトは止まらず、その代わりに一言。

「腕の動きを食い止めていてくれよ！　じゃないと下手すると死ぬからな！」

声に不穏《ふおん》なものを感じ取ったか、セシルが何事か叫ぼうとした。けれどユキトはそれより先に両足に力を入れた。

カイもまた呼び掛けようとしたが、遅かった。次の瞬間、ユキトは跳躍した。それは、膝立《ひざだ》ちとなっている巨人の頭部に達する高度。その場にいた仲間達も仰天したか、声を張り上げた。

「いい加減——砕け散れ！」

ユキトは剣を上段に構えながら、急降下を開始する。両腕にありったけの魔力を込め、まるで一筋の矢になったかのように巨人へ吸い込まれる。

そして、巨人の頭部に刃《やいば》を――叩《たた》き込んだ。ユキトは右肩に着地し、剣戟《けんげき》は巨人を切り裂き頭部のおよそ三分の一まで到達する。

途端、巨人の動きがおかしくなった。心臓部ともいえる魔力に傷がついたためか、両腕の動きに揺らぎが生じる。体勢を立て直そうとしていた動きも完全に停止し、カイの剣を受け止める腕にも光が食い込み始めた。

だが、まだ足りないとユキトは心の中で断じた。巨人が魔力を振り絞れば、この状況を打破できるくらいの力は出せるかもしれない。よってユキトは、さらに魔力を霊具へ込めた。

「――おおおおおおっ！」

吠《ほ》え、霊具が発光を始めた。巨人は頭部も相応に大きいが、カイのように光によって延長する。表層部分を通り越してしまえば、巨人の頭部を斬ることができると瞬間的に理解できたためだ。

一挙に魔力を注いだが故、両腕が焼けるような感覚を抱く。だが灼熱《しゃくねつ》をものともせず、なおユキトは押し込む。刃はさらに食い込み、巨人の頭部半《なか》ばまで到達。そこで感触が変わった。

ここまで岩を斬っているような感覚だったが、突然金属のような滑らかなものに。それこそ、巨人が動くために必要な動力。魔力の核と呼べるもの。

これを破壊できれば――ユキトがさらに力を振り絞ろうとした時、カイの剣が右腕の肘《ひじ》から先を断ち切った。だがそこで、巨人は右腕へ魔力を集中させる。

ユキトはすぐに察した。カイが腕を斬ったということは、肘から肩までの間は一瞬だけ自由になった。すると巨人は自前の魔力を用い、肘から先を再構築し始める。

次いで動き始めると、狙いは核を斬ろうとするユキトだった。とはいえ巨人に一時の猶《ゆう》予《よ》もない。カイはすぐさま剣を切り返し攻撃を仕掛けるに決まっていた。

だが今度は巨人が上手《うわて》だった。カイに破壊されることを見越して、巨人はありったけの魔力を準備していた。防御に使用していた魔力をも利用し、急速に腕を再生させる――いや、元々の腕に戻そうとしているのではない。ユキトを捕まえ、握り潰《つぶ》すために魔力を編んで急造の手のひらを生み出そうとしていた。

対するユキトの選択肢は二つ。逃げるかこのまま攻撃し続けるか。剣を手放しても身の内に霊具の魔力が残っているため、飛び降りても怪我《けが》をすることはない。だが、ここで引き上げれば巨人を仕留められない。

ユキトを倒そうと巨人はかなり無理をしている。あとはカイに任せても良い――しかし、巨人は立て直しつつある。さらなる攻撃が押し寄せてもおかしくない。

ならば――ユキトは攻撃を続行した。魔力をさらに高め、まばゆい光が周囲を包む。

同時、ユキトはある言葉を思い出していた。

『常に冷静に、周りを見て最善を尽くせ。もし力が必要な時は、全ての感情を注ぎ、全身全霊を出せ』

幾度となく聞いた、祖父の言葉。それとともに竹刀《しない》を振る自分の姿を思い浮かべる。その指導で大会を勝ち抜くことはできなかった。

しかし、今この時――感情を注ぎ、全身全霊を出す。それが魔力を伴い実行に移そうとした時、ひどく自然に、今までの人生で幾度となくやってきたかのように、力を引き出すことができた。

（感情を……全てを……！）

そうした事実はユキトにとって驚愕《きょうがく》すべきものだったが、全てを置き去りにして目の前の敵を倒すべく、意識を集中させる。

感情を――巨人に対する怒りや勝たなくてはいけないという決意。そして村を守るために覚悟と、セシルが見せた涙と笑顔――全てが体の内で混ざり合い、一つとなって魔力が刀身へ収束する。

その瞬間、ユキトはいけると断じた。

「――おあああああっ！」

声を発し、剣を振り下ろす。全身全霊は功を奏し、とうとう巨人の核に刃《やいば》が入る。けれど同時に新たに生み出された右手が近づこうとしていた。

直後、周囲の景色がスローモーションになる。迫る右腕。なおも魔力を刀身へ集中させるユキト。

そこからは、数秒の出来事――巨人の右腕が肉薄するのを見ていなくとも明瞭にわかる。ユキトはさらに魔力を込め、核を破壊するべく魔力を霊具へ注ぐ。もはや剣を握る感覚も存在していない。だが決して剣を離さず、ありったけの力を、持てる力全てを懸《か》けて、剣を――振り下ろした。

巨人の手のひらによる影が、ユキトを覆う。あと一息で握り潰《つぶ》されようとした時、とうとうユキトの剣が頭部を両断した。核が砕かれ、巨人の右腕は一度ビクンと震え、止まる。

ユキトはその場で膝《ひざ》をつく。巨人の右腕が力をなくしたか、ゆっくりと離れていく。見れば巨人の体が動きを停止し、棒立ちになっていた。

「やった……！」

歓喜の声を上げた矢先、巨人が力をなくし、傾き始める。後ろへ倒れ込むように動いており、村への被害については幸いながらなさそうではあったが、

「え？　あ、ちょっと……」

そこでユキトは気付いた。このままでは巨人が倒れ伏《ふ》す際に巻き込まれるのではない

か。

「ま、待て。とりあえず離脱すれば――」

だが、まともに体が動かなかった。巨人を倒すことに全力を注いだ結果、体は限界を迎えていた。

ユキトもこれにはまずい、と悟った。ゆっくり傾く巨人の肩の上で、とにかく残っている魔力で体を強化して、衝撃に備えるしかなかった。

（これ、もしかして死んだか？）

内心、冗談っぽくユキトが呟《つぶや》いたその瞬間、地面が急速に近づき、巨人が倒れ伏《ふ》した。粉塵《ふんじん》が舞い、ユキトは自分が一体どんな状況なのかわからなくなる。だが、とりあえず五体は無事。地面に激突したようだったが、魔力によって防御していたためか、怪我《けが》はなかった。

「あ、危なかった……」

最後に巨人の下敷きになって死ぬというのは、笑えない――と、巨人の体が突如霧散し始めた。あまりに巨大であったため滅びるのに時間がかかり、大質量が横に倒れてしまったわけだが、ようやくそれも消え失せた。

「――ユキト！」

土煙《つちけむり》が生じる中、カイの名を告げる声がした。そこでユキトは、

「無事だー、なんとか……！」

煙の奥から駆けつけてくるその姿。傍《かたわ》らにはメイやセシルもいた。騎士や兵士が状況を確認するべく動き始め、複数名の仲間もカイ達に追随していた。

「ユキト、大丈夫⁉」

「どうにか……魔力が枯渇してしまったから、あんまり体も動かせないけど」

今になって倦怠感《けんたいかん》が体を包んでいた。魔力が枯渇すれば、体に変調を来《きた》す――霊具を手にして得た知識からそれを理解していたが、身をもって証明した形だ。

「けどまあ、とりあえず全員無事に――」

「ユキト」

カイが放った声は、ずいぶんと冷たかった。ユキトは視線を彼へ注ぐ。

明らかに、怒っていた。ついでに言うと横にいるセシルもまた厳しい表情をしていた。

「あ、えっと、あの、その……」

「とりあえず、ユキト」

凍えてしまうような呼び掛けとともに、カイは指示を下す。

「まずは正座だ」

「はい……」

しょんぼりとしながら、ユキトはその言葉にただ従った。

「いいかい？　勝てば良いなんて話ではない。今回ユキトがやった行動ではいくらなんでも危険すぎた。巨人の右腕の再生が間に合っていたら、あるいは核を破壊できなかったら……限界まで絞り出した状況でそれでも届かなければ終わっていた。さらに言えば、核を破壊してなお魔力が暴走し、自爆の可能性もあった。ユキト、君は多数の幸運に恵まれて生還したんだ。いくらまずい状況だったとはいえ、せめてやっていいかの確認くらいはすべきだった」

「それにね、ユキト。大質量だった巨人がすぐに滅びるかどうかもわからなかった。備えはあったからもし巨人がうつ伏《ぶ》せ方向に倒れたとしても、ひとまず大丈夫だった……はずよ。集団戦では周囲の被害についても考慮しなければならない……ただ、それはまだフォローが効くからいい。最大の問題は、後先顧《かえり》みない行動によって、命が危なかったという点よ」

カイとセシルのお説教をユキトはただ頭から浴《あ》び続ける。その中で理不尽だと思ったのは、近くでメイやタクマがこうした光景を見て爆笑していることだった。

「まあまあ、カイ。幸運とはいえ生き残ったんだ。そのくらいにしてやれよ」

タクマは一度笑いを引っ込めて述べる。だがカイは引かないようで、

「この先の戦い、運だけでは生き残れない。こんなことをしていたらいつかは死んでしま

う。だからここで、きっちりと理解してもらわないと」

「ユキトも反省している様子だし、さ」

「まあ……振り返ってみれば、無茶だったとは思う」

カイの言う通り、いつ何時《なんどき》死んでもおかしくない状態だったのは確かだった。自爆なんてものを事前に懸念しておいたにもかかわらず、これである。説教を食らうのも無理はなかった。

ユキト自身、思い返せば衝動的に攻撃を仕掛け、それがたまたま上手くいったというのが今回の顛末《てんまつ》だと思った。そもそも自分の攻撃が通用するかだって賭《か》けだった。よって、カイとセシルが怒るのは至極当然。

「……はあ。注意しておくべきだったな」

ただカイもまた、色々と反省している様子。

「ユキトはたぶん、僕の剣でも頭部を破壊できないところを見て、自分はどうすればいいのかと考えを巡らせた。結果、魔力を介した攻撃ではなく、霊具を直接叩《たた》き込むことができれば、届くかもしれないと結論に至った」

「カイは気付いていたのか？」

「僕自身、そうかもしれないと感じたのは右腕を抑え込んでいた時だけどね。騎士の撃った矢が腕に少しだけ刺さったのを見て、単純な物理攻撃なら魔力で保護されている部分を貫けるかも、とは思ったさ」

「相談すれば良かったのか？」

「そうだね。けれど、僕が指示するより先に動いていたんじゃないかい？」

ユキトは否定しなかった。余裕のない戦況で、自分が動かなければ——そんな考えにより、半《なか》ば衝動的に仕掛けたのだ。

「今回の一件は、後々の課題だな。ユキトは他の人よりもずっと状況を冷静に見ることができる。だからこそ、最悪の事態より前に動けるわけだけど……」

「なんというか、その、ごめん。思慮が足りなかった」

しゅんとなるユキト。肩が小さくなったような雰囲気にとうとうカイもため息をつき、

「……ユキトの能力は僕自身、とても心強いと思っている。だから、無謀な真似《まね》はしないでくれよ……これからも戦い続けるために」

言い残してカイは去って行く。見送ったメイはユキトへ向け、

「お叱《しか》りはこれで終わり？」

「私はまだ納得していないけれど」

「うっ」

セシルが腕を組んで、相変わらずしかめっ面でユキトを見ていた。

「ユキトがあの戦いで、どう巨人に戦えばいいのか答えを出せたのは事実よ。誰にも言わ

ずに行動を起こしたことも駄目だけれど、一番の問題はそこじゃないの」

「……それは？」

「ユキト、あなたが行動をせずとも……少なくとも、犠牲者を出さずして勝利することはできたはず」

セシルの言葉に、ユキトは押し黙る。

「巨人の行動により、魔法陣が消えかかっていたのは事実よ。けれど、それに対抗するために魔術師達は動いていた……もしあそこから巨人が体勢を戻したとしても、魔法陣の再展開は可能だった。そこから態勢を立て直して、もう一度巨人へ攻撃する……再生能力を阻害《そがい》していれば、あなた達来訪者の力で倒せたはず」

「だけどその場合……」

「そうね。村の中にまで被害が及んでいたかもしれないわね。でも、誰かが犠牲になってしまうよりは、遙《はる》かに良いわ」

ユキトは何も言い返せなかった。村を守るため――そんな感情のもとに、無茶な攻撃を行った。死ななかったのはカイの言葉通り幸運だ。こんな無茶がこれからも通用するわけがない。

この世界は現実であり、物語のようにハッピーエンドが待っているかどうかもわからない。今ユキト達にできるのは、全員で元の世界へ帰るという目標を達成すべく、死なないよう世界を救うことだけだった。

「ごめん、セシル」

だからユキトは立ち上がりつつ、心の底から謝罪の言葉を口にした。

「今後、こんな風に無茶はしないと誓うよ。俺自身、死にたくはないし」

最後の一言は余計だったかな、と思いつつもセシルはようやく矛《ほこ》を収める。そして、

「……それでも」

彼女は頭を下げる。次いで顔を上げると最大の感謝を込めて、

「本当に、ありがとう……ユキトのおかげで、村は救われた」

「……俺の功績じゃないさ。この場にいた全員の功績だ」

「帰ったら凱旋《がいせん》かな？」

「さすがに戦時下でないんじゃないか？」

横でメイとタクマが会話を行う。二人のやり取りでユキトはクスリと笑った後、セシルへ手を出した。

「今後も、よろしくお願いするよ……もし俺が無茶苦茶なことをやりそうになったら、ビンタしてでも止めてくれ」

「……あなたの隣に居続けられるかどうかはわからないけれど、そうなったら頑張るわ」

互いに握手をする。二人の顔には笑みが浮かび、ユキトはようやく大きな戦いが終わっ

たのだと認識する。

それとともに、一つ気付く。この村を救った——過程は無茶苦茶で怒られるようなことをしたのは事実。けれど、それでも、

（世界を変えられたんだ……俺は……）

自分の行動で、救うことができた。もちろん、だからといって今後もこんな無茶をするなんてことはしない。ただ、自分の力が世界を切り開けることを、未来を変えられることを証明した。

そこで燻《くすぶ》るような焦燥感《しょうそうかん》が完全に消え失《う》せたのを自覚する。たった一度——されど一度。ユキトはこの上ない高揚感に包まれた。

同時にユキトは思う。彼女が喜び戦いを終えたこと。それこそ、何にも勝る報酬だと。そうしたセシルに対する感情は——ユキト自身、仲間として大切なんだと思うことにした。

（俺は……）

歩き出して思考を振り払った。胸に湧きつつあるこの感情については、上手くまとまらなかったし、何より優先すべきことが多い。加えて彼女が共に戦うのは来訪者だから——そういう風に理由をつけ、頭の隅《すみ》に追いやった。

そうした中で、新たに浮かび上がったのは先ほど巨人を打倒した瞬間のこと。まるで今

まで鍛錬してきたかのように、感情を高め一撃を繰り出した。

やはりこれは、何かしら理由があるのか——偶然と済ませることができるのか。

（この戦いで、その辺りが解明される時が来るんだろうか……？）

ユキトは胸中で疑問を抱きながら、空を見上げる。日は昇り、まるでユキト達の戦いを祝福するような晴天だった。

＊＊＊

ユキトが飛び出した時、セシルの心臓が大きく跳ねた。次に思い浮かんだのは、無謀な賭《か》けに出る彼に対する心配と、恐怖。

共に戦った戦友が犠牲になれば、冷静でいられなくなる——今までのセシルであればそのようなことにはならないはずだった。

巣を破壊するためユキトと共に行動した時、どれだけ犠牲になるのかを理解しながら、鉄の意志で勝つために動いた。場合によっては自らも犠牲にという覚悟もいとわなかった。それが騎士の役目であり、また同時に自分の存在意義だと認識していたからだ。

しかし、今のセシルは違っていた。出会った当初、共に戦ったユキトを見て、ある思いを抱いた。その時は来訪者であり、特別な力を持っていたが故に、普段とは異なる感想を抱いたのだと解釈した。

けれど彼やその仲間と顔を合わせ、自分のことを語り、友人になってほしいと言われ、多く来訪者達と接する機会を得たセシルは、彼らを守りたいと思っていた。もし彼らが犠牲となったら、自分は冷静でいられなくなるという自覚さえ芽生えた。

その筆頭が、紛れもなくユキトだった。握手を交わし、カイの所へ向かうべく歩き出した彼の後ろ姿を見て、セシルは改めて自覚した。

（私は……彼を……）

拳《こぶし》を握る。呼吸を整え、この感情が悟られないよう静かに決意する。

（そう、露見してはいけない……それに、これは絶対に叶《かな》うはずのない、手に入らないものだから、この想いは捨てないといけない）

なぜなら、彼らは邪竜を倒し、元の世界へと戻るつもりでいる。この世界の惨状を見て世界のために戦ってくれることは事実。けれど彼らは、元の世界へ帰還するという強い目標を掲げ、戦っている。

それを阻害《そがい》してはならないし、また同時に自分が引き留めてもいけない。許されるはずもない。邪竜を倒し、彼らとは清々しい、一点の曇りもない形で別れなければならない。

でも、心のどこかに存在するセシルの感情は、それを少しだけ納得できていなかった。

もしこれからもユキトと接し、感情が膨らめば、どうなるのか。

胸の奥がチクリと傷んだ。自分の感情をごまかすことが、これほど苦痛だとは思わなかった。

セシルはそこで深呼吸をした。悟られないようにするために、決して動揺してはならない。けれどももし、ユキトが今回のように無茶をしたら――感情が爆発してしまったら、何をしてしまうかわからない。

(……それでも)

セシルは決意する。絶対に、彼らを――ユキトを、生きて帰すと。村を救ってくれた大恩を胸に、自分の感情を律し、彼らと共に戦おうと。

本当は、もっと自分のことを――などという感情をセシルは振り払いながらユキト達の後を追う。今はただ、守るために戦えばいい。そんな風に、自分に言い聞かせ続けた。

＊＊＊

「……到着、か」

ガサガサ、と茂みをかき分けザインが辿《たど》り着いた先は、深い森の奥に存在する広場のような空間。この場所だけ木々が存在せず、土の地面が見えていた。

その場所に、ザインと同じようにフードを被《かぶ》り佇《たたず》む人間が幾人もいた――いや、人間という表現は適切ではない。なぜならここにいるのは邪竜の『信奉者』であり、既に人を捨てているためだ。

「遅かったな」

詰問《きつもん》するような口調で、男性が声を上げる。それにザインは手をヒラヒラと振りながら、

「ああ、敵に追われていないか注意を払ってここまで来たからなあ。生み出した巨人に手を焼くだろうし、追撃の可能性は低かったが……」

「それだが報告が入った。巨人は村に到達したが、破壊することなく始末された」

「お、マジかよ」

と、ザインは肩をすくめながら答えた。

「結構自信あったんだがなあ……ま、聖剣使いがいるのなら仕方がないか？」

「貴様、ふざけているのか？」

「カリカリするな。俺の苦労も知ってくれよ。最前線……聖剣の脅威に晒《さら》されているわけだし、もう少し労ってもいいんじゃねえか？」

『――待たせたな』

重い声が周囲に響く。即座にザイン達は居住まいを正し、視線を広場中央へ集める。

そこに闇が生まれていた。不定型で次元の裂け目から現れたような闇が浮かんでいる。

そこから声がしており、ザインは黙ったまま頭《こうべ》を垂れた。

『報告はしかと聞いている。ザイン、策は失敗したようだな』

「次こそは挽回《ばんかい》致しますので、何卒《なにとぞ》」

『聖剣所持者に加え、多数の霊具使いが現れた点を考慮し、沙汰《さた》は留意しよう。むしろそれほどまでに攻め立てていたという事実もある』

「ですが、ザインが追い込みすぎたとも言えませんか？」

声の主は女性。冷酷で、ザインへ向ける視線は虫でも見るようなもの。

「窮地《きゅうち》に陥るまで召喚を使用しなかったと考えれば、逆を言えばそこに至るまでに勝負を決めることはできたはず」

「自分なら、上手くやっていたと言うつもりか？」

今度は太い男の声。この場にいる者達は全て邪竜の『信奉者』であるのは間違いない。大陸に存在する国々を滅ぼすための司令官であり、それぞれが魔物を率いて戦争を仕掛けている。

その中でザインは、邪竜を外へ解放することを託された、特別な存在だという見方もあった。だからこそ他の者がザインの後釜を狙っている――そんな噂《うわさ》だって存在していた。

「お前の方も、反撃を食らって難儀していると聞くが？」

「私については特段問題にはならないわよ。次の攻撃で始末をつける。貴様は自分のことだけを心配していればいいわ」

「進言、一つよろしいでしょうか」

ザインが口を開く。顔を上げ、闇へ視線を向ける。

『良い、言ってみろ』

「今後、聖剣使いを含めた新たな霊具使いですが、おそらく周辺諸国へ向かい援護をすることになるかと思われます」

『迷宮へ来ないと？』

「現段階では自在に聖剣を扱えない……もし完璧に使いこなせていたら、私が作成した巨人すらも瞬殺していたことでしょう」

『ほう、一理あるな』

「よって、訓練に加え他の国家にいる魔物を倒し、盤石《ばんじゃく》の態勢が整った段階で迷宮へ入り込む……そのようになるかと思われます」

「貴様の不手際によって、な」

太い声の男が指摘する。しかしザインは無視して闇へ一礼し、

「今回の戦い、戦果をほとんど上げられなかった点については私の責任なのは間違いないでしょう。それについて処分の必要性があるのなら、お受け致します。しかし、このまま指揮を任せていただけるのであれば、必ずや次の戦いで勝利を」

『……良いだろう。このまま指揮を執れ』

「ありがとうございます」

『他の者達も、一層警戒度合いを上げろ。ザインの言う通り、聖剣使いの脅威は他国にも迫るだろう。ここまで来て敗北は許さん』

他の者達は一礼し広場を離れていく。しかしザインだけは、その場に佇《たたず》み、他の者達がいなくなるまで立ち尽くしていた。

『……まだ何かあるのか？』

闇が問い掛ける。そこでザインは意を決したかのように、

「他国へ攻撃を仕掛けている者達に問題はないかと思いますが……もし、聖剣使いによって打破されたケースに備え、一つ献策《けんさく》を」

『こちらが反撃に遭《あ》ってしまった場合に、ということか。用心深いな』

「我らが主にしてみれば、ご不快かもしれませんが」

『問題ない。どのような策であれ、理屈が通っていれば聞き入れよう』

そこからザインは計画を述べる。それに対し相手は納得の声を上げ、

『良いだろう。状況に応じてその策を用いるとしよう。しかし、ずいぶんと思い切った内容だな。ともすれば他の者を敵に回しかねない上、貴様も無事では済まんぞ』

「全ては我が主の勝利のために」

『いいだろう。策についてては検討する』

言葉の直後、闇は消えた。ザインはそこで口の端をつり上げ、笑う。

「……ああ、本当に面白くなってきた」

聖剣使い、自分と戦った霊具所持者。そして邪竜。

強くなれるならば、どんなものでも利用する。たとえそれが同僚であろうと——主と崇《あが》める存在であろうと。

「単に邪竜が勝つだけじゃあ楽しくない……もっと混沌《こんとん》を。もっと破滅を！」

哄笑《こうしょう》が森の中で響く。ザインはいつまでも、自分の目的が成就することを想像し、誰もいなくなった場所で笑い続けた。

＊　＊　＊

巨人を打倒し、凱旋《がいせん》という形で戻ってきたユキト達に待っていたのは、都の人々からの歓声だった。

「これは……すごいな」

カイが感嘆の声を漏《も》らす。馬車内なので窓から覗《のぞ》き見るしかないのだが、大通りには人が詰めかけ、ユキト達を称《たた》えている。

「話によれば」

と、セシルが語り出す。

「巨人の存在を広め、なおかつ人的被害をゼロにした上に、村を救った……その話を私達が帰ってくるより先に公表したらしいわ」

「戦意を高揚させるため、か？」

「戦時下である以上、そういう意味合いもあるけれど……希望を、王都のみならず世界の人々に知らしめる必要性があった、ということね」

希望。果ては世界の人々とまで。

「聖剣を扱える存在が現れたという事実にまず、世界の人々は沸き立った。無論疑義を持つ人だって多かった。見ず知らずの人間が、聖剣を握って戦ってくれるのか。そして所持者だからといって、使いこなせるのか。伝説的な武具であるために、色々と危惧《きぐ》する声も多かった」

「けれどそれは、巨人を倒したことによって払拭《ふっしょく》されたと？」

カイからの疑問に対し、セシルは頷《うなず》いた。

「そうね。まずは『悪魔の巣』を破壊したことで、王都周辺を救った。これに加え、『魔神の巣』を壊し、なおかつ強大な存在をも打倒した……大臣達が公表した以上、多少なりとも脚色などを加えたはずだけれど、カイやユキトが戦ってくれたのは事実。世界の人々はようやく、自分達のために戦う存在……勇者を、見出すことができるようになった」

ユキトはここで馬車の外へ耳を澄ませる。人々が口々に叫んでいる言葉が耳に入る。それは、

「……白の勇者、か」

「カイの異名みたいね」

「僕の？　確かに聖剣の力を含め、白を基調としているけれど」

困惑顔のカイ。すると横にいるメイが彼を小突《こづ》いた。

「いいじゃん、異名なんてできるの。いよいよ英雄らしくなってきたじゃん」

「……勇者なんて呼ばれ方をするほどの力はまだないよ。本当に聖剣をきちんと使えていたら、巨人をすぐさま倒せたはずなのに」

「これからできるようになればいいんじゃないか？」

ユキトは視線をカイへ向けながら、言った。

「それに、足りないものがあると認識するのは俺だって、他の仲間だって同じだ。これからもっと厳しい戦いになる……迷宮に入り込めば、ずっと大変だろう。だから俺達は強くならないといけない」

「そうだね……ユキトの言う通りだ」

「私達も、同じように強くならなければいけないわね」

セシルもまた同調する。彼女は窓の外へ目をやりながら、

「いつまでもあなた達を頼ってはいられない。私達も強くならなければ……今回の巨人だって、倒せるくらいでなければ……」

「全員、思いは同じってことか」

「そうね。今後のことは協議の必要があるけれど……迷宮へ入り込む可能性は低い。まずは何よりカイがより聖剣を使いこなせるようになること。そしてもう一つ、世界各地に存在する巣を破壊し、秩序を取り戻さなければ」

「今後、僕らは国外へ出る可能性もある、と？」

「どう動くかは相談しなければならないけれど」

「必要なら、頑張るしかないな」

ユキトが述べると、カイやメイも力強く頷《うなず》く。全員の思いが一致し、改めて厳しい戦いを乗り越えなければと覚悟を決めた時、あることに気付いた。

人々が白の勇者と称《たた》える中、別の単語を耳にした。それに違和感を覚えてじっと聞き入っていると、

「……セシル」

「ええ、そうね」

肯定の言葉。そこで何事かとメイが窓へ目を向けると、すぐに気付いたらしい。

「……黒の勇者？」

「ユキトの異名ね」

「ちょ、ちょっと待て！　俺も!?」

「巨人にトドメを刺した事実を、公表したらしいわ。それにユキトはカイと一緒に召喚直後に戦っているから、その姿を目に留めている人もいた。だから、話が容易に広まったのではないかしら」

　頭が痛くなりそうだった。まさか自分まで――と、ユキトもまた困惑顔。そんな様子にセシルは、

「人々の噂《うわさ》に上って何かあれば、国の人間がしっかりとフォローするわ。絶対に不利益にならないようにするから、安心して」

「いや、別にそこは気にしていないけど……」

「もしかして、今後活躍すれば来訪者と呼ばれる私達全員に異名がついたりするの？」

　メイからの純然たる問い掛け。瞳は期待するように輝いている。それにセシルは深々と頷《うなず》き、

「そうね。元々迷宮攻略の際、功績を残した人には異名が与えられたりしたから、それと同じだとすれば、あなた達に異名が生まれてもおかしくないでしょう？」

「ああ、まあ。そういうことなら……」

それほど珍しくなさそうな雰囲気だったので、ユキトはなんだか安堵《あんど》する。カイも同じ気持ちらしく、胸をなで下ろしていた。

そうした会話をしながら、ユキト達は城へと入った。まずはユキト、カイ、セシルに加えメイが代表して玉座の間へ向かう。王へ直接カイが報告を行い、ようやく解散となった。

「私は休むよ……でも、なんというかあんまり戦場で役に立てなくてごめんね」

メイが申し訳なさそうに告げる。しかしユキトは首を左右に振った。

「メイにはメイの役割がある……今回の戦い、死者がゼロだったのは大怪我《おおけが》を負った騎士や兵士をメイが早急に治療したことも関係しているんだ。誇ってもいいよ」

「そう、かな……?」

「ああ、間違いない。それにほら、俺に強化魔法を付与してくれたし」

「今度指示されてやる時は、きちんと用途を確認してからにするね」

腰に手を当ててメイは宣言。ユキトは苦笑した後、自室へ戻ろうとした。

けれどその前にカイに呼び止められる。

「ユキト」

「少し、付き合ってくれないか」

「どうしたんだ?」

問い掛けにカイは廊下の先を指差す。何が言いたいのか理解できなかったが、

「……ああ、わかった」

返事をしてカイについていく。両者が無言のままで廊下を進み続け辿《たど》り着いたのは——ジークと接した、あの広間だった。

カイは迷うことなく前回と同じバルコニーへ赴《おもむ》く。そこでユキトは、

「なあカイ、ここに来たってことはジークと顔を合わせようと？」

「うん」

「でも、来るかどうかは……」

「玉座の間で報告をした時、合図があったんだよ。実はジークとこの場所で遭遇してから、一度話す機会があって、ここで落ち合おうという場合、玉座の間で通じる符牒《ふちょう》を決めたんだ」

「……は？」

驚き、ユキトは声を上げると同時、広間の扉が開いた。視線を転じれば、そこにジークの姿が。

「……用意周到すぎやしないか？」

「こうして話ができる状況を確保しようと思って。その方が、僕らの意見が通しやすくなるからね」

「二人とも、作戦ご苦労だった」

笑みを示しながらジークは二人へ声を掛ける。

「そして、感謝を……犠牲者もなく強大な敵を倒せたのは、紛れもなくあなた方のおかげだ。村まで救ってくれたことに対し、感謝してもしきれない」

「でも同時に、課題も生まれた」

カイが述べる。それによりジークは一転、厳しい表情となった。

「僕は聖剣の扱いを完璧なものとしていない。それに今回の戦い……ユキトがかなり無茶をやった」

「俺も反省してる」

「無謀だったのは確かだけど、それ以上に……ユキトがやったような無茶を通さなかったら、村を無傷で救えなかったのも事実だ」

決然とカイは語る。どうやら彼なりに戦いの考察をしたようだ。

「今後、敵の攻撃はますます苛烈《かれつ》になる。今回の作戦で僕らは『信奉者』と遭遇した。動きからして彼はそれなりに情報を持っていた様子であり、今回の作戦に参加した僕ら来訪者の霊具について、おおよそ把握できたはずだ。邪竜の配下同士で情報網を構築しているのは自明の理で、今後は相手に手の内を晒《さら》した状態で戦わなければならない」

「最大限のフォローをすることは約束する」

ジークはまずユキト達にそう表明し、

「それとともに、情報を持つ敵にも勝てるような陣容を整えていく……そしてあなた方のレベルアップも欠かせない。敵の想定を上回る技量を手にすれば、敵を打破できるからな」

「そうだね……『魔神の巣』を破壊したことで、フィスデイル王国は余裕ができたはず。もちろん迷宮に対する防衛は必要だけれど、戦力を増強できるだけのリソースも生まれたはず」

「まさしく。今後は守るための戦いではなく、攻めるための動きを見せる……まずは国内の情勢を盤石《ばんじゃく》なものにする。次いで他国との連携。その間にあなた方はさらに研鑽《けんさん》を積み、今以上に霊具を扱えるようにする。邪竜へ挑むには、それからでも遅くはない」

「どのくらいの期間で、迷宮に入れるんだろうな？」

ユキトが疑問を呈《てい》すると、ジークは腕組みをして、

「大陸全土が落ち着くには、どれだけ急いでも数ヶ月の歳月は必要になるだろうな」

数ヶ月——ユキトとしては長いのか短いのかよくわからなかったが、少なくともそれだけの期間で大陸を救えるのならば、この世界の人々にとっては僥倖《ぎょうこう》と呼べるものだろう。

「いずれ、迷宮へ向かうことになるが……その時にはあなた方も私達も、共に強くなっていなくてはならない」

「やらなきゃいけないことは、山ほどあるな」

ユキトの指摘にカイもジークも頷《うなず》き、そして、

「でも、僕達なら……果たせるさ。邪竜討伐を」

それは、何の根拠もない言葉。けれどカイの語るそれは、紛れもなく希望の言葉であった。


帰還から数日後、ユキトは次の作戦を言い渡され、それに備えて少し体を動かそうと訓練場を訪れる。そこは既に盛況で、多くの仲間が霊具を手にして訓練を行っていた。

「お、ユキト。丁度良いところに来たな」

タクマが近づいてきてそんなことを言う。

「実は、ちょっとやりたいことがあって。ユキトが来てこの場に全員いるから、できるな」

「何の話だ？」

疑問を投げかけると、タクマは視線を横へ移す。釣られてユキトが見ると、メイが一人の男性騎士と何事か話し合っていた。

そして騎士の手には何やら見慣れないものが握られていた。小さな箱のようなもの。ただそこには、

「……レンズ？」

「ああ。箱みたいな形にレンズ……魔法画を作るための道具らしい。なんだかカメラに似ているのが面白いよな」

メイは騎士と話し終えると、少し離れていたカイを呼び止める。次いで他のクラスメイト達にも声を掛ける。

ここに至り、何をするのか想像がついた。おそらく、

「……記念撮影でもするのか？」

「その通り。ほら、クラス写真ってあるじゃないか。そういうのを撮ろうかと思ってさ。部屋とかに飾ったら良さそうじゃないか？」

「ああ……なるほど。なら喜んで参加するよ」

各々が並び始める。どこから持ってきたのか台のようなものなども用意され、全員を枠に収めるためにあーだこーだと話し合う。その中でカイについては当然と言わんばかりに最前列の中央だった。

彼は膝立《ひざだ》ちとなり、聖剣の柄《え》の部分を肩で持つような姿に。その横にはメイもいて、クラスの中心的な存在がやはり中央という案配に。

(俺は端っこにでも)

などとユキトが思った矢先、突如メイが近寄ってきておもむろにユキトの手を引いた。

「はい、ユキトはカイの隣」

「は……は⁉」

「他に誰がいるの？　ほらほら、戦いの功労者かつ、黒の勇者様はやっぱり白の勇者と並んで立つのが格好いいって」

異名で呼ばれ、さらに他のクラスメイトが「黒の勇者様はこちらに」などと丁寧に言い出す始末。いじられているのかとツッコミの一つでも入れようとしたのだが、ユキトを見る視線の意味合いに気付いて、押し黙った。

（茶化すわけでも、気を遣っているわけでもない……か）

自分自身の成したことに対する、敬意のようなものが確実にあった。

ただそれでも少しばかり抵抗感があったため、ユキトは引き気味だったのだが……結局カイの隣に座らされた。

「よし、それじゃあセシルもここに来て！」

さらにメイは近くにいた騎士を呼びつける。さすがに来訪者ばかりの中に混じるのは気が引けたか、彼女は手を小さく振って拒否する。だがメイは彼女へと素早く近寄ったかと思うと、手を引いてユキトの隣へ来させた。

「強引だな、メイ」

「そのくらいしないと参加しないでしょ？」

ユキトの言葉にメイは決然と返答。それは確かだが、反応にユキトは苦笑するしかなかった。

セシルをきっかけにして、他の騎士も加わり始める。大所帯ではあるが枠には入るらしく、気付けばユキト達と接する機会のあった騎士や魔術師達も混ざって撮ることに。

「それじゃあ、せーのという合図の後に撮りますよ！」

兵士の一人が呼び掛けると、今度はメイが高らかに告げる。

「全員、とびっきりの笑顔でね！」

ユキト達は姿を撮ってもらい——それと同時に、ユキトは思う。

厳しい戦いが待っている。今後、邪竜の配下と多数刃《やいば》を交えることになるだろう。激戦は必至であり、危険な状況に陥ることだってあるだろう。

けれど、そうであっても戦い抜ける——根拠はなかったが、こうして笑顔を向ける者達の中にいて、そんな予感を抱いた。辛《つら》くても、やり遂げられる。邪竜を打ち破り、全員が無事なまま勝てると。

少なくともこの時のユキトは——そんな風に思っていた。

＊　＊　＊

訓練を終えた夕刻、カイは自室へ戻るとベッドに座り込んだ。

「ふう……」

訓練からの疲労感によって息をつく。とはいえ苦痛はない。仲間達と笑いながら行ったため、むしろ爽快感があった。

しかし当然、戦いは過酷であり油断はできない。そして自分は――大変ではあるが、聖剣の担い手として役目を果たしている。そう自認しているが、まだまだ足りないものが多いと悟る。

これからさらに大変になる。あの巨人との戦い以上に――そう思ったと同時、カイは自身の両手を見据えた。

あの時の光景――ユキトが巨人へ仕掛けた光景を思い出した時、両手が小刻みに震え始めたのを自覚した。

「……僕は」

日数が経過した今でも、あの時のことを思い出せばこうなった。自分が死んでしまう恐怖ではない。ユキトが――仲間が、死んでしまうかもしれないという可能性に気付き、恐怖を感じたのだ。

だが、それが仲間を思う感情であったならどれだけ良かっただろう。それなら仲間を戒《いまし》め、無謀な行為をしないよう伝えれば終わりだ。けれど、カイが恐怖する理由は別にあった。

「僕は……本当に、これでいいのか？」

絞り出すような声で自問自答した。内に秘める感情――今のところ、察しの良いユキトにすら気付かれていない。だがもし勘づかれてしまったら――

露見する恐怖がさらに肩へとのしかかる。聖剣の力により死は怖くない。戦う恐怖もない。

今カイが感じているものは――信頼を失うことの恐怖だった。

あの時、自分が陣頭に立っていた時にユキトが帰らぬ人になったのなら、もしかすると仲間を死なせたということで糾弾《きゅうだん》されていたかもしれない。彼が死ぬことではなく、それを理由に非難されるのが、怖かった。

浅ましい保身の考えだとカイ自身理解している。けれど、そうした考えは止まらなかった。

幼少の頃から、ずっと矢面《やおもて》に立ち続けた。様々な肩書きを持ち、それにふさわしいだけの学力と能力を身につけた。

成績優秀、スポーツ万能、そして恵まれた家柄――ありとあらゆる意味で完璧なはずのカイだったが、たった一つだけ、病的なまでに恐れていることがあった。

それが、信頼を失うこと。期待され、何もかも背負ってきた。持ち前の能力の高さから、失敗などせずここまで来た。けれどもし、とカイは時折考える。どこかでミスをして、それにより非難される対象となってしまったら――心が折れてしまうだろうと、カイは思う。

一度でも期待に背くことになったら、全てが瓦解《がかい》するとカイは考えていた。ただ元の世界においては、さしたる影響のない話に留《とど》まっただろう。たとえ何かミスをしても「カイだって失敗くらいはするさ」と笑って流し、これまでの功績から誰もがフォローしたはず。恐怖はあったが、そんな風になるだろうと推測できたため、カイの病的な感情は表出しなかった。

しかし、この世界では違う――選ばれし存在。邪竜という人類を滅ぼそうとする強大な相手に対する切り札。聖剣の担い手であり、最後の希望。

間違いなく負けは許されない。一度でも負ければ――いや、誰かが犠牲になった時点で、背負っているものは瓦解する。カイはそんな風に確信していた。

カイは呼吸を整え、気分を落ち着かせる。完璧にやらなければならない――たとえ、どんなことがあったとしても。

これから戦いはさらに激しくなる。聖剣所持者として幾度となく戦場へ赴《おもむ》くだろう。その中で、自分はどうすべきなのか――

「僕は……」

醜い感情を抱えながら、カイは俯《うつむ》く。ただ一人、誰にも相談できない中、暗い影を背負い続ける――その先に待っているのが不穏《ふおん》なものであることは、カイもまた自覚をしていた。

＊　＊　＊

ゴオオオ、と風が吹き抜けるような反響音がこだまする。地底の奥深く――人類が打倒せねばならない存在のいる場所は、ひどく殺風景だった。

その中で、奇妙な存在感を放っているものが一つ。広間とも呼べる空間の中央に、突然床がせり上がったかのような場所が存在する。そこに台座が一つあり、血のように赤い宝玉が安置されている。そこから魔力が発露し、台座を通して迷宮へ浸透していく。

そんな光景をただ、見守る存在がこの広間にはいた。無論人間などではなく、もしユキト達がここにいたのであれば、それは巨大な竜であると断定したことだろう。

黒い皮膚や鱗《うろこ》を携え、眠るように身を丸めている。動くつもりは毛頭ない様子だった。いや、動く必要性がないと言うべきか。

『……抵抗するか、人間共』

一連の報告を『信奉者』から聞き、その存在は――邪竜は、小さく呟《つぶや》いた。

『しかし、こちらはその遙《はる》か上をいくぞ――』

その時、足音が迷宮内に響いた。本来ならば、あるはずのない音。邪竜の配下である人間の『信奉者』でさえ、この迷宮には招いていない。しかし、響くその音は、紛れもなく人間の足音だった。

『来たのか』

邪竜は体を動かさないまま、声を発する。やがて最深部の入口に、明かりを伴った人物がやって来た。フード付きのローブ姿であり、フードを目深く被《かぶ》っているため、人相どころか性別すらもわからない。

『律儀だな。定期報告など必要ないと伝えたはずだが』

邪竜に近づいた人間は、何事か答える。すると邪竜はクックと笑い声を上げた。

『同盟者だからこそ、常に情報は提供するか……そうだな、貴様と我は互いに利害が一致した。望むものを手に入れるべく手を組んだ……こちらの情勢を伝える以上、貴様もまた、人間共の情報を伝える。等価交換というわけだ』

さらに人間は語り続ける。それに対し邪竜は、

『今のところ、予定通りというわけだ……人間共も予想すまい。まさか――聖剣の担い手が現れることも、計画の内だとは思わないだろう』

邪竜はそこまで言うと、人間を見下ろした。

『人間の最大の不幸は、貴様がこちら側の人間であることだな……とはいえ、我らはあくまで同盟者だ。不必要となったら……このことが露見しても我は助けることはない。そこは覚悟せよ』

わかっている、という風に人間は頷《うなず》き、さらに何かを伝える。

『ほう、聖剣所持者について、か……面白い。来訪者共の素性についても貴様が知りうる限り話してもらおうか。窮地《きゅうち》から国を救った……なかなかに面白い人間共だ』

どこか褒めるような感想を、邪竜は述べる。とはいえその行為は、天上から人間を見下ろし批評するような響きがあった。

『結末は変わらないが、その物語を面白く彩ることはできる。全てを手に入れるまでに、楽しもうではないか』

脳裏には、どのような策が存在しているのか――邪竜が眠る迷宮の最奥。その中で『魔紅玉』は、誰の手にも染まらずただひたすらに赤い輝きを放ち続けていた。

〈『黒白《こくびゃく》の勇者1』完〉

この作品に対するご感想、ご意見をお寄せください。

●あて先●

〒101-0052 東京都千代田区神田小川町3−3
主婦の友インフォス　ヒーロー文庫編集部

「陽山純樹先生」係
「霜月えいと先生」係

ヒーロー文庫

ヒーロー文庫

黒白《こくびゃく》の勇者《ゆうしゃ》 1

陽山純樹《ひやまじゅんき》

2021年2月10日　第1刷発行

発行者　前田起也

発行所　株式会社　主婦の友インフォス
〒101-0052 東京都千代田区神田小川町 3-3
電話／03-6273-7850（編集）

発売元　株式会社　主婦の友社
〒141-0021
東京都品川区上大崎 3-1-1 目黒セントラルスクエア
電話／03-5280-7551（販売）

印刷所　大日本印刷株式会社

©Junki Hiyama 2021 Printed in Japan
ISBN 978-4-07-447422-6

■本書の内容に関するお問い合わせは、主婦の友インフォス ライトノベル事業部（電話 03-6273-7850）まで。■乱丁本、落丁本はおとりかえいたします。お買い求めの書店か、主婦の友社販売部（電話 03-5280-7551）にご連絡ください。■主婦の友インフォスが発行する書籍・ムックのご注文は、お近くの書店か主婦の友社コールセンター（電話 0120-916-892）まで。※お問い合わせ受付時間　月～金（祝日を除く）9:30～17:30
主婦の友インフォスホームページ　http://www.st-infos.co.jp/
主婦の友社ホームページ　https://shufunotomo.co.jp/

Ⓡ〈日本複製権センター委託出版物〉
本書を無断で複写複製（電子化を含む）することは、著作権法上の例外を除き、禁じられています。本書をコピーされる場合は、事前に公益社団法人日本複製権センター（JRRC）の許諾を受けてください。また本書を代行業者等の第三者に依頼してスキャンやデジタル化することは、たとえ個人や家庭内での利用であっても一切認められておりません。
JRRC〈 https://jrrc.or.jp　e メール：jrrc_info@jrrc.or.jp　電話：03-6809-1281 〉